ZUOWEI RENWEN XUEKE DE
WENLUN YU MEIXUE

周宪 著

# 作为人文学科的文论与美学

商务印书馆
The Commercial Press
创于1897

2019年·北京

#### 图书在版编目(CIP)数据

作为人文学科的文论与美学 / 周宪著. — 北京：商务印书馆，2019
ISBN 978-7-100-17301-8

Ⅰ. ①作… Ⅱ. ①周… Ⅲ. ①文学理论－世界－文集 Ⅳ. ①I0-53

中国版本图书馆CIP数据核字(2019)第068894号

权利保留，侵权必究。

**作为人文学科的文论与美学**
周宪 著

商 务 印 书 馆 出 版
(北京王府井大街36号 邮政编码100710)
商 务 印 书 馆 发 行
艺堂印刷(天津)有限公司印刷
ISBN 978-7-100-17301-8

| 2019年12月第1版 | 开本 710×1000 1/16 |
| 2019年12月第1次印刷 | 印张 14¼ |

定价：39.00元

# 序

本书是过去一些年里写下的文章结集，最早的可以追溯到20世纪90年代初，但大多数是近两年写的。这些文字跨越将近三十年，时间跨度之大，我自己也有点吃惊。好在这些文字作为一个人文学者思考的记录，让我重新审视自己的学术工作。

按我的理解，一个人文学者的研究应在两条战线上展开。首先当然是他的专业领域，这是他安身立命的居所；其次，他应该不断地超越自己的专业领域，对更为普适性的问题有所思索。记得萨义德说过，知识分子应该是"业余的"，正是这种"业余性"使他能够越出专业局限探究更大更重要的问题。当然，他首先应在自己专业领域做好基础性的研究，然后再进入普适性问题域的发言。

本书分为上中下三篇。上篇涉及人文学科、文学教育以及阅读文化等问题，这些问题在今天几乎是无可回避的，有些甚至是非常迫切的。尤其是在今天科技导向的社会中，人文学科的重要性日益下降，其功能也越来越衰微，不但在中国如此，在西方世界亦复如此。我所讨论的人文学科、文学教育和阅读文化，其实是三个关联性极强的领域，我不过是提出一些想法而已，还有许多问题有待学界同仁进一步推进和深化。

中篇内容涉及文学理论，算是我的专业领域。自我进入学界，文学理论始终是我的研究工作的重要部分。这里刊出的几篇文章，从文学研究的方法论，到现实主义创作方法，再到小说叙事，直至小说的文学伦理学等，议题也很是宽泛。今天的文学理论作为人文学科中最具引领性的知识生产，涌现了许多新观念和新方法，不断地突破文学的边界而进入其他领域。但我的几篇文章似有另一个路向，那就是从其他领域向文学研究领域渗透，不少文学问题的阐发都是充分借助于其他学科的资源。

下篇以科技导向与美学问题为题，涉及当代科技导向文化与美学相关的某些层面。毋庸置疑，技术的进步极大地改变了社会和文化，也改变人们的审美体验方式。然而对技术文化的反思批判从来是人文学者的一个主题，在此我延续了这个传统。当然，对技术理性的批判并不是拒斥技术，关键是如何协调技术与人文的关系，这是当下很迫切的问题，也是近代科技革命以来不断谈论的话题。在这一部分，我还讨论了科学与艺术的关系、技术进步导致美学观念的变革等。

附录中选了两则访谈录，一是与诺贝尔文学奖得主勒克莱齐奥的对话，另一则是和著名地理学家哈维的对话。前者与文学艺术关系密切，后者更多涉及城市、空间和全球化等问题。

最后，我要感谢深圳大学美学与文艺批评研究院给我这个机会，让我暂时放下手头的工作，利用暑期回顾这些年所走过的学术道路，整理自己的一些文字结集出版。此次结集的诸篇什只做了少许文字修改，有些标题稍作调整，总体上保持原样，特此说明。

2017年9月初于南京

# 目　录

## 上篇　人文学科与阅读文化

人文学科的"再发明" ………………………………………… 3
大学体制与文学教育 …………………………………………… 15
从"沉浸式"到"浏览式"的阅读转向
　　——关于中国当下阅读困境的思考 ………………………… 19
重建阅读文化 …………………………………………………… 44

## 中篇　文学理论及其方法论

文学研究的范式转变：从"固体"到"流体" ………………… 55
文学研究方法论：从一元到多元 ……………………………… 67
"吾语言之疆界乃吾世界之疆界"
　　——从语言学转向看当代文论范式的建构 ………………… 76
二十世纪的现实主义：从哲学和心理学看 …………………… 85
小说叙述的几个问题 …………………………………………… 107
小说修辞如何关乎伦理？ ……………………………………… 121

## 下篇　科技导向文化与美学问题

技术导向型社会的批判理性建构 ……………………………… 131
从异面看同相：关于艺术与科学 ……………………………… 145
图像技术与美学观念 …………………………………………… 157

审美是日常的 …………………………………………………… 172
阿恩海姆与格式塔心理美学 ………………………………… 176

## 附录　对话二则

一、现代性与艺术
　　——与法国诺贝尔文学奖得主勒克莱齐奥的对话 …………… 197
二、全球化与空间正义
　　——与哈维教授的对话 ………………………………………… 203

参考文献 …………………………………………………………… 211

# 上篇
## 人文学科与阅读文化

# 人文学科的"再发明"

人文学科危机由来已久。[①]

一个多世纪以来，这一危机的忧虑像幽灵一样出没于学术界，尤其是在西方。今天，在中国高速现代化和知识生产爆炸性发展的进程中，各种学科建制、科研基金、学术会议、专业出版物蔚为大观，虚假的繁荣并不能掩盖人文学科危机的种种征兆。文学研究作为人文学科及其教育的重要组成部分，同样也面临着潜在的危机。于是，在当代条件下，人文学科为何并如何的问题已经呈现出来。遗憾的是，这一问题尚未引起人们足够的关注。人文学科常常被视为"无用之学"，在一个实用主义膜拜和工具理性盛行的时代，"无用之学"的危机似乎是无法避免的。当我们考量人文学科的危机的同时，却又不难发现另一个更为严重的危机，那就是整个社会的道德危机。尽管我们不能得出两者之间简单的因果关系，但它们之间的相关性是显而易见的。

让我们从哈佛大学前校长巴克的一段话谈起，他在2007年哈佛大学毕业典礼致辞中说道：

> 大学该如何培育和激发人文学科呢？今天，人文学者常常感到被忽略，不为人们所赏识。……未来一些年，由于更强调科学而使得人文学者深感被边缘化了，这很容易加剧他们的紧张。事情本不应如此。科学新发展的方式有可能延长人的生命，或摧毁人的生命，或人为地改变人的生命，这些方式却开始质疑成为人之意义何在。人文学科传统的核心问题是指向价值、意义和伦理，面对这样的前景，此类问题

---

[①] 我主张使用"人文学科"而不是"人文科学"概念，因为这一领域与自然科学或技术科学截然不同，并不具备严格科学意义上的学科性和研究范式，显然不属于"科学"之列，充其量只能称之为"学科"。在西语中相关的术语很多且充满歧义，如英文中的 Humanities，法文中的 Sciences humaines，德文中的 Geisteswissenschaften 等。

今天比以往任何时候都更为重要。……为了不再让人文学科边缘化，大学必须以我们都明白的方式来探寻如何激励人文学者讨论这些问题，以便他们能够帮助我们建构一个这样的世界，其中科学的昌明并不会压垮我们，而是用来服务于促进文明的目标。[①]

我不知道中国大学校长是否有同样的危机感，也不知道中国大学校长是否说过同样的话，但我敢说，同样的问题也在困扰着中国当下的人文教育和知识生产。前所未有的科技导向已经深刻地改变了我们知识和教育的生态，一方面是科技实用理性的极度膨胀，科学研究和教育的迅猛发展；另一方面则是人文学科在虚假繁荣背后的萎缩和困顿，社会道德的全面滑坡。我们正在迈向"无魂的卓越"！[②] 今天，在我们的大学校园里，学业卓越的莘莘学子中屡屡发生令人震惊的投毒案，这不啻是我们人文学科及其人文教育失败的征兆！

本文并不想全面讨论人文学科的危机问题，而是通过三个问题的探究，来触及以上问题。对此一问题的审视，我将通过广阔的国际背景和思想史文脉来展开，把中国问题置于全球化的国际背景中加以解析。

## 谁在意人文学科的危机？

我想谈论的第一个问题是：谁在意人文学科的危机？其实这是一个明知故问的问题，显而易见的事实是，人文学者才会在意人文学科的危机。那么，进一步的问题也摆在我们面前：为什么谈论人文学科危机的总是人文学者？而其他学科的学者为何对此无动于衷？谈论这一问题是不是人文学者自身职业危机的表征？

要解答这一问题，首先从人文学科与自然科学的差别说起。

科学家和人文学者似乎是两种截然不同的人，而科学与人文学科亦是一家欢喜一家愁。深谙这两个领域的英国学者斯诺在 20 世纪中叶提出了

---

[①] "Remarks of President Derek Bok," *Harvard Gazette*, 2007. http://news.harvard.edu/gazette/story/2007/06/remarks-of-president-derek-bok/

[②] 这一提法源自哈佛大学哈佛学院前院长路易斯抨击当代大学教育时弊的一本书，参见 Harry Lewis, *Excellence without a Soul: Does Liberal Education has a Future?* (New York: Public Affairs, 2006）。

"两种文化"的概念，藉此形象地描绘人文学者和科学家的天壤之别。斯诺认为这两种人生活在两个全然不同的世界里，他们"无论是在智力、道德或心理状态方面都很少有共同性"，中间隔着一个公开的"海洋"。[①]他们彼此互不了解且歪曲对方，甚至相互憎恨和厌恶；他们不但对待问题的态度全然不同，而且情感方面也毫无共同之处。[②]人文学者以文学知识分子（作家）为代表，科学家则以物理学家为典范。值得注意的一点是，中国作为一个现代化的后发展国家，在大力提倡科学救国的导向中，人文学者与科学家之间的误解、拒斥和偏见更是突出。人文学者没有科学常识、科学家无人文修养乃是普遍现象。这一糟糕的学科间关系导致了中国人文学科及其教育更加窘迫的境况，同时又更容易产生科学宰制的局面。不难想见，当科学家在大学里占据主导地位时，当科学活动具有压倒一切的权威时，人文学者的日子自然就不那么好过了。在今天中国的大学里，科学家们显然没有职业的危机感，自然科学和技术科学的研究，无论在经费、机遇、求职，还是在声望、象征资本或社会认可上，都远优于人文学者。人文学者沦为二流"劳心者"已是不争的事实！

如果说斯诺的分析只是对人文学科与科学关系现象描述的话，那么，德国社会学家韦伯早在20世纪初就揭示了现代社会根深蒂固的冲突，那就是目的（工具）理性和价值理性之间的紧张，它与此处我们讨论的问题密切相关。韦伯认为现代社会存在着两种理性行为，其一是目的合乎理性的行为，即通过对外界事物的情况和其他人的举止的期待，并利用这种期待作为"条件"或者作为"手段"，以期实现自己合乎理性所争取和考虑的作为成果的目的；其二是价值合乎理性的行为，即通过有意识地对一个特定的举止的——伦理的、美学的、宗教的或作任何其他阐释的——无条件的固有价值的纯粹信仰，不管是否取得成就。[③]韦伯特别强调指出，价值理性与目的（工具）理性处在复杂的关系之中。如果从目的理性角度看，价值理性总是"非理性的"，因为它越是考虑行为的固有价值（纯粹的思想意识、美、绝对的善、绝对的义务）就会越是不顾行为的后果。

照理说，无论是人文学科还是其他学科，价值理性本应成为一切科学研究的内在根据。然而，随着社会和科学研究的发展，现代社会占据主导

---

[①] 斯诺：《两种文化》，三联书店1994年版，第2页。
[②] 同上书，第4页。
[③] 韦伯：《经济与社会》，上卷，商务印书馆1997年版，第56页。

地位的是目的（工具）理性，它与价值理性处于高度紧张的状态，知识生产在科技导向下逐渐远离价值理性。加拿大哲学家泰勒曾用言简意赅的语言描述了韦伯所说的工具理性，就是人们计算着以最经济的手段用于特定目标的合理性，就是以最小的投入获得效益的最大化。[①] 如果以泰勒的说法来反观当今的学术研究和大学教育，不难发现目的（工具）理性已经深藏在各种科学和技术活动中，社会科学甚至人文学科也在所难免，种种学风、抄袭和造假问题，不妨视作目的（工具）理性畸形膨胀的恶果。这大概就是路易斯所说的"无魂的卓越"的表现，也就是价值理性失落的表征。顺着韦伯的思路来看，有一个现象是令人深省的，那就是在科学研究中，价值、意义和伦理问题会经常性地缺失，因为科学往往是价值中立的，通常服务于某种现实的、功利性的目标，那种出于纯粹兴趣、爱好或信念的学术研究在今天中国高度工具理性化的现状中，已无安身立命之处。有趣的是，作为"无用之学"的人文学科及其人文学者，却常有一种源自内心的冲动，那就是关注、强调和捍卫价值理性，坚守生活世界和知识生产中的价值、意义和伦理。面对社会行为和科学活动中目的（工具）理性的不断扩张，人们对价值理性及其行为的社会共识和普遍认同在不断下降，这就必然引发人文学者的忧患。

问题的严峻性还在于，当目的（工具）理性成为人们行为普遍倾向时，当价值理性被边缘化时，科学及其相关学科成为当今知识生产和教育的绝对主导倾向时，它的爆炸性扩张持续地侵蚀着人文学科曾占据的地盘，使人文学科的生存空间明显萎缩。许多年以来，北美和欧洲的大学出现了人文学科经费锐减、教职削减、学生数下降的明显趋势。一旦学校出现财政危机，首先关门的当是人文学科。这种"科学帝国主义"影响不可小觑，虽然中国大学人文学科目前并未出现显著的萎缩，相信这个趋向的出现指日可待。不仅如此，"科学帝国主义"的影响还体现在其研究范式的扩张上。19世纪以来，科学的昌明使其研究范式对人文学科产生了复杂的影响。曾几何时，人文学者效仿自然科学和技术科学，以精密科学的范式来改造人文学科，比如美学中的科学美学或实验美学，英美新批评对文学研究的科学性论证，艺术心理学对实验和数据的倚重等。改革开放以来，文学研究中曾红极一时的三论（系统论、控制论、信息论）模式等，大都可以视

---

① 泰勒：《现代性的隐忧》，中央编译出版社2001年版，第5页。

作这个趋向的反映。今天，虽然来自科学范式的诱惑和压力大不如前，但人文学科研究常常被病诟过于主观而缺乏科学性。社会科学也以其更趋向于经验的、统计学的、模型化范式而迥异于人文学科。曾几何时，哲学乃一切科学之母，如今它委实沦为了一种令人唏嘘的职业。在古典时期，哲学家乃智慧超群的思想家，如今吃哲学这碗饭不过是在教育或研究机构中谋一职位而已。更让人不安的是，在当下中国，最聪慧的学生都奔着自然科学、技术科学和社会科学去了，未来就业的收入决定了专业的冷热。选择人文学科通常不是出于无奈，便是高考时的"被服从"。

种种不妙的发展趋向似乎在向人们昭示，人文学科的职业危机正在慢慢逼近我们。就像传统手工艺在机器大工业时代有落伍之感而产生危机一样，人文学者在当下大学高等教育中感悟到了挥之不去的生存危机。他们收入低并求职难，与从事科学技术研究的学者们经费足、职位多并颐指气使的情形形成鲜明对照。人文学者更像是传统手工艺作坊里的师傅，不但要忙乎自己的研究，还要为学生修改论文、推荐发表或帮助寻找工作。虽不能说人文学科已是"夕阳产业"，但它处境艰难是显而易见的。由是观之，人文学者热衷于谈论人文学科的危机也就不足为奇了，这是他们面对自己职业危机的必然反应。这是可以得出的第一个结论。

## 人文学科属过时的传统型知识？

我想谈论的第二个问题是：为何人文学科总是倾向于往后看？为何人文学科总是求助于传统来思考当下？在一个日新月异的时代，人文学科与现代性关系如何？

较之于科学技术总是面向未来提出新问题和新理论，人文学科似乎更偏向于回归传统和过去。不同于科学知识的日新月异，人文学科的问题看起来总是一副老面孔。科学哲学家库恩一语中的，他认为科学没有历史，因为新知识一旦出现便把旧知识扔进了历史的垃圾箱；更重要的是，科学总是追求唯一正确的答案，而艺术和人文学科中则充满了争议和歧见。所以，科学的发展具有替代性，新发现替代了旧结论；但艺术则不然，后来的艺术家不论多么伟大，他们都无法取代以前的艺术家。正是这个缘故，我们今天仍然欣赏过去的艺术杰作，仍阅读孔孟老庄的经典，仍喜爱屈原、陶潜、李杜和曹雪芹的作品。有趣的是，今天学习物理学的人不会阅读亚里士多德的《物理学》，也不会有人再从黑格尔关于电的正负极辩证法中获得关于电的知识。科学与哲学的分家使得早期哲学著述不再具有严格意义上的科学价值了。可亚里士多德《形而上学》和黑格尔《逻辑学》仍是后人争相阅读的对象。库恩的结论是："艺术家认为是目的的东西，在科学家看了却是手段，反之亦然。"[①] 于是他断言：毕加索的成功不会把伦勃朗挤进博物馆的储藏室，但科学的新发现却使以前的重要著作过时了，"与艺术不同，科学毁灭自己的过去"。[②] 由此，我们触及一个更为棘手的问题：不同于科学的未来导向，人文学科的传统导向与不断发展的现代性进程有何关联？在一个愈加"流动（液态）现代性"的社会和知识系统中，人文学科的古典知识何以有效地解释当下？

平心而论，人文学科今天所遭遇的危机，既有外在的原因，比如科技主导的大趋势以及目的（工具）理性的广泛渗透；但也有人文学科自身的原因，那就是它沉湎过去而未能对现代性做出敏锐的回应。所以，只抱怨科学大势下人文学术的失势并不明智，必须认识到人文学科自身的问题和局限。根据通常的看法，人文学科涉及的是价值、意义和伦理。无论是西方的古典学研究，抑或中国的国学研究，其基本学理根据的是传统及其价值、意义和伦理。如果说价值、意义和伦理是内容层面的某种规定的话，那么它的形式层面则呈现为人文学科知识的基本载体——文本。用美国国家人文中心主任哈芬姆的话来说，人文学科就是"对人们在过去所产生的文献和作品的学理性研究，这一研究可以使我们从不同的视角来看世界，进而使我们更好地理解我们自身"。[③] 他认为，人文学科研究概括起来有三个关键词：文本性（textuality）、人文（人道，或人性，humanity）和自我理解（self-understanding）。文本性所涉及的就是过去所留存下来的各种历史文献，从中国古代文学到哲学或史学或艺术等，不一而足。哈芬姆的看法是，文本性具有某种显著地指向过去的倾向，"主要现象就是过去性：如一些作者所言，人文学科独特的'精神转向'是'指向历史'"。[④] 本来，指向过去无可厚非，因为人文学科的研究免不了要历史化和语境

---

① 库恩：《必要的张力》，福建人民出版社1981年版，第338页。
② 同上书，第340页。
③ Geoffrey Galt Harpham, "Beneath and beyond the 'Crisis in the Humanities'," *New Literary History*, Vol. 36, No. 1 (Winter, 2005), 23.
④ Ibid.

化。但问题在于,面对不断激变的现代性发展,面对科学知识爆炸性地突进,恪守传统的种种学术理路是否能适应于这一剧变(波兰尼语,the great transformation)呢?思想家们早已清晰地描绘了现代性的"液态"特征,[①] "一切坚实的东西都烟消云散了"(马克思),现代性就是"短暂、过渡和偶然"(波德莱尔)。于是,埋首故纸堆式的学究路径显然已难以解释"流动的现代性"。因此,人文学科的"再发明"变得刻不容缓。遗憾的是,在人文学科内部,埋首故纸堆或以古释古的学究气仍很有市场。这在相当程度上限制了人文学科的现代性转型,削弱了它对新的社会文化现实的解释力。也许正是这个原因,在当代知识体系中,人文学科对青年学子的吸引力越来越微弱,这不可避免地引发了人文学科在当代知识体系中的"合法性危机"。值得注意的是,当今关于人文学科的重要性和必要性的论证可谓汗牛充栋,奇怪的是这些论证似乎并没有从根本上改变人文学科发展的颓势。于是我们不得不追问,是不是人文学科本身局限使之无法在科学独霸的时代再现辉煌呢?

回到哈芬姆对人文学科的三个关键词上来,除了和古典传统关系密切的文本性之外,另外两个概念——人文和自我理解显然是更重要的范畴。文本性与这两个关键词关系复杂,我认为正是通过文本性的现代阐释,人文的古典含义才能实现向现代性的转变,转而成为一个具有现代效力的范畴。通常所说的人文学科恪守价值、意义和伦理,就体现在人文概念的现代诠释之中。进一步,正是通过这样的人文概念的阐释,才能形成人们现代意义的自我理解。所以,人文教育不同于科学和技术的教育,它更关乎人的公民性培育,是对一个健康社会中合格公民的价值理性之培育。

可喜的是,晚近人文学科出现了一系列值得关注的发展,我以为这些发展一方面回应了对其合法性的质疑,另一方面也极大地拓展了人文学科的视野和方法。比如,传统的文本性概念已经不再局限于古代书写或印刷文本,诸如视觉符号、城市空间、虚拟现实等诸多新的载体已经进入人文研究领域。尤其是所谓数字人文学科(Digital humanities)的崛起,它不只是人文学科研究的计算机化,更是人文学科新思路和新空间的开拓。从数据挖掘到信息可视化,从地理空间分析到多媒体甚至全媒体,载体形式的变化也在促使研究内容和观念的变化,新的方法和理念被融入了数字化的

---

[①] 参见鲍曼:《流动的现代性》,上海人民出版社 2002 年版。

人文资源，进而带来对古典传统的全新解释和理解。有学者乐观地评价道：数字人文学科的出现不仅带来了新研究方法和教育，更重要的是它改变了人文学科的学术生态系统。正在形成的数字人文学科共同体具有某种潜能和责任，坚持人文学科的立场和主张，将数字技术创造性地用于提升人文学科的研究和教学。[1]

晚近人文学科发展的另一个趋向是跨学科研究的兴起。其实，人文学科古典知识形态中并没有严格的学科界限，文史哲不分家在过去是常见的。只是由于现代性的知识和学科的分化导致了人文学科的专业分工，一个个互不相干的独立领域遂成家立业起来。只要把五四时期的文史大家和当下学者的研究稍加比较，就不难发现这一百年来我们的人文知识生产发生了多么大的变化。在我看来，跨学科的人文学科知识生产具有两方面的重要作用。其一，正像一些人文学者指出的那样，在当代知识系统中，人文学科的任一具体学科都只具有部分人文学科性，无论哲学、历史、文学或艺术或修辞学等，它们往往只是人文学科整体价值、意义和伦理的某个局部领域的探索。比如，修辞学关于自我表达和交往能力的训练，文学关于想象界和生命意义的探寻，哲学关于形而上学的论证或公正等伦理探究等。因此，把这些分别进行的研究和教育整合起来，那将有助于培育学生们完整的自我理解系统，进而克服个别的或零散的自我理解。[2] 其二，更重要的问题是，在当代庞大的知识系统中，人文学科若要获得长足的进步，努力和社会科学、自然科学甚至技术科学通融互动乃是必然趋势。尽管前面我们说到人文学科与科学有诸多根本性的不同，但正是这些差异导致了人文学科有可能和必要引入新的学科资源，进而改变人文学科给人的保守、刻板和过时的面目。当代社会所面临的许多重大问题远不是某一学科可以单独解决的，这就为人文学科的广泛参与提供了新的契机。从生命科学中的生命伦理问题，到环境研究的历史和人文层面，到许多社会问题的探究（性别研究、教育研究、心理学研究、决策研究、公共政策、国际关系、政府治理、商业道德、城市文化等），如果没有人文学科的深度有效参与，将是难以彻底解决的。正是在这里，人文学科可以派上大用场。跨学科研

---

[1] Mathew K. Gold, *Debates in the Digital Humanities* (Minneapolis: University of Minnesota Press, 2012), ix.

[2] Richard Wolin, "Reflections on the Crisis in Humanities," *The Hedgehog Review*, (Summer, 2011), 15.

究不仅是对传统人文学科知识形态的改造，也是对传统人文学者角色和知识功能的重构。

至此，可以得出的第二个可能的结论，人文学科的传统性与现代性是可以对接和转换的，关键在于如何防止人文学科在当代被"博物馆化"，把"保留曲目"转化为"新曲目"，将有助于实现其在现代知识系统中的合法化证明。

## 如何复兴当代人文学科？

我要讨论的第三个问题是：面对各式各样的困境或危机，如何复兴当代人文学科？如何探寻一些新的路径来推进当下的人文学科及其人文教育？

纵观整个20世纪，西方学术界关于人文学科危机以及复兴的争论不绝于耳，但令人气馁的是，这些讨论并没有从根本上改变人文学科的困境。历史比较常常是我们把握当下问题的门径，西方启蒙时期和中国五四时期是我们思索当下困境的两个参照点。启蒙时期法国社会总人口中识字率只有37%，但那时，启蒙思想家们所提倡的人文主义、人文学科和人文价值的社会认可，具有相当广泛的社会共识。五四时期的中国，文盲率远远高于法国启蒙时期，但一大批思想家和文人提倡新学，强调中国古代思想在反思批判基础上的转型，提出了一系列有影响的人文主义启蒙命题，也得到了当时社会各界的广泛回应和认同。具有讽刺意味的是，当今无论是西方还是中国，识字率极大地提高了，教育普及率远远超过了过去，受教育或有教养的公众已成为或将成为社会的主体。令人困惑的是，较之于过去，今天的人文教育和人文学科似更加凋零，人文价值、意义和伦理却倍受冷落。为什么？

美国哈佛大学哈佛学院前院长路易斯"无魂的卓越"这个概括，也许道出了某些原委：

> 大学已忘却了它对大学生应有的更大目标。大学作为知识的创造者和储存者是成功的，甚至比过去更成功。然而，大学却忘记了本科生教育的基本任务，乃是使18—19岁的青少年成长为21—22岁的青年人，帮助他们成长，让他们知道自己是谁，为自己的生活去探寻更大的目标，离开学校时成为一个更好的人。对学术上卓越的追求已完全遮蔽了大学的作用，以至于大学已忘了需要去协调好这两者。一些

以教学奖和学生公共服务计划形式出现的教育活动是徒有其名。有些教授显得是道德正直的名师楷模。细读一下任何一所大学领导的致辞，你都会发现充满了关于世界问题、知识探求、努力工作和成功的言辞。但你却很少听到有关人格力量、正直、友善、合作、同情心以及如何使这个世界变得更好的言论。大学越是卓越，就越想在师资、学生和研究经费的市场上获得有竞争力的成功。但它却很少对学生严肃地谈论如何把自己培养成有良好人格的人，让他们明白正是由于自己接受了良好教育，所以应努力回馈社会。①

其实，这是全世界许多大学正在发生的情况，大学教育在追求卓越的同时，却正在失去了精神、心灵和伦理。这个问题在当下的中国大学显得尤为突出，不仅存在着"无魂的卓越"，更可怕的是还存在着"无人文精神的平庸"。大学里发生的许多匪夷所思的事情，"羡慕、嫉妒、恨"这一网络流行语，折射出大学社区和知识共同体的真实危境，校园里频频发生的投毒、谋杀、破坏、诬陷等恶性案件，不啻是一个警钟！人文学科及其人文教育必须以切实的行动来改变这一危险的发展方向！

我以为，面对当代人文学科的危机，重要的已不再是理论上的论证，而是要努力探究某种更具实践性的行动。换言之，解救人文学科的危机与其说是一个理论问题，不如更准确地说是一个向实践转换的问题。面对当下大学教育的困境，有必要提出一个响亮的口号："人文学科在行动"。

首先，人文科学及其教育要获得更大的空间和影响，就需要与其他学科的有效结合。目前大学的人文学科教育大致有两种路径，其一是人文学科的专业教育，它基本上属于精英式的少数人的专业教育，因而其局限性很是明显；其二是通识教育课程中的人文学科课程，来自其他专业的学生大多是以应付的态度来修此类课程。因此，可以断言，目前大学教育中的人文学科教育并没有取得实际的功效。在我看来，要从根本上改变人文学科教育的困境，可能的路径是将人文学科的资源渗透进其他专业教育。所以，应提倡一种"游击战"的行动策略，通过人文学者各种交结和关联，从私人间的交往，到各种制度性的联谊活动，和其他学科的学者建立起基于友谊基础上的学术互动联系，通过其他学科的学者把人文学科的基本理念和价值逐步渗透

---

① James Lewis, *Excellence without A Soul* (New York: Public Affairs, 2006), xii.

进各门学科的专业教育之中。以我之见，改变人文学科困境的关键环节并不是作为教育受众的学生，而是作为教育主体的教师。如果各专业的教师都具备了良好的人文学科素质，如果他们各自的专业课程都能蕴含不同程度的人文价值、意义和伦理关怀，那么，大学人文学科的教育便不再蜷缩在狭小领域里而成为少数人的志业，而是具有广泛性和普遍性的公民教育。这样，大学教育在追求卓越的同时，便不会失去"灵魂"了。人文学者如何深入其他学科"敌后"而发动"游击战"，如何把人文学科的教育转化为其他专业教育中的有效资源，如何发展出与其他学科有效的合作模式，也许是人文学者需要深入探究的难题。俗话说"文人相轻"，这在人文学者中风气更甚；斯诺曾坦言人文学者和科学家彼此敌视，互相误解对方；哈佛大学前校长 Bok 希望科学教育和人文教育应彼此协调，这些说法都表明当今大学教育中人文学者与科学家之间学术交往与合作的必要性。一方面是人文学者更多地了解科学知识，另一方面是科学家们更多地增加人文修养，一旦介于其间的"海洋"被跨越，跨学科研究的人文学科便行动起来了。比如，针对物理学或数学教学，如何把一些重要的哲学形而上观念贯穿进去；再比如，针对生命科学研究，将生命伦理学的讨论深入其内；还有，针对日益严峻的环境问题，可以将人与自然及其环境伦理的讨论暗含其中。理想的模式是，每门专业课程都有人文学者的参与，安排若干单元讨论意义、价值和伦理等相关问题。如果人文学科走出原有的格局而进入其他学科领域，那它就在新的层面上重构了人文学科的知识生态系统。与科学家们合作，编写出适合其他学科的人文学科教材，也是人文学科当下发展的一个任务。在有条件的情况下，人文学科的教师应与其他学科的教师合作，共同开设其他专业课程，实现人文学者与科学家之间的跨学科互动。

　　将人文学科从理论转向实践，聚焦人文教育的行动性，我以为还有一种可能性，即"发明新传统"。英国史学家霍布斯鲍姆"传统的发明"理论指出，当社会迅速转型并削弱了已有的传统社会模式时，"传统的发明"就会频繁出现，进而形成了新的传统。他认为"发明的传统"是一整套被公开或私下接受的规则所控制的实践活动，具有仪式或象征的特性，通过不断的实践来将特定价值和行为规范潜移默化于主体之中。[1]霍布斯鲍姆强调

---

[1] See E. J. Hobsbawm and Terrence Ranger, eds., *The Invention of Tradition* (Cambridge: Cambridge University Press, 1983), 1.

"发明的传统"具有高度实践性，对于如何改进人文科学研究和教育也颇有启发性。要实现人文学科从学院传统向社会实践的转变，那就不能局限于课堂和校园，而应努力融入更为广泛的社会实践领域，形成霍布斯鲍姆所说的一整套被公开或私下接受的规则所制约的实践活动，通过不断重复的仪式和象征来传递特定价值和行为规范。如果大学人文学科所讲授的那些价值、意义和伦理等问题，能转化为一些精心设计的课外实践活动或日常生活行为，那么我们就可以把人文学科教育从课堂转向了课外，从校园延伸到了社会，从学术研究拓展到日常生活世界。比如，社会生活诸方面的伦理问题，可以通过老师和学生的广泛参与的社会活动来加以讨论；再比如，环境伦理问题，也可以通过师生的具体环保活动来加以讨论和深化；还有，中国传统文化中博爱、尊老爱幼、济弱扶倾、热爱自然等传统价值观，可以借助一些仪式性和象征性的实践活动来耳濡目染。一句话，实现人文学科教育从学理型向实践型的转向，是摆脱当下人文学科合法性危机的一个有效路径。

最后想说点题外的话。人文学科作为一种传统导向的古典知识体系，是与传统社会的闲暇生活及其节奏密切相关的，所以黑格尔说 Mineva 的猫头鹰总是在傍晚才起飞。我想这是对思想及其智慧条件的一个说明。今天，当我们过多地沉浸在工具理性的实务活动中，当我们快节奏地忙于生计活儿时，猫头鹰是难以起飞的。而每当闲暇出现时，我们又耽溺于各式各样放纵的娱乐活动中，猫头鹰也不见了踪影。面对这一困境，人文学者还可以做些什么呢？除了在书斋里潜心研究和课堂上悉心教授学生之外，我们还可以做些什么来使人文学科不只是那些学院化的知识呢？我想，把人文学科高深的知识转化为大众可以接受的普及知识也是相当重要的。历史上有不少这样成功的楷模，他们不但在各自的专业领域里成就卓著，而且在人文知识的普及上也做了许多让人钦佩的推广工作。这样的普及型人文知识使得 Mineva 的猫头鹰并不是在夜晚才起飞，而是可以成为我们终日的伴侣，人文学科所传达的思想、价值和伦理为更多社会普通公众所接纳、认可和敬重，是人文学科从危机走向复兴的必经之路。

第三个可能的结论是：人文学科从学院化知识体系走向社会生活的实践性，乃是当下复兴人文学科的一个重要选项。

原载于澳门大学《南国学术》2015年第1期

# 大学体制与文学教育

文学教育的传统在中国源远流长。在传统文化中，文学历来被作为"诗教"，服务于人格培育和道德修炼。孔子曰："不学诗，无以言。""小子何莫学夫《诗》，可以兴，可以观，可以群，可以怨；迩之事父，远之事君；多识于鸟兽草木之名。"由于传统社会中文学尚未与其他社会活动分离，它属于广泛的社会行为的一部分。所以，文学教育与其说是侧重文学，不如说更加关注通过文学来达到的文学之外的伦理目的。

照韦伯的看法，现代性的过程乃是一个不断分化的历史进步。所谓分化，从韦伯的社会学意义上说，主要指"去魅化"和合理化，前者是指把宗教的东西与世俗的东西区分开来，后者是指强调人的行为、手段和目标都应符合理性原则。这就导致了两个最重要的分化：世俗的东西和宗教的东西的分化，文化的东西与社会的东西的分离。于是，文学作为一个独立自足的领域便应运而生。中国虽然是一个世俗的国家，没有强大的宗教传统和势力，但近代以降，文学的发展也依循相似的路线演变。文学从传统社会的道德重负中摆脱出来，逐渐形成了自律的文化观念。新文化运动的出现，大学堂和书局等现代体制的涌现，为现代中国的文学教育奠定了基础。讲授文学不但是一种职业，同时也是一种社会关怀。新文化运动中许多作家、批评家和学者，他们既是文学家，又是教育家；他们既在大学讲台上讲授文学的一般知识和理论，同时也通过文学来关注社会现实和历史发展，关注中国社会的种种现实问题，从国民性到启蒙和救亡等。现代文学及其教育在摆脱传统的道德说教的同时，又被附加上许多它有时难以完成的重任，诸如"小说界革命"或"文学救国"或"以美育代宗教"等。文学在去掉一些功能的同时，又被赋予另一些外在的机能。但从总体上说，不同于传统的文学教育，近代以来的文学及其教育在创作与社会实践、学术知识和社会关注等方面，似乎保持了较为合理的张力。

倘若我们以这样的格局来透视当代中国大学的文学教育，问题是显而易见的。大学作为一个现代制度的产物，作为一个知识生产和传播的场所，作为一种权力或文化领导权的运作，与文学自身内在的激情和灵性，与文学不可或缺的社会现实关怀，与文学作为一种质疑陈规旧习和日常生活意识形态的手段，似乎存在着相当紧张的关系。我以为，这种紧张至少表现在以下几个突出的方面。

第一，大学的制度化正在或已经改变了文学教育的宗旨。从传统意义上说，文学作为道德教化和人格培养，自有其局限性，但不可否认，忽略文学教育的此种功能，很容易导致文学和社会关联的断裂，进而否定一切文学对人格与精神的塑造有积极作用的观念。高度制度化的当代大学文学教育，相当程度上把重点放在一种可替代的知识的传授，而非思想与人生体验。它更加偏重于讲授"什么是文学"，而非"如何做文进而如何做人并认识社会"。所以，文学教育正在把学生作为一个单纯的知识接受主体，而将教师简单地功能化为学术传授的载体。尽管在正规的大学文学教育中可以使学生知晓许多知识，从某个文学运动，到某种文学体裁，甚至某些作家作品，但是，文学教育与人格修炼现在几近完全脱节，与社会关注和人道使命及责任的培育无甚关联。非文学的东西，自然而然地被当作有碍于文学教育的东西而被排除在外。文学的学科化和学院化导致了它自身的社会有机性和社会实践性功能的衰退。这一方面是大学教育制度化的结果，另一方面也和当前的文学有意淡化与社会关联的倾向有关。诚然，传统的文学教育亦有道德说教的弊端，但文学与社会现实的关系却不容忽视。文学的独立自足的确使文学获得了广阔的发展空间，似它也因此而失去了与社会的深刻广泛的关联。文学教育在其中可以起到什么矫枉过正的功能呢？

第二，大学的文学教育在制度化条件下，不可避免地趋向于专门化和职业化。可以毫不夸张地说，当代中国的大学文学教育，完全是职业化的细密分工的产物。职业化和专门化的结果之一，是学科或知识的分化，文学教育作为一个总体范畴，实际上并不存在，实际存在的是文学史、比较文学语言学、文学理论等专门领域，甚至更加具体专门，文学史的主要领域乃是古代文学，更有甚者是断代文学史，甚至更加专门的某一时期某一作家或文类的研究。随着学历教育的层次提升，专业便越发具体、细致和局限。一个文学博士很可能只是研究一个比较具体特定领域里的专门问题，博士最好称之为"专士"，因为他的学识并不广博。细密琐碎的专业分化使得文学成为"拆碎七宝楼台"。诚然，具体的专业分化使得文学教育的深度和专门性大大加强了，但在有所得的同时亦有所失。教授在专门研究可以达到相当精深的地步，却有可能失去对文学现象的生动活泼的体悟；学生也许会在某些艰深难题上有所突破，却有可能被训练成工具性的存在，丧失具有新鲜活泼的对文学的灵性和敏感。于是，文学教育中充满了后现代式的"小叙事"。越深越专门越精深的知识，听众和知音便越是稀少。专门的话语和概念不经严格训练便无从领会。更严峻的问题在于，即使在文学教育领域内，不同专业的人之间操不同的术语，谈论不同的话题，彼此之间无法获得一种"通约性"。研究文学理论的人读不懂专门的文学史，现代文学研究者可能缺少丰富古代文学的常识，这不但是可能的，而且是现实的。"小叙事"的盛行标志着"大叙事"的衰落，于是，教师和学生皆自满于在狭小的专业领域里皓首穷经，但文学教育与普遍的社会关怀的关系疏远了。难怪有人不断地呼吁"人文精神"，难怪有人极力主张人文知识分子真正的角色在于他的"业余性"。

第三，大学文学教育在制度化的过程中，不可避免地强调学术规范、教育技术和运作程序，这是制度的权力和权威之表征，也是高等教育本身合理化的必然结果，同时又是大学作为一种现代体制的必然目标。在现实的文学教育中，在不同的学术和学历教育层次上，规范化都是一个重要的游戏规则。课程如何设计，教材如何规范，考核如何客观，作业或论文如何符合写作要求，成绩如何评价，学生素质如何评判，学生如何学，教师怎么教等等，一系列的规范意味着合理化已经渗透在大学文学教育的每一个环节。当然，规范化是大学文科教育中极其重要的一环，"没有规矩，不成方圆"。但问题在于，种种繁琐规矩是有利还是有碍文学及其教育的特殊性。比如说，在论文写作中，技术性的因素往往被突出强调，材料的取舍，文献的运用，方法的选择，表述的规则，观点的提炼，结构与篇章的统筹，都有种种规则来控制。这很容易使得许多技术性的环节压倒了思想的自由及其批判性的反思。一言以蔽之，当代中国文学教育中实际上存在着重"技"轻"道"的普遍倾向。其结果必然是学生的论文越写越规范，技术上越发完善和符合标准，但思想的锋芒和创造性的灵见却日渐衰微。我们有越来越多的"好论文"，但有创造性和批判性观念的论文却难寻踪迹。如此一来，便带来两种潜在的后果：其一，文学教育的规范化和思想火花的激发相去甚远。我们的教育制度培养和要求的是一些对规范和规则驾轻就熟的工具性人才，而带有创造性和思想家气质的人才却少得可怜。其二，标准总是客观的和公正的，它不会对任何人有任何特殊性，而文学教育和人才培养的特殊性，特殊的素质所需要的特殊的教育，便被同一性的规范所抹杀。如今的大学文学教育成批地生产出同一标准的毕业生，创造性的个性化的人才却不多见。至此，一个问题也许无法绕过：大学文学教育是否隐含着这样的潜在危险？即文学教育作为人文知识分子培育的重要场所，将越来越趋向于技术官僚型知识分子的塑造。照此发展，人文知识分子自身的社会角色和职业敏感便会逐步丧失，工具理性便大行其道。

最后我想说，制度化的大学文学教育，以各种方式威胁着文学本身，也威胁着人文知识分子的角色，危及他们的话语文化。或许我们有理由认为，人文知识分子在制度化的文化和教育面前，最重要的就是捍卫其"批判性的话语文化"（古德纳），其公共角色也就是"展示真理并揭露谎言"（乔姆斯基），他的本性乃是"自由飘浮的非依赖性的"（曼海姆），其基本任务在于打破人类思想和交往中的刻板印象"破除限制人类思考和沟通的刻板"（萨义德）。假使我们承认这些说法切中了人文知识分子的要害，那么，反观当前的大学文学教育，一种制度化努力与这种角色意识塑造之间的紧张便赫然眼前。然而，真正的困境还在于，大学体制的完备制度化，从本性上说是遏制和压抑这样的人文知识分子塑造的，但在体制外实现文学教育在当代条件下几乎是不可能的。现实的选择和问题便是：我们如何在制度化中开拓非制度化的可能空间？

原载《评论》第一辑，江苏文艺出版社 2000 年

# 从"沉浸式"到"浏览式"的阅读转向

——关于中国当下阅读困境的思考

## 如何思考当下的阅读困境？

一个时代有一个时代的发展变化，当然，也有一个时代的问题。

我们这个时代，中国经济的发展超出了人们的预期，科技的进步极大地改变了生活世界。在许许多多鼓舞人心的好消息后面，一些令人担忧的征兆慢慢浮现出来。2013年，广西师范大学出版社做了一个网络问卷，调查"死活读不下去的书排行榜"，根据读者三千多条微信回复统计，排行榜的前十名依次是如下作品：《红楼梦》《百年孤独》《三国演义》《追忆似水年华》《瓦尔登湖》《水浒传》《不能承受的生命之轻》《西游记》《钢铁是怎样炼成的》《尤利西斯》。如果我们认真地对待这个统计结果，隐含在其后的问题足以引起教育工作者、文化工作者和文学教师们的深深忧虑。一个令人困惑的问题是：为何这些曾经的经典在今天会变成"死活读不下去的书"？

每个时代都有自己的文化风向，处在三十多年改革开放以来高速发展的当下，中国的经济、社会、文化、教育，几乎每个领域都发生了深刻的变化，国民阅读也不例外！当然，关于阅读也有一些利好消息，比如"第十二次全国国民阅读调查报告"披露，2014年我国成年人图书阅读率为58%，比前一年上升0.2个百分点。更重要的是，数字化阅读方式的接触率为58.1%，较前一年上升8个百分点，虽然人均纸质图书阅读量只有4.56

本。① 也许可以乐观地推测，纸质书的人均阅读量之所以不高，乃是由于电子阅读正在取代纸质书成为阅读"新宠"。

不过，在这些看似令人鼓舞的消息背后，一些更为复杂的问题接踵而至。比如，数字化的电子阅读盛行与那些中外文学经典名著沦为"死活读不下去的书"之间，是否存在着某种隐秘的关联？晚近一些年来，人们越来越深切地感受到，中国当代的阅读文化正在或已经出现了某种困局。人们（尤其是青年人）的阅读方式已悄然发生了变化，特别是数字化的电子媒介所催生的各种电子阅读大行其道，极大地改变国民的阅读行为及其阅读习性，使得整个社会当下的阅读生态迥异于二三十年前。关心晚近中国阅读文化的人，大都会有这样的直观印象，今天流行的阅读变得越来越"快""泛""短""浅""碎"，这些看似简单的形容词后面隐藏着决不简单的深层原因。不少学者对阅读困境做了不同角度的分析，并得出了不同的结论。有人指出当下的阅读困境是由于印刷文化已经被数字化的文化所取代，有人则断言是当代全媒介的发展引起的，还有人认为是视觉文化的深刻影响所致，更有人聚焦于阅读趣味变化所导致的阅读取向和行为的变化，或归于社会风气的变化，或强调文化变迁所引发的阅读需求和期待的转变等。② 毫无疑问，这些分析和结论从不同视角揭示了当下中国阅读文化困境的复杂缘由，给人不少启示和思考。

在诸多诊断和分析中，有一种说法值得注意，有学者发现当下数字化阅读境况中，读者的阅读耐心在不断减弱。"文本泛滥，信息过载和无用积累的话语，这是数字化时代读者面对的情境。追求速度是这个时代最基本的阅读特征，人们容易产生焦虑，把阅读学习简单化，而失去了传统意义上的耐心、平和及宝贵的冥想。"③ 这的确是当前阅读生态中一个令人忧虑的普遍倾向。如果我们把视线投向其他领域，就会发现今天在任何行业，人们似乎都变得缺乏耐心了。传统上作为美德的"慢工出细活"的

---

① http://www.cssn.cn/zt/zt_xkzt/zt_wxzt/2015sjdsr/sjdsrzqmyd/201504/t20150422_1596633.shtml
② 参见周宪：《重建阅读文化》，《学术月刊》2007 年第 5 期；赵勇：《媒介文化语境中的文学阅读》，《中国社会科学》2008 年第 5 期；余秋雨：《信息时代的阅读危机》，《党建》2010 年第 9 期；莫泽瑞：《国内阅读文化研究评述》，《图书馆杂志》2009 年第 9 期；刘泳洁等：《国内阅读文化研究综述》，《情报理论与实践》，2012 年第 12 期；杨祖逖：《经典文学阅读困境之分析》，《图书馆》2010 年第 2 期。
③ 李新祥：《阅读行为数字化嬗变的个体影响研究》，《浙江传媒学院学报》2014 年第 6 期，第 28 页。

做法如今显得过时了，一个全方位的"高速文化"向我们走来。[①] 在这种文化中，新的法则是速度与效率，"快者胜"的原则颠扑不破！加之工具理性成为人们日常生活行为的普遍理性选择，"耐心"这个曾经的优点现在变得越来越不合时宜了。知识、信息、文献、数据库和出版物均以爆炸性的速度激增，捧着几本书耐心做学问的方式一去不复返了。所以"快""泛""短""浅""碎"的阅读方式，成为读者大众无法避免的选择。

在我看来，阅读耐心的当下阙如，显然是由诸多复杂的因素造成的。从大处说，整个社会和文化的现代性变迁极大地改变了知识的生产与获取方式，这可以从改革开放以来的社会文化发展进程中清晰地看到。本文不可能全面研讨各种原因及其相互关系，而是选取一个特定角度分析当下存在的阅读困境。本文的一个基本假设是：特定的阅读媒介塑形了特定的阅读行为，而特定的阅读行为又建构了读者的阅读习性。不同的阅读文化有不同的阅读行为，外在行为方式的变化较容易在经验的层面上观察到，但隐含其后的阅读习性的变化却往往难以察觉，但它却是一个决定阅读文化的重要因素而不可小觑。

思考当下阅读困境，显然有许多不同的路径。文化史的、社会学的、哲学的、心理学的、认知科学的、教育学的，甚至语言学的。各种路径所透视的阅读景观有所不同，因而得出的结论也会有所差异。如前所述，造成当下阅读困境的原因是极为复杂的，这些原因更像是一个多种力相互作用的"场"，存在着一个关系复杂的结构。因此，任何单一路径的研究都不可能穷尽导致阅读困境的根源。本文将采用文化史、技术哲学与认知科学相结合的方法，并参照已有的一些经验研究成果，从一个特定的角度来审视中国当下的阅读困境，进而探索一些解决困境的策略。

很多阅读研究都倾向于一个直观的判断，数字化时代的电子阅读是造成阅读急剧变化的重要原因，换言之，新的阅读媒介和技术改变了传统的阅读，由此带来了一系列的问题。当我们顺着这个思路前行时，稍不留神会落入技术决定论的窠臼，所以不得不强调某种辩证的方法。晚近技术史、媒介考古学或传播史的研究，都是从技术变化角度揭示了社会文化变迁的缘由。比如，印刷术的发明相当程度上改变了社会文化的现代化进程；再比如，电影的诞生对社会和文化都产生了深刻的影响。从本雅明到麦克卢

---

① 参见 John Tomlinson, *The Culture of Speed: The Coming of Immediacy* (London: Sage, 2007).

汉再到鲍德里亚等，基本上都是沿着这个思路展开的。[1]但在我看来，技术变迁与人的文化之间，存在着一种复杂的关系，一种辩证的相互作用的关系。历史一再表明，技术进步不断地导致新装置的发明。一方面，新技术装置重构了与之相适应的人类主体性及其行为；另一方面，新的主体性又反过来引导并要求着新技术及其装置。我以为这种高度的相互依赖和相互作用的关系，乃是我们理解技术与社会文化关系的一个重要理路。为了说明这一关系，我将引入晚近技术哲学关于"装置范式"（device paradigm）的理论，它源自德裔美籍哲学家伯格曼。伯格曼通过对当代生活的考察发现，其典型特征就是生活越来越依赖于技术进步所催生出的各种装置，它们成为社会生活的范式。技术进步所创造的种种装置，在构成新的生活范式的同时，深刻地改变了人们传统的生活方式。比如，传统的劈柴生火取暖，是一个家庭成员共同参与的活动，它凝聚了全家人的情感、交往和家庭关系。然而，当集中供暖系统出现后，装置取代了传统的生活方式，不再需要家庭成员的相关技巧、精力、参与和关注了，一家人劈柴、生火和取暖的场景不再。伯格曼特别指出，新的技术装置的出现，消解了物品之间的固有关联性和人的参与性，而装置本身却隐含在背景中使人无从察觉。于是，物品变成了商品，人们不是在使用物品，而是在使用作为商品的装置。装置范式的特征之一是手段的可变性与目的的恒定性，比如取暖的目的是恒定不变的，但各种用于取暖的新装置却是层出不穷的；其特征之二则是手段的隐蔽性与目的显著性，意思是说无论何种装置，当它们给人带来便捷性时，其使用目的总是显而易见的，而装置本身则退居在背景中隐而不现了。更有趣的是，随着装置设计变得越来越"人性化"，或愈加"友好型"，便捷带来的易上手功能与装置本身的构造复杂性之间的鸿沟会越来越大，但装置的使用者却对此习焉不察。[2]伯格曼提出，人若是要克服装置范式的控制和消极影响，一个有效的方法就是通过听音乐、慢跑、做手工等，他将这些活动称之为"凝神物之实践"。正是通过这些凝神专注的活动，把人从装置范式的宰制下解脱出来，回归人的本真性生活。

---

[1] 参见本雅明：《机械复制时代的艺术作品》，浙江摄影出版社1993年版；麦克卢汉：《理解媒介》，商务印书馆2000年版；Jean Baudrillard, *Simulacra and Simulation* (Ann Arbor: University of Michigan, 1995).

[2] See Albert Borgmann, *Technology and the Character of Contemporary Life* (Chicago: University of Chicago Press, 1987).

诚然，装置范式并不是我们这个时代独有的，不同的时代有不同的装置范式。就漫长久远的人类阅读史而言，我们的祖先确实发明了许许多多的装置及其范式，从人类早期的洞穴或山岩的图像或符号的刻写，到龟壳、竹简、布帛，再到纸张和印刷术的发明，乃至今日大行其道的各种电子阅读器。不过需要特别强调的一点是，当代技术的飞速发展彻底重构了装置范式，今天数字化的电子装置迥异于传统的任何阅读装置，它建构了一种全然不同于印刷文化的新的阅读文化。本文特别关注的焦点问题是，当代数字化的电子装置如何重塑着人们的阅读行为及习性？这些行为和习性又如何反过来依赖装置并愈发上瘾？它们与当下的阅读困境之间是否存在着某种关联？

要回答这些问题，需要引入一些理论资源，晚近兴起的比较文本媒介研究（CTM，Comparative Textual Media）就值得引荐。这一理论的思考重心是文本的不同媒介技术、系统和阅读方式的比较研究，通过一系列的比较和分析，可以清晰地揭示数字化条件下电子阅读的真实面相。比较文本媒介研究首要任务是确立一个"媒介构架"，正是在这个"媒介构架"中，不同文本的媒介特性和它们历史发展的顺序过程，可以描绘成复杂关系图谱。[1]虽然比较文本媒介研究通常只运用于共时性考察，即同一时期不同文本媒介的复杂关系，比如当代阅读文化中视觉媒介与听觉媒介的关系，但我认为这一方法也可以拓展至历时层面，用于文本媒介变化所形成的不同阅读文化分期及其文本媒介的历时比较，由此与阅读文化史相关联。就本文的研究主旨而言，比较文本媒介的文化史方法最有效，通过比较文本媒介的历时性考察，特别是从印刷文化向电子文化的转变，可以析出当下阅读困境背后的某些复杂原因及其后果。

## 印刷文明与沉浸式阅读

一俟进入比较文本媒介的历时考察，首先会触及人类阅读文化史的历史分期问题。根据文本媒介文化史的研究，人类文明大致经历了口传文化、抄本文化、印刷文化和电子文化四个阶段。[2]就阅读而言，四个阶段的阅读

---

[1] N. Katherine Hayles and Jessica Pressman, ed., *Comparative Textual Media: Transforming the Humanities in the Postprint Era* (Minneapolis: University of Minnesota Press, 2013), xiii.

[2] 关于人类文明的传播分期研究存在不同的看法，除了本文所采用的四分法外，还有五分法，将电子传播与数字传播区分开来。

媒介及装置是完全不同的。以下我们简单地考察一下这四个阶段，并重点分析印刷文明所造就的特殊阅读行为——沉浸式阅读。

我们知道，口传文化的"文本"媒介是人言语的语音，所谓的阅读实际上是通过说话人的口语语音来进行的，这时的阅读乃是一种"听读"。口传文化的典型交流场景是人与人面对面的交流，其在场性与时空限制非常明显，只有当言者和闻者共在一个特定的时空场合时，口传文本的"阅读"行为才得以发生，因此，口传文化中的阅读有某种在场性要求。比如传统的"说书"，就是典型的口传文本"阅读"情境。进入抄本文化阶段的重要契机是文字和书写工具的发明，此时阅读转向了对书写在不同载体上的文字的解读。据一些研究，在抄本文化阶段，交流还保留了相当多的口传文化的口头—听觉特性，尤其是还有很多的诵读行为。但是，文本媒介已开始逐渐从听觉转向了视觉，亦即从言语转向文字。只有到了现代印刷文化阶段，才彻底完成了从"听读"转向"阅读"的转变，文本媒介变成为印刷在白纸上的黑字，人们不再使用耳朵听觉来接受信息，而是用眼睛扫视页面文字来把握信息。文本媒介的变化导致了一种新的阅读行为的形成，口传文化的说—听觉特性遂开始消失。印刷文化所创造的新文本媒介是决定性的，它不但导致了阅读方式的深刻变化，而且建构了视觉为主的默读行为范式。[①] 从抄本文化到印刷文化，除了口头—听觉性的衰退，视觉性逐渐占据主导地位外，更重要的变革是印刷文化极大地拓展了知识的生产、传播和接受范围。口传文化阅读的同一时空的在场性，抄本文化阅读的手抄本的独一无二性等限制均被打破，大量可复制的书籍得以广泛传播，如本雅明所言，机械复制时代技术的进步和新装置的出现，必然导致了"传统的大崩溃"，由此催生了现代社会、文化和艺术。[②] 但我想在此特别指出的是，这一变革还同时催生了现代文明极为重要的"读写能力"的诞生，简单地说就是文字书写和阅读的能力。伴随着印刷物的传播流转，现代教育出现了，而"读写能力"乃是公共教育的基本目标之一。这种能力的普及又催生了一种全新的阅读文化。试想一下，今天我们名之为现代文化的诸多领域，无不与印刷文明出现和读写能力的普及有关。

---

① See Walter One, *Orality and Literacy* (London: Routledge, 2002), 115–117.
② 本雅明：《机械复制时代的艺术作品》，浙江摄影出版社 1993 年版，第 4—11 页。

以下我们需要重点分析印刷文化所建构的独特阅读行为及习性,通过与此前的口传文化和抄本文化时期的阅读相对照,更重要的是与此后的电子文化相比较,揭示出当代阅读文化所发生的巨大变迁。从比较文本媒介的技术角度看,印刷文化的出现有赖于两个物质性的条件,一个是纸张的发明,另一个是活字印刷术的发明。纸张的发明是文本介质的变革。最早镌刻文字的载体是一些自然物,从岩洞粗糙的石壁,到沙土的地面,或不规则的树木,一直到龟壳、竹简、羊皮等。这些粗糙的、不平整和不规则的材料,严重影响了文字的抄写和阅读。中国四大发明之一的纸张的出现,极大地改变了书写和阅读的形态。在轻质的、平整的和洁白的纸面上抄写各种文献和历史轶事,成为人类文明史的一大进步。艺术史家夏皮罗曾对绘画载体的截面做过深入研究,他有一个重要的发现,即只有当平整的墙面或画布出现时,才有可能形成绘画艺术的丰富多彩表现风格,尤其是透视法的发现其实与此密切相关。他的结论是,如果囿于粗糙不平的岩洞石壁,是不可能有二维平面上的深度三维透视的表现方法和观念的,而西方绘画技术和表现风格也不可能产生巨大的飞跃。[1]这个艺术史的关于绘画媒介的分析和结论,也同样可以用于说明纸张发明的重要性。没有纸张,今天人类文明的许多宝贵遗产和创新观念都是不可想象的。

更为重要的是,中国人活字印刷术的伟大发明,它使人类摆脱了抄本文化的局限而进入了机械复制的新时代。中国的历史发展一再表明,阅读文化与帝国的体制、文化传统和士阶层的关系极为密切。中华文明的历史遗产如果离开了印刷的图书典籍将是苍白的。更有学者指出,印刷术所造就的阅读和书写不仅塑造了中国文化史的独特面貌,而且对贯穿帝国时期的中国政治和社会发展来说也极为重要。[2]在西方,古腾堡在15世纪中期发现了活字印刷术,大规模的机械复制技术彻底改变了中世纪以降的基督教文化,加速了文艺复兴时期现代科学的发展和世俗知识的传播。如下结论已成为知识界的共识,印刷术的发现不仅标志着阅读的转变,而是昭示了欧洲社会本身的转变,印刷文本对欧洲生活的每个领域都产生了深刻影响,"实际上,此一发明乃是世界史上最重要的社会断裂和知识断裂

---

[1] 夏皮罗:《视觉艺术符号学的几个问题:图像—符号载面与载体》,周宪主编:《艺术理论基本文献·西方当代卷》,三联书店2014年版,第138—140页。

[2] See Gabrielle Watling, ed., *Cultural History of Reading*, vol.1 (Westport: Greenwood, 2009), 287—304.

之一"。①

这里我关心的问题是，纸质印刷文本的出现，究竟在多大程度上建构了人们新的阅读行为及习性？它催生了一种什么样的阅读新文化？从比较文本媒介的视角看，最值得关注的是印刷文明独特的阅读方式——默读——的出现，而默读的典型特征乃是它的沉浸式阅读。

如前所述，从口传文化向印刷文化的转变，文本媒介从言语口头叙说向手抄文本再向印刷文本的转变，这个漫长的转变过程蕴含了一个从诵读（听读）到默读（阅读）的深刻转变，从言语听觉理解向文字视觉理解的转变。尽管默读在印刷术出现之前的抄本文化时期已存在，但是一个重要的发展是，印刷文化强化并普及了默读这一印刷文化时代典型的阅读行为。阅读史家费舍尔如是说：

> 默读无论其发生在何处，都将一个新的维度引入了这种操演，并从那时一直延续下来。阅读从公众行为走向了私人行为。一个读者不再和其他人（他们会以提问或评论的方式打断阅读）共享某个文本，或甚至声音与字母也不再捆绑在一起了。她或他可以秘密地阅读那些闻所未闻的东西，直接触及观念，使思想在更高的意识水平上延续，交互参照和比较，并加以考虑和评价。这就深刻地改变了西方人的阅读习性，它不但影响了阅读的外在环境和物质，而且对阅读的实践者产生了心理影响。这一成就变成了读者其内化存在的一部分。阅读超越了其作为工具的社会功能，转而成为人的一种能力。②

具体说来，默读到底是一种什么样的行为呢？它与此前口传文化和抄本文化的阅读有何不同呢？在我看来，默读有四个值得注意的特征。

首先，默读就是默不作声的、私人性的静静地阅读，这不同于口传文化时期的诵读或听读（史诗、抒情诗或话本小说），它不再是一个多人语音传递的在场交流情境，而是一个人与文本交流的孤独情境。关于这一点本雅明在其《说故事的人》中有很好的分析，他特别指出了说故事的人须有听故事的人陪伴，而读印刷本小说的读者却是与世隔绝的。"小说读者比

---

① Steven Fischer, *A History of Reading* (London: Reaktion, 2003), 205.
② Ibid., 162.

任何人都更小心翼翼地守着自己的材料。他时刻要想把材料化为他自己的东西。"[1] 布鲁姆在《如何读，为什么读》一书中，也特别指出了这种默读"是作为一种孤独的习惯"[2]。默读是一人独处的孤独境况，读者个体是通过特定文本和世界产生某种意义的关联。前引费舍尔所谓默读使阅读从公众行为走向了私人行为的判断，说的就是这个道理。

孤独虽然是个人独处的外在状况，但它却产生了某种内在的认知和心理状态，有助于引发想象和思考。这就涉及默读的第二个特征——养成理性。回到文本媒介的比较上来，不同于图像或影像的空间并置特点，印刷文本是由线性排列的文字有规律地构成的。语言的明晰性和表达的逻辑性，规范的语法要求，文字有规则地线性排列，必然要求读者按一定程式来阅读。此外，任何文字作为符号，总是抽象的（即使某种程度上有象形性），所以，文字的理解就是努力通过抽象的能指来理解其后的所指，把握文字的复杂意义。默读研究表明，眼睛在页面黑色字体间有序地扫视，不断地在头脑中转换成特定的意义，这个解码过程不但是接受信息的过程，同时也是理解和阐释信息的过程。因此，阅读总是与思考密不可分。更有趣的是，如果和影视"阅读"相比，读书是从容的、双向的和可反复的，而观赏影视则是单向的、不可逆的和不可停顿的。读书时常见的情形是读者读着读着便停下来，细细咀嚼文字，思考琢磨一番，然后再继续读下去。读书的这种状态为读者调用理性思考机能提供了更多的可能性。再者，前面提到的所谓"读写能力"，也就是一种主体的理性能力。因为在具有读写能力的读者那里，阅读成为一种高度内化了的认知方式，这就在读书潜移默化间培育了一种理性的思考习性，也就是人们常说的"知书达理"。不少研究把印刷文本的阅读行为与理性的主体性培育关联起来，波斯特在比较口传文化、印刷文化和电子文化的形态差异时特别指出，"言语通过加强人们之间的纽带，把主体建构为一个群体的成员。印刷文字则把主体建构为理性的自主的自我，构建成文化可靠的阐释者。他们在彼此隔绝的情形下能在线性象征符号之中找到合乎逻辑的联系。媒体语言代替了说话人群体，并从根本上瓦解了理性自我所必须的话语自指性。"[3] 这个看似简单的结论就是从比较文本媒介入手，深入到主体性建构的复杂问题，彰显了印刷文

---

[1] 本雅明：《说故事的人》，《本雅明文选》，中国社会科学出版社 1999 年版，第 307 页。
[2] 布鲁姆：《如何读，为什么读？》，译林出版社 2011 年版，第 5 页。
[3] 波斯特：《信息方式》，商务印书馆 2000 年版，第 66 页。译文参照原著稍有改动。

化的阅读所特有的理性主体建构功能。换言之，口传文化的言语重在群体主体性的建构，电子文化媒介（尤其是影视图像等）则隐含了瓦解了理性自我的潜在危险，比较来说，印刷文化默读的孤独性和理性思考，是有助于建构"理性的自主的自我"。

默读的第三个特征是印刷文本的单一性所形成的阅读单调性。虽然图文书或插图本也是一种常见的纸质文本类型，但是印刷文本的基本构成元素是文字，任何视觉图像都只是配角而已。印刷的纸质文本的文字单一性，一方面要求阅读必须专注和凝视，另一方面又不可避免地造成文字阅读的单调。在美学研究中，在对不同符号媒介比较分析时，对语言文字作品（比如文学）往往不得不采用另一标准的界说，比如把绘画、雕塑和建筑界定为视觉艺术，而将音乐归类于听觉艺术，戏剧、电影是视—听艺术或表演艺术，按照这个分类标准文学便无处可去，所以往往把它归入了一个特别的类型——"想象的艺术"[1]。比较说来，文学既没有造型艺术的直观性，也没有音乐艺术的情感表达的直接性，也没有戏剧电影活生生的现场感，因为语言本质上是抽象的符号。唯其如此，文学阅读有别于其他媒介的艺术欣赏往往显得枯燥而单调，必须通过对抽象文字的解码来理解其意义。印刷文本文字的单一性不可避免地导致了默读的单纯性和单调性，这既是默读的魅力和特性所在，同时也是其缺乏其他视听媒介直观性的局限所在。相较于当代电子文化所特有的多媒体和多链接的阅读形态，纸质文本阅读的枯燥、乏味和单调是显而易见的，这也是当代电子阅读具有吸引力的原因之所在。

从默读的孤独情境，到其理性思考，再到其单调性特征，这些特点最终构成了默读的第四个、也是最重要的特征：沉浸式阅读的静观特性，它是阅读理性特征的进一步规定。在西文中，静观（contemplation）是指专注凝神的状态，即庄子所说的"用志不分，乃凝于神"。《牛津英语词典》的解释是：静观就是长时间若有所思地凝视某物的行为。具体包含了以下几层意思：其一，深刻的反思性思考状态；其二，考虑和筹划的状态；其三，宗教意义上的沉思冥想。[2] 在我看来，面对纸质文本的默读所产生的典型心境就是这样的沉浸状态，阅读过程中不时地甚至持续地产生沉思冥想，

---

[1] 参见王朝闻主编：《美学概论》，人民出版社1981年版，第270—271页。
[2] <http://www.oxforddictionaries.com/definition/english/contemplation>

甚至导致了读者的"自失"感，完全沉醉于文字营造的世界之中。从认知心理学角度说，默读所产生的静观也就是一种独特的阅读范式——沉浸式阅读。有些阅读专家把这样的阅读描述为"深读"（deep reading）：它是"一连串复杂的过程，它深化了理解，还包括推证、演绎推理、类比技巧、批判性分析、反思和洞见等活动"[①]。正是由于这个特征，所以我们有理由把印刷文化时期阅读的典型特征界定为沉浸式阅读。反观当下数字化时代的阅读困境的种种症候，相当程度上正是这种沉浸式阅读及习性的衰退。

## 数字化时代的"超文本"与"超级注意力"

不同文化形态有其独特的文本媒介或装置范式，它们必然塑造出相应的阅读行为和习性；反过来，这些行为和习性又强化了主体对特定媒介和装置的依赖性并导致"上瘾"。在我看来，阅读行为是读者外在的动作，而习性则是其内化了的心理倾向。行为比较容易观察到，而习性则深藏在主体的心理深层看不见也摸不着。对阅读研究来说，考察的思路应是由外至内、由表及里，从行为的分析进入习性的考量。我的一个基本判断是，当下阅读困境的诸多症候，往往在不同程度上与读者群体的阅读习性变化相关。

何谓习性？法国社会学家布尔迪厄对此有精辟的研究。根据布尔迪厄的看法，习性（habitus）是一个人作为行动者在特定场域的社会实践行为的倾向性。习性是一个已经被或正在结构化的心理构架，它指引着主体的行为按某种结构来行事。他指出，习性、场域和实践是彼此互动的三个辩证范畴："一方面，它是某种调节关系：场域把习性给结构化了；另一方面，它又是某种知识的或认知的建构关系。习性有助于建构一个作为有意义之世界的场域。"[②] 依据这个理论，人总是生活在特定社会和文化的场域中，他们的实践行为必定受到特定习性的驱使和引导。比如，在不同的文化或社会阶层背景中成长起来的青少年，总会受自己所属文化和社会阶层的深刻影响。正像一些研究发现的那样，中产阶级的子女总是偏爱中产阶

---

① Quoted in *Words Onscreen: The Fate of Reading in the Digital World* by Naomi Baron (Oxford: Oxford University Press, 2015), 23.
② Bourdieu, P. & L. Wacquant. *An Invitation to Reflexive Sociology* (Cambridge: Polity. 1992), 127.

级的文化趣味，选择属于这一阶层文化的读物来阅读，而劳动阶层的子女则往往会选择通俗读物，这就是不同的文化习性所致。本文所以采用习性的概念，是想通过习性、场域和实践的辩证关系，揭示出随着文本媒介的变化，读者群体是如何改变自己的阅读习性的，而变化了的阅读习性又怎样反过来改变了人们的阅读行为和阅读生态。

前面简要分析了印刷文化时代所特有的沉浸式阅读，它涵养了一种复杂的阅读习性。随着印刷文化的式微，随着数字化的电子文化的崛起，各式电子阅读（E-reading）取代了纸质文本的阅读，人们的阅读方式遂发生了深刻变化，其阅读习性也随之大变。所谓电子阅读，在此是指借助各种移动或固定的电子装置（阅读器、手机、电脑、iPad 等）来进行的阅读。我想特别指出的是，电子阅读一方面由于各种移动终端或电子阅读器的出现，极大地改变了人们的阅读行为和习性；另一方面，必须充分注意到电子阅读是在当下电脑软硬件技术和互联网技术迅猛发展的数字化大背景下形成的，因此，电子阅读绝不是一种孤立的现象。回到布尔迪厄的理论，习性所导致的实践行为是在特定场域中发生的。就阅读而言这个场域就是数字化的电子文化，它包含了复杂的构成物，从技术进步到新装置范式，从消费意识形态的形成到视觉文化的支配，从工具理性倾向到高速文化取向等，正是多重复杂因素及其相互作用构成了这个场域，当下国民阅读的困境就发生于其中。然而，本文不可能全面分析所有因素及其关系，而是将焦点集中在电子阅读的影响上。尽管如此，还是有必要强调，数字化的电子阅读是发生在当代社会、文化和科技深刻变迁大背景之中。因此，对电子阅读的分析必须充分注意到这个场域的背景变化，这也是解析当下中国阅读困境的语境化要求。

20 世纪 90 年代初，随着电脑的普及和数字化进程，原先的纸质文本被大量转换为电子文本，电脑屏幕成为很多人（尤其是青少年）阅读的基本界面，虽不能说电子文本完全取代了纸质文本，但是大量电子数据资源的出现和电子阅读方便快捷又经济的特点，使得电子阅读很快流行起来。互联网的发展，数字化超文本的新形态，为电子阅读的崛起注入了新的动力。这其中有两个问题尤其值得关注，其一是"超文本"的出现，其二是与之对应的"超级注意力"的形成。

我们知道，在后结构主义盛行的 20 世纪 80 年代，曾出现了许多极有冲击力的理论，尤以罗兰巴特的"作者之死论"和"文本论"为代表。"作者之死"就像尼采宣判"上帝死了"一样，把作者对文本意义阐释的权利彻底剥夺了；"文本论"则宣告了文本意义的生产性特征，它存在于现实的语言活动之中，而非固定于白纸黑字的后面。巴特文本说，首先强调文本概念的拉丁文语源学意义，即本文是"编织"。其次，巴特形象地描绘了文本是一个网状系统，它有上千个进出口，读者们可以从这些通道自由地进进出出，并作出自己的理解和解释。第三，巴特还反复强调，作者是一个单数概念，而读者却是一个"复数"概念。作者之死为读者诞生所取代，就是从单数意义向复数意义的深刻转型。[1] 站在21世纪数字化电子文化的地基上回望巴特的文本论，不妨视作是对数字化时代流行的电子阅读的某种预言，如今"超文本"已经实现了巴特对文本的理论推导，有上千进出口的网状系统的事物就是"超文本"，它彻底颠覆了"上帝—作者式"文本意义观，实现了文本在语言活动中丰富的"生产性"，进而一举改变了人们的日常阅读行为和习性。

关于"超文本"，历来有不同的界说，这里我选用"超文本"概念的发明者之一纳尔逊在1960年在其《文学机器，0/2》一书所做的经典的界说：

> 我用超文本这个概念来表示无顺序的书写，它给予读者各种分叉选择，并允许读者作种种选择，最好是在一个互动的屏幕上阅读。就像人们通常所想象的那样，它是一个通过链接而关联起来的系列文本块体，那些链接为读者提供了不同的路径。[2]

简单地说，超文本是在今天电脑网络和数字化信息技术条件下，借助各种技术手段形成的电子文本，包括网络电子书、在线文本、光盘、数据库、网站等。纳尔逊的超文本界说突出了它的三个特点：链接、分叉选择和非顺序性。"链接"说的是超文本的构成形式是一个网状结构，原文本与诸多副文本相链接，由此产生了极具生产性的互文性关系。借助计算机网络，

---

[1] 分别见巴特：《作者的死亡》，《罗兰·巴特随笔选》，百花文艺出版社1995年版，第300—308页；巴特：《从作品到文本》，《外国美学》，第20辑，江苏教育出版社2012年版，第337—343页。

[2] Quoted in George P. Landow, *Hypertext 3.0: Critical Theory and New Media in an Era of Globalization* (Baltimore: The John's Hopkins University Press, 2006), 2—3.

一个原文本与无限多的副文本链接,由此形成了可无限延伸的网状系统,这不啻是巴特关于文本的"编织"特性的形象写照。"分叉选择"彰显了文本使用者阅读选择的多样性,从而构成了文本多义性生产的新空间,这不妨视为巴特所说的文本无数"进出口"的另一种说明,它也是对读者在阅读中对文本意义生产性的进一步肯定。如果把链接和分叉选择两个功能结合起来,巴特所说的"文之悦"的游戏功能便得到了很好的体现。超文本的阅读不仅形成了许多文字副文本的链接和选择,而且进入了各式视频和音频其他多媒体副文本,进而导致了阅读程序、指向、关注、理解和解释的不确定性。用纳尔逊的话来说,链接是为读者进入文本提供了不同的路径。最后,"非顺序性"概念从根本上说打破了纸质文本构成和阅读的线性逻辑,形成了超文本特有的非线性、非顺序的阅读范式,最终创造出迥异于纸质文本的"非线性的文本性"(nonlinear textuality)。[①] 至此,可以得出的一个初步的结论是,由于数字化时代的超文本出现,彻底颠覆了印刷文化的纸质文本阅读范式,使阅读越来越趋向于某种非线性、随机性和不确定性。其特征是读者可以从无数可能的通道进出,文本的标题、主题词、索引、引文、人名、书名、事件、时间、空间等,各种可能的进出通道使得阅读不再像纸质文本那样是一个确定的线性过程,而是由很多很断面的切换互文性过程,因而充满了无限的可能性。

超文本的出现建构了全新的阅读行为,即所谓"徘徊式阅读"(reading on the prowl),它是由一系列的搜索、扫读、略读、跳读行为所构成。这一阅读催生了一种新的注意力模式——"超级注意力"(hyper attention)。媒介研究学者海尔斯2008年针对美国大学生阅读状况所做的一项研究发现,让如今的大学生细读狄更斯的长篇小说已是个难题,她注意到青年人作为"M一代"(媒体一代)形成了一种全新的"超级(或过度)注意力"模式。这是一种在动漫、网络、影视和电子游戏中不知不觉形成的注意力模式,在人类文明史上前所未有。更重要的是海尔斯认为,超级注意力模

---

[①] 依据阿赛特(Espen J. Aarseth)的看法,线性与非线性的区别在于:"一个非线性文本就是这样一个作品,它没有把文本单元(scripton)置于一个固定的顺序之中,无论是时间的顺序还是空间的顺序。实际上,通过某种控制论的动因(使用者,文本,或这两者),一种任意的顺序也就应运而生。" Espen J. Aarseth, "Nonlinearity and Literary Theory," quoted in *Hyper/Text/Theory*. Ed. by George P. Landow (Baltimore: The John's Hopkins University Press, 1994), 61.

式与传统的深度注意力模式迥然异趣。

认知方式的变化可见于两种注意力模式——深度注意力（deep attention）和超级注意力（hyper attention）——的对比之中。深度注意力是传统的人文研究认知模式，特点是注意力长时间集中于单一目标之上（例如，狄更斯的某部小说），其间忽视外界刺激，偏好单一信息流动，在维持聚焦时间上表现出高度忍耐力。超级注意力的特点是焦点在多个任务间不停跳转，偏好多重信息流动，追求强刺激水平，对单调沉闷的忍耐性极低。想象以下图景中两种模式的区别：一位大二女生坐在安乐椅上，双腿下垂，聚精会神地阅读《傲慢与偏见》，丝毫没有注意到10岁的弟弟正坐在键盘前，手里猛摇游戏机操纵杆，玩着"飞车大冒险"电子游戏。两种认知模式各有短长：若要解决单一媒介中的复杂问题，深度注意力自然再合适不过，可为此牺牲了对外部环境的敏锐度和反应的灵活性；超级注意力擅长于应对迅速变化的环境和相互竞争的多焦点，弊端是面对非互动型目标时，例如一部维多利亚时期的小说，或一道复杂的数学题，往往缺乏耐性，难以长时间维持某一焦点。①

读到这里，关注中国当下阅读生态的人一定会颇有同感，这种"超级注意力"模式业已成为今天非常普遍的阅读状态。海尔斯概括了这一模式的四个特征：注意力的焦点在不同任务间不停跳转，喜欢多重信息流动，喜好刺激性的东西，不能容忍单调乏味。在我看来，这些特征恰恰就是今天数字化时代人们电子阅读行为及习性的生动概括。仔细分析起来，我以为最重要的是第四个特征，即对阅读中的单调状态忍耐力阈限极低，所以才会焦点不停地转移变化，偏好多重信息流动，追求强刺激信息等。我们知道，阅读迥异于看电影或玩电子游戏，它是单纯的和单调的，这一点上文已有所讨论。今天太多的电子装置提供了无数的花样和玩法，把人对信息解读和体验的期待提升到很高水平，所以读者们会追求更为多样、有趣和多媒体的信息。

---

① 海尔斯：《过度注意力与深度注意力》，《文化研究》，第19辑，社会科学文献出版社2014年版，第4—5页。参照原文对译文的文字有所改动，原文"过度注意力"改成"超级注意力"，更切合作者的原义。

值得进一步思考的是，深度注意力模式恰恰在四个方面与超级注意力相对。它长时间关注单一目标和单一信息的流动，不关注外界的刺激，这些恰恰就是印刷文化的沉浸式阅读的特点。在印刷文化时代，读者之所以能如此专一而不为纷扰，乃是有一种维持焦点关注的持久性和对单调性的忍耐力。俗话说"十年磨一剑"，或"板凳不怕十年冷"，亦即此谓，但这些在今天显得落伍了。在一个每人都可在几分钟成名的时代，在一个"快餐"文化浸润在日常生活方方面面的时代，在一个信息爆炸并流行"秒杀"的时代，"十年"是让人难以忍耐的。这么来看，本文开篇所提及的"死活读不下去书的排行榜"会是那些经典书目也就不难理解了。

## 电子阅读文化及其阅读新习性

随着各种新的阅读界面和装置的发明，随着阅读的文本媒介的改变，一种全新的阅读文化渐臻形成。那就是数字化的电子阅读文化。

电子阅读如何改变了我们的阅读生态？它创造了一种什么样的新阅读方式及习性？这里我将采用一些国外经验研究的成果来参照分析。首先，我们来看看晚近颇有影响的美国语言学家芭隆的阅读研究。在对欧洲和北美三十多个国家的大学生阅读状况进行广泛调查的基础上，芭隆清晰地概括了电子阅读的主要特征。

- 由于分心（特别是由数字装备便捷的其他功能导致）而失去了专注性，此处例外的是电子阅读器，这类装置没有一般的网络连接功能。
- 线性阅读为搜索或略读所取代。网络在线阅读的"查询"功能已经创造了一种我称之为"片段读写"（snippet literacy）的新文化。
- 对合理的文本长度的期待缩水了。短小文本格式（比如消息、短信、推特、手机的新闻APP，甚至手机小说等）的激增，给人这样一种印象，即我们已无闲暇时间来用于较长时段的阅读，大学教师也越来越倾向于布置短小的在线读物（某些章节或文章），而不是整本书的阅读。
- 存在着某种假定，即认为阅读就应该包括当下可接近其他资源。

在阅读行为中，有网络链接的平台可以让使用者从其他资源中获取相关信息。如同第二个实验所报告的那样，有一个最喜欢在移动设备上阅读的被试者，她可以在 my books 和 my foreign language dictionaries 之间轻易来回切换。[1]

其实，这四个特征可以归结为一个趋势，亦即专注于单一文本的沉浸式阅读已不再可能，尽管它曾经是占据主导地位的阅读方式。但在电子媒介时代，它已经被一种全新的浏览式阅读所取代。沉浸式阅读与印刷文本相对应，往往呈现为持续的、深度的阅读；浏览式阅读则与电子超文本对应，它往往呈现为短暂的、浮光掠影的和不断转换焦点的阅读。后一种阅读方式在数字化场域中的反复实践，必然建构出新的阅读习性，此乃当下阅读困境的重要根源之一。芭隆经验研究的一些数据也有力地证明了这一点，在那些酷爱电子阅读的学生中，有 91% 的人抱怨说，他们在屏幕阅读时很容易分心，很难集中精力专注于文本；当问到喜欢阅读纸质文本的学生时，78% 的人反映说，他们很容易凝神与沉浸在阅读之中。[2] 从阅读的功能性角度来说，沉浸式阅读着力于对信息的理解和解释，常常伴随着比较深入的思考或认知活动；而浏览式阅读的功能主要在捕捉多重信息，收集相关资料，浏览诸多文献，所以并不专注于对信息的深度解释和理解。这两种阅读方式的特征，与海尔斯所指出的两种注意力模式恰好对应，沉浸式阅读依赖于深度注意力，而浏览式阅读则建立在超级注意力基础之上。

晚近国外有不少经验研究证明了电子阅读所导致的阅读行为和习性变化。比如，挪威的一项研究让两组读者分别阅读同一部短篇小说，一部分人读纸质文本，另一部分人阅读电子文本。之后所做的两组人的阅读效果对比分析发现，电子阅读与纸本阅读有一个显著的差别，那就是纸质文本的阅读有助于读者对文本内容的记忆，而电子阅读却缺少这样的显著功能。[3] 美国的一项研究也表明，51% 的被调查学生说，他们阅读纸质文本

---

[1] Naomi S. Baron, "Redefining Reading: the Impact of Digital Communication Media." *PMLA* 128.1 (2013), 199–98.

[2] Ibid., 195–96.

[3] http://www.cbsnews.com/news/kindle-nook-e-reader-books-the-best-way-to-read/

要比电子文本记忆效果更好，只有2%的学生说他们的情况相反。[1] 对造成这一差别的原因有很多不同看法，其中一种常见的说法是，印刷的纸质文本是一个有触摸感的实体对象，读者翻阅书页，写下笔记，甚至书的装帧、纸张品质、油墨气味，以及阅读过程中的动作，都和文本内容的记忆和感知结合在一起，由此加强了对文本的记忆。而电子阅读，无论是电脑屏幕还是阅读器或是手机、平板电脑等，文字呈现都是缺乏这些实体对象的可触性。但我想补充说，除了这些纸质文本的物质性和可触性之外，其实关键原因在于电子阅读很难形成纸质文本阅读时的沉浸式体验，却很容易造成转换焦点寻求刺激信息的阅读分心。经由沉浸式阅读的沉思默想，专注纸面字词及其意义的深度解读，较之于很容易分心的界面浏览式阅读，一定会在大脑皮层上留下更深的印迹，所以也就更容易记忆。

在数字化时代，由于文本媒介和装置范式的变化，人们的阅读行为及习性究竟发生了什么转变呢？根据阅读研究的通常看法，阅读可以分为四种基本类型：略读（skimming）、扫读（scanning）、泛读（reading extensively）、精读（intensivereading）。略读是为了找到一些文字的要旨，扫读是寻找特定信息，泛读是读小说那样的娱乐性阅读，而精读则是全神贯注地深度阅读。在电子媒介时代，人们阅读行为发生的微妙变化必然使前两种阅读更为流行，而最后一种精读行为则有点式微了。换言之，电子阅读借助各种装置极大地提高了读者快速阅读的效率，但却很难长时间专注地阅读单一文献，而是借助于略读和扫读迅疾找到相关信息，于是，浏览取代了阅读。这一趋势已被很多经验研究所佐证，比如，晚近国外一项关于文献引用的研究，揭示了学术阅读中的真实情况，那就是读者往往只阅读一个文献的前三页，不再有耐心和需求通读全文。这项研究的统计学结果令人震惊：46%的引用只限于文献的第一页，23%的引用限于文献的第二页，77%的引用来自于文献的前三页。[2] 这个统计学的数据清楚地告诉我们，哪怕是专业读者阅读专业文献，情况也发生了深刻的变化，他们不再有耐心和时间专注于完整的单一文献，这不啻是对海尔斯"超级注意力模式"的一个统计学证明。不妨设想一下，当阅读越来越倾向于略读和扫读时，当阅读只限于开头几页而不再通篇阅读时，我们曾经拥有的沉浸

---

[1] Naomi S. Baron "Redefining Reading: The Impact of Digital Communication Media." *PMLA* 128.1 (2013), 195.

[2] http://citationproject.net/Research-questions.html.

式阅读方式及习性也就日趋边缘化了。

## 从"狼来了"到"与狼共舞"

其实，从人类阅读史的漫长进程来看，阅读的危机时有发生。从口传到手抄本，再从手抄本到印刷本，其间人类的阅读都经历了巨大的变迁，所以，有一些研究书史和阅读史的学者乐观地认为，电子阅读不过是人类漫长的阅读史中的一个短暂的插曲而已，用不着忧心忡忡。今天数字化时代所遇到的诸多阅读困局、危机和难题，都会随着社会文化的发展和技术的进步得以解决。悲观主义者却不这么看，数字化的电子媒介对人类阅读的"颠覆"简直就是"狼来了"。其实，关于电子阅读"狼来了"的争论已持续了20多年了。假如真是"狼来了"，那么站在印刷文化的立场上来抵制电子媒介文化是没有出路的，问题的关键不在于赶走"狼"，而是如何"与狼共舞"。

回到开篇引用的全民阅读报告的统计，2014年我国成年人数字化阅读方式的接触率为58.1%，这个不断增长的百分比耐人寻味。一方面，它说明人们接触的文本媒介已不再以纸质书为主了，各种电子媒介为载体的阅读成为国民阅读的主要方式，它首次超过了纸质书的阅读率；另一方面，可以预期，随着技术和装置的普及和价格的更加亲民，电子阅读的比例还会进一步提升。随着电子资源的丰富和电子阅读的经济，人们的阅读量较之过去会有大幅度的增长；但另一方面的问题似乎也在凸显，那就是沉浸式的深度阅读却在明显减少。即使是在大学校园里，这一变化也可以深切地感受到。说到这里，我们有必要对电子阅读的代际问题做一些简要的分析。

从代际研究的角度看，电子阅读对青少年读者的影响最为显著。超级注意力模式和电子阅读那些特性，已经深深地植根于青少年读者之中。就代际与电子阅读关系而言，大致可以把读者整体区分为三个不同的代际群体。与电子阅读关系最紧密的是所谓"数字原住民"，也就是出生伊始就濡染于数字化环境的青少年读者，特别是"80"后、"90"后、"00"后这一代人。在他们的代际阅读史中，电子阅读成为一种最基本甚至最主要的阅读方式。对这些"数字原住民"来说，虽然纸质文本的阅读也是他们阅读生活的一部分，但远不如电子阅读更普遍、更有吸引力。从总体上看，在"数字原住民"中,前述电子阅读的种种症候最为显著。第二类读者可名之为"数字移民",也就是青少年成长期曾处在印刷文化阶段,纸质文本的阅读成为他们阅读的基本行为方式,随着电子文化和数字化时代的到来,他们也逐渐适应并选择性地使用电子阅读。相较于"数字原住民","数字移民"在纸本阅读和电子阅读之间通常维持某种微妙的平衡关系。特别是由于纸质文本阅读习性早已根深蒂固地隐含在他们的阅读取向中,所以会造成某种"分裂型"的阅读形态。沉浸式阅读多限于纸质文本,而其他消遣性或搜集信息式的阅读则采用电子文本。如果说"数字原住民"热衷于电子阅读而最容易形成电子阅读的习性,而"数字移民"在电子阅读和纸本阅读之间维持某种程度的平衡,那么第三种类型则比较远离甚至拒斥电子阅读,这类人可以称之为"数字异乡人",他们完全受制于纸质文本的阅读经验,对电子阅读既不喜欢也不适应。如果说第一类人以青少年读者居多,而第二类人以中年人为主的话,那么这第三类人则在年龄分布上属于相对年长者。当然,也不排除一些对电子阅读毫无了解,或因其他原因而未能接近电子阅读的中年甚至青少年群体。对这第三类读者而言,电子阅读是一件遥远而难以企及的事。

这三类读者的区分是很粗略的,但不同阅读生态环境中成长起来的读者的阅读习性却是迥然异趣的。更为深层的忧患在于,青少年是民族的未来,他们深受电子阅读行为方式和装置范式的影响,而且是新技术、新装置和新阅读方式的"易感染"和"易上瘾"人群,但他们对电子阅读这把双刃剑的消极面往往缺乏了解。就此而言,大致有两种截然对立的看法,一种认为电子阅读将会在以上所描述的种种趋向上进一步发展,彻底改变印刷文化长期培育的那种沉浸式阅读习性,强化超级注意力模式及其浏览式阅读习性;另一种看法则持乐观态度,认为今天由电子媒介和装置范式所造成的问题,是可以通过技术手段本身来加以解决的。不管未来的发展如何,就当下阅读困境而言,在克服这些问题的技术手段尚未出现之前,应该找到一些有效的应对策略。"与狼共舞"意味着必须亲近"狼",了解"狼性",进而实现"与狼共舞"。

在我看来,"与狼共舞"的一个关键问题是,在电子阅读大行其道的当下如何大力培育并保存读者群体的沉浸式阅读习性。印刷文化和电子文化分别代表了人类文明史的两个不同阶段,乍一看来,印刷文化所培育的沉浸式阅读与电子文化所催生的浏览式阅读截然不同,甚至有点守旧、古风和传统，但从阅读史的角度看，它的衰落与当下阅读困境的关系值得警醒。今天我们遭遇的问题不是要不要电子阅读，而是在电子阅读大行其道并占据主导地位的同时，如何在广大读者身上保留沉浸式阅读的习性。

沉浸式阅读的特点是对单一文本阅读时的单调有忍耐力。如前所述，海尔斯关于超级注意力的四个特征，前三个特征均可以归诸第四个根源性特征，即多目标不断转移、偏爱多重信息、喜好强刺激信息，最终都可以归结于对阅读单调性的阈限很低。四者的关系应该是，多目标不断转移是一种阅读的行为方式，它导源于读者内在的阅读心理定式上，亦即喜好多重信息是指信息的多元化和丰富性的追求，偏爱刺激性的信息是对阅读单调性的反叛，但这些定势均是由于无法忍受纸质文本阅读的单调性所致。基于这一关系，当我们说数字化时代电子阅读导致了人们阅读习性的变化时，指的就是"在维持聚焦时间上表现出高度耐力"这一习性的衰退。这种阅读习性的改变是一个全球性的普遍性问题，但在中国的特殊境况下变得更为严峻。加之功利主义至上，工具理性盛行等，使得整个社会、文化、教育甚至日常生活都变得日益浮躁，沉浸式阅读便显得不合时宜了。针对这一阅读生态的问题，我们可以做些什么来维系阅读生态的平衡呢？我以为可以在如下几个方面加以尝试。

首先，有必要保持读者（尤其是青年人）对纸质文本的亲近感。如前所述，纸质文本有助于形成沉浸式阅读习性，因此，培育沉浸式阅读习性最简单的方法莫过于鼓励读者热爱纸质文本的阅读。当然，在电子阅读流行的当下，也出现了一种新的纸质阅读类型，就是将电子文本打印成纸质文本再细读，它既利用了电子文献的便捷性和低成本，又返归到纸质文本的阅读状态，这也是值得提倡的。纸本阅读的一个重要特征是对象的单一性和阅读的专注性，有助于养成对阅读单调性的忍耐力和静观思考。说到这里，不妨回到伯格曼关于克服装置范式局限的一些建议，他认为有必要加强人们专注于"聚焦物的实践"，诸如做手工、听音乐或慢跑等。正是通过这样凝神专注的活动，使人从装置范式对人的宰制中解脱出来。我以为纸质文本的阅读亦具有同样的功能，这就提示我们，可以在校园、家庭或任何地方推行一些阅读的活动，诸如"每日沉浸悦读我最爱纸质书一小时"的活动，从网络在线的闲逛和漫游的纷扰中解脱出来，让目光触摸白纸黑字，让心灵清净一小会儿，让思维沉思默想一小时。在一个电子阅读盛行的文化中，培育对纸质书的亲近感和阅读偏爱，说到底不过是在平衡电子阅读与纸本阅读之间的关系，因为电子阅读是无法抗拒的，对"数字原住民"来说更是如此。如果我们能够在纸质文本和电子文本的阅读之间保持一种平衡的关系，那么沉浸式阅读习性就不会退出历史舞台。根据一些阅读文化的国际性比较，英美加澳新等英语国家比其他国家更流行电子阅读，其电子阅读的产业化和资源建设也相对发达，除了英语是国际通行语之外，可能还有一些值得深究的其他原因。对中国来说，由于版权保护不力，反倒使得电子书并不十分流行，电子资源也不够丰富，这就维持了纸质书籍出版发行的大好河山。但如何将纸质书进入读者（尤其是年轻人）的日常阅读，并形成热爱纸质书阅读的风尚，却是一个需要探究的难题。因为可以预期的是，随着网上各种电子资源库的完善，电子阅读越来越成为青年一代的选择，电子阅读的比例会继续攀升。因此，鼓励人们亲近纸质书的阅读是一个重要的工作。

其次，有必要开展系统的对当代中国电子阅读的调查研究，并让广大读者了解电子阅读的长处和短处，以引起读者对电子阅读潜在问题的自觉。任何装置范式都是一把双刃剑，但其积极面通常很容易被人发现，而消极面则隐藏在积极面后面难以察觉。本文分析中采用了一些国外经验研究和相关理论，乃是因为中国当下阅读生态（尤以电子阅读）的系统研究和调查数据还很不完善。毫无疑问，中国当下的电子阅读和国外情况有相同的地方，也有中国社会和文化所造就的独特之处，而后者更值得我们注意。通过经验研究和数据分析，一方面可以清楚地揭示电子阅读长处和积极功能，另一方面也可以对其潜在的危险有所警觉，特别是让青少年读者自觉认识到并有所防范。比较来说，青少年读者很容易被电子阅读所吸引，而对纸质文本往往缺乏亲近感，如果他们未能自觉到电子阅读的优缺点，不知晓各种技术新装置所带来的复杂后果，一味地沉溺于电子阅读的快感之中，天长日久就会对沉浸式阅读习性距离越来越远，其阅读行为和习性的狭窄化和刻板化也就难以避免。电子阅读的调查研究还必须深入到对电子阅读与阅读类型相关性中去，进而可以提出一些积极的建设性意见。比如不同代际读者的电子阅读状况，不同阅读类型（消遣型和研究型阅读等）与电子阅读的关系，不同内容（自然科学与人文学科等）与电子阅读的关系等。这些关系的研究可以帮助读者清晰地看到自己应该采取何种有效方式来阅读，进而避免盲目地沉溺于电子阅读中。

第三，在电子阅读中，在充分了解电子阅读不同类型特性和功能的前提下，鼓励读者根据不同的阅读旨趣选用不同的阅读媒介。电子阅读林林总总，总体上可以区分为两大类：一类是电子阅读器及其电子书，另一类是其他终端设备的网络在线阅读及其"超文本"。比较起来，电子阅读器是一个相对封闭的系统，阅读过程中没有随即形成的其他资源的链接；而在线阅读是一个无限可能的网状系统，主文本可以随时链接无限多样的副文本，还可以链接非文字的视频、音频等信息，甚至短信、微信、邮件、通知、广告等其他信息的插入也随时可能中断阅读，这就形成了阅读中分心的超级注意力模式，有可能在阅读进程中不断地在多重目标之间来回切换。两种不同的装置范式导致了不同的阅读行为，由于电子阅读器的阅读多限于电子书而缺乏广泛链接，所以阅读起来相对单纯和封闭；而其他移动或固定终端装置则多半是网络在线阅读，因此容易形成"类超文本式"的多重目标转换的浏览式阅读。因此，明了这两类略有不同的电子阅读功能的特点之后，读者便可以根据不同的阅读主旨采用不同的阅读装置，进入不同的阅读状态。一般说来，需要精读或研读的文本，应鼓励尽量采用电子阅读器来阅读，尽管电子书与纸质书有差异，但电子阅读器相对封闭和单纯的阅读，不会产生驳杂的链接和其他信息干扰，这就有利于形成某种程度的沉浸式阅读情境。而那些休闲的、娱乐的或找资源的阅读，则可以采用网络在线的"超文本式"浏览阅读，形成广泛链接，以扫读、跳读或徘徊式阅读的方式展开。总之，深谙电子阅读的不同类型及其功能，有选择性地采用不同装置和不同阅读方式，是发挥数字化电子阅读长处而不为其局限困扰的必然路径，此乃知"狼性"而后"与狼共舞"的策略。

第四，大力提倡文学阅读，尤其是长篇作品的阅读，通过这样的阅读来培养读者的沉浸式阅读习性和耐心。较之于其他阅读类型，文学阅读是相当独特的，它既不同于研究式的科学文献阅读那样完全依凭理性推导，也迥异于读报式的新闻阅读可边读边干其他事。文学阅读要求读者始终保持一种收视返听的凝神状态，一种哲学家（如叔本华）所描述的"自失"状态，亦即忘却自己而完全沉浸在文学作品的世界里。此处不妨用英国著名诗人奥登对侦探小说的阅读体验来说明，奥登认为读侦探小说会有"瘾"，就像烟瘾和酒瘾一样。而侦探小说阅读的首要特征便是"欲罢不能——如果我有任何事要做，那我就必须审慎对待，不要去碰侦探小说，因为一旦我开始阅读了，那么就不能做任何事，也不能睡觉，一直到读完为止"。① 这种高度专注的注意力投入是文学阅读的典型特征，不仅侦探小说如此，任何文学作品亦复如此。所以说，文学阅读具有比其他阅读更加明显的体验性和介入性，读者通过把握字里行间的意义，想象出文字所描摹的世界，感悟到人间的七情六欲。恰如金圣叹评点《水浒传》时所言："别一部书，看过一遍即休，独有《水浒传》，只是看不厌，无非为他把一百八个人性格，都写出来。"② 这一百零八个栩栩如生的人物性格，不但活在施耐庵的文字里，同时也活在作为读者的金圣叹的心里，在金圣叹的脑海里留下了深深的印迹。正是在这个意义上，海尔斯所概括的"超级注意力模式"，显然是不适合于文学阅读的，难怪她把大二女生阅读狄更斯小说，与其小弟弟痴迷于电子游戏相对照。因为文学阅读不可能是转瞬即变的片段性阅读，也不可能是对刺激性和多样化信息的追索。本文开篇引用的"死活读不下去的书排行榜"，那些曾经的伟大经典之所以在当下让一些青年人不堪卒读，其重要原因也许就是超级注意力模式支配的后果。换言之，文学阅读需要读者进入某种典型的"沉浸式阅读"，尤其那些伟大的长篇作品。喜爱阅读长篇小说的读者，一定会养成"沉浸式阅读"的习性。前面讨论装置范式时，曾提到伯格曼对付装置范式分心的策略，所谓"凝神物的实践"，说的就是这个道理。通过文学阅读，可以让读者暂时远离各种装置的干扰和支配，凝神聚焦于当下文学世界的孤独体验。

最后，应针对家庭、中小学、大学等不同阅读环境，根据青少年成长不同阶段心理和认知规律，精心设计各种有可操作性的阅读方案。虽然阅读是一个高度私人化的孤独行为，但它与开展一些有效的读者群体活动并不矛盾。从一个有教养的读者成长周期来说，大学是其青少年阶段文化养成的最后一个关键时期，因此，大学的校园阅读文化就显得尤为重要。目前国内一些知名高校都根据自己的学术传统和学科特点，提出了各自的大学推荐书单。但遗憾的是这些书单往往只停留在文字上，尚未成为一个可操作的计划或活动。这里不妨提及南京大学最近所做的一个尝试，自 2015 年始，南京大学推出了一个精心设计的"本科生悦读经典计划"，旨在培育青年学子良好的沉浸式阅读习性，进而探索通识教育的新路径。作为这个

---

① W. H. Auden, "The Guilty Vicarage," in Detective Fiction. Ed. by Robin W. Winks (New Haven: Yale University Press, 1980), 15.

② 金圣叹：《读第五才子书法》，叶朗主编《中国历代美学文库·清代卷》，上卷，高等教育出版社 2003 年版，第 112 页。

项目的负责人和参与者，我全程参与了项目的设计和运作。首先有师生讨论提名，专家会议确定，遴选出60本古今中外的经典著作。这些经典书目具体分为六个单元：文学与艺术、历史与文明、哲学与宗教、经济与社会、自然与生命、全球化与领导力，涵盖了从人文学科到社会科学再到自然科学诸多领域。每个单元由一位主编领导，共邀请60位青年教师每人负责一本经典书，并以一本书为一个子单元，管理一个百人以下的虚拟读书班，开展线上线下丰富多彩的阅读活动。同时，组织跨院系的教学团队，以导读和研读形式开设系列讲座。为鼓励学生亲近纸质文本，在学校图书馆专辟经典书目纸质图书阅览区，供学生借阅。由单元主编领衔，每本经典书中抽取精彩的万字篇什，编撰出版《南大读本》（上下两卷，共60多万字），免费发放给每一位南大本科生。此计划实施一年已取得了良好的效果，青年学子们通过与经典书籍亲密接触，逐渐养成并强化了学生的沉浸式阅读行为及习性，激发了他们理性的、批判性的思考能力。这一计划的实施显著地改变了校园的阅读生态，形成了爱读书勤思考的校园文化风气，一定程度上扭转了越来越盛的电子阅读所产生的浅阅读和碎片化阅读局面。

在结束本文时，我想再次重申一下本文的一个判断：如果基于深度注意力模式的沉浸式阅读习性普遍消失，而超级注意力模式主导的浏览式阅读将独霸天下，并以此重构了国民（尤其是青少年）的阅读行为和习性，那么，我们的未来阅读生态将会令人担忧。

所以，现在是我们该警醒并有所行动的时候了！

原载《中国社会科学》2016年第11期

# 重建阅读文化

## 一

我们正面临着一个前所未有的视觉文化时代。它给我们带来许多值得深省的文化难题。视觉文化首先表现在当代文化的高度视觉化。从广告形象，到影视节目；从印刷物图像，到服饰、美容、建筑、城市形象；在教科书和其他读物中，在教室、博物馆、百货商店、大街上等公共空间里，在家居环境、室内装饰等私密空间中，视觉图像无处不在；甚至在医院里，诊断和治疗也日趋视觉化和图像化了；天气预报不再是简单的天气状况的言语描述，径直转化为卫星云图的动态模拟或各种图标；购物活动不只是购买商品，同时也是对商品的包装、商场内部环境的视觉快感的追求；过去像音乐这样典型的听觉艺术，在当代媒体化条件下也越来越趋向于视觉化；体育运动不但是身体技能的竞技，更是争夺人们视线的"战争"，以至于申办奥运会也成为各国文化的视觉形象的展示和较量。一言以蔽之，视觉因素一跃成为当代文化的核心要素，它们成了我们创造、表征和传递意义的重要手段。今天，在比较的意义上说，我们越来越多地受到视觉媒介的支配，我们的价值观、见解和信仰越来越明显地受到视觉文化强有力的影响。

在视觉文化的蓬勃发展进程中，似乎有一场不见硝烟的"战争"，那便是图像对文字的"征服"。有人形象地把这个时代称之为"读图时代"，这一不那么严格的说法很是传神，它揭示出当今文化的某种变迁。说图像压倒了文字，并不是说文字不存在，也不是说文字不重要了，而是在历史比较的意义上说，文字曾经具有的优势衰落了，而图像取而代之地成为文化的"主因"。由此引发的一个忧虑是，阅读在"读图时代"的境遇如何？

所谓"读图",就是指印刷物本身的图像化趋向正在改变我们的阅读习惯,把我们从抽象的文字解读中"解救"出来,转向了林林总总的图像,所以"读图"已成为一种时尚。不但学龄前儿童和中小学生爱"读图",甚至大学生和成年人亦热衷于卡通读物和其他图画读物。从图书市场的趋势来看,各种"图配文"书籍大行其道,这些读物与其说是图像"注释"文字,不如说是文字"注解"图像。如蔡志忠漫画系列,将诸子经典中的独特表述和精深思想,图像化为一种漫画形式,虽然这也许有助于读者理解这些古代经典,但同时又存在着将古代思想家博大精深的思想漫画化和简单化的可能性,假如读者对古代智慧和思想的了解只限于这些漫画式的理解和解释,留在他们心中的只有这些平面化的漫画图像,这是否会导致古代经典中的深邃意义的丧失呢?又如唐诗宋词这样纯粹的语言艺术作品,被转化为漫画时,文字独特的魅力及其所引发的丰富联想已被僵硬地凝固于画家给定的画面,这是否会剥夺读者对文学作品诗意语言的体验和想象呢?

除了印刷物转向读图外,电视作为最重要的图像优势媒体也在争夺或排挤阅读。加拿大传播学者麦克卢汉曾经对电视、广播、报纸等不同媒体的接受效果做过试验,结果表明,最有影响力的媒体当属电视。诚然,看电视本无争议,但问题在于,如果电视在当代文化中耗费了我们太多的时间,侵吞了我们太多的精力,这就造成了对阅读的挤压,问题便值得警惕。尤其需要思考的一点是,电视似乎是特别适合中国"家文化"传统的媒体,它作为一种"装置范式"(阿伦特语)融入了国人的家庭生活,成为我们家庭文化的"核心装置"。当电视与我们的"家文化传统"合谋时,当官方政策和民间娱乐合力于大力发展和消费电视节目时,我们不可避免地会怠慢阅读、冷落阅读,甚至远离阅读。经验事实和统计资料都表明,看电视花费时间较多必然是会减少阅读,而沉迷于电视则会失去阅读的兴趣。

图像对文字的"战争"还表现在电影对文学的挤压。就电影与文学的关系而言,近些年来发生的变化值得考量。毋庸置疑,视觉文化时代就是影视产业空前发达的时代,在影视作品的巨大诱惑力面前,单纯的文学读物面临着难免尴尬的"边缘化"。文学名著不断被拍成电影或电视连续剧,人们对文学作品的了解有时是通过影视作品而非文学文本。青年人不读作品但却爱看文学作品的影视版。更值得注意的现象是,文学越加显著的"电影化"趋向,歪打正着地"成就"了文学。小说家期待着电影导演青睐自己的原作，进而使文学作品被电影或电视所"收编"。有的小说家干脆为电影来撰写，进一步强化了小说转化为视觉影像的冲动，这在相当程度上淹没了文学本身的语言魅力和特性，导致有些小说作品带有相当程度的"视觉化"倾向。过去，文学作品或电影脚本在相当程度上决定着电影的质量或成败，今天的法则颠倒过来，文学性不再是电影的基础，电影的视像化压倒了文学性，出现了"第五代导演"们所热衷的"奇观电影"。这类电影不需要精彩的文学性、叙事性、人物塑造，而是强调突出的视觉奇观效果，从场景到武打，从画面震撼力到镜头的刺激性。种种变化了的情况表明，文学在视觉文化时代遭遇到空前的危机。

至此，一个令人忧虑的结论浮现出来：传统的阅读在某种程度上经历着"边缘化"，而各种视觉文化实践则独领风骚。这个结论看起来有点夸大，但正是在这夸大了的视角中，我们才可能看到问题的严峻性①。

## 二

从历史角度看，阅读，亦即对书面文字或语言的阅读，乃是印刷文化的典型范式。今天我们已经进入了高度电子化和媒体化的时代，它显然有别于印刷文化。从印刷文化到视觉文化，可以看作是以语言及其阅读为中心文化，向以图像及其凝视为中心的文化的转变。诚然，理想的方式是两种文化平安相处，但视觉文化的异军突起的确对阅读文化造成了某种程度的压制和排斥。造成这一文化张力的原因是相当复杂的。

从文化形态学上看，人类文明经历了从口传文化到读写（印刷）文化，再到电子文化的两度转变。电子文化和视觉文化从一定意义上说是一枚硬币的两面。匈牙利电影研究者巴拉兹早在 20 世纪初就注意到，电影的发明缔造了一个不同于印刷文明那种概念文化的新的视觉文化；本雅明也发现，机械复制时代的到来使得电影作为一种新的有影响力的媒体，将导致"传

---

① 一些学者指出："以往文章解释图像，现在则是颠倒过来：照片图解报纸上的文章；照片使报纸文章再度具有魔术性。以往是文章主宰，现在是照片主宰。在技术性图像主宰的这种情况下，文盲有了新的意义。以往文盲被排除在被文章符码化的文化之外；现在文盲几乎可以完全参与被图像符码化的文化。未来，如果图像完全使文章臣服于它们自身的作用中，我们可以预期一种普遍性的文盲状态，只有少数专家受过写作训练。"（傅拉瑟：《摄影的哲学思考》，台湾远流出版公司 1994 年版，第 78 页。）

统的大动荡"；鲍德里亚则断言，数字模拟技术的发展必然产生一种独特的"仿像"形式，它将取代传统的图像而充斥在生活的各个角落。种种说法都强调了一个事实，文化的当代发展把图像推至文化舞台的前沿，图像构成了这个时代独特的文化景观。

从比较的角度说，图像与语言有诸多差异，而相对说来，图像似乎更加切合这个时代的文化潮流。视觉文化的图像狂欢，乃是由于图像本身的特性更符合"注意力经济"的要求。因为图像是感性的、直观的，它与快感文化和消费文化之间存在着的某种内在联系。从阅读文字的智性快乐转向图像的感性直观满足，也许在相当程度上揭橥了当今社会文化的转变逻辑。从学理上说，语言是线性的、抽象的和思考性的，阅读语言不但给读者以反思的可能性，而且为读者自己的想象提供了更多空间。相比之下，影视图像的传递是单向的，是从影视作品到观众，它培育了观众的被动型接受；另外，影像的动感超越了文字的静态特性，提供了感性直观的当下体验，同时也取消了观众掩卷沉思的契机。显然，文字性的静观体验被影像动态的感性直观所取代。视觉文化时代的法则是：人们爱看图像更胜于文字。道理很简单，看图是直觉的、快感的和当下的。与文字相比，图像显然更具诱惑力。我们似乎正在冷落那种独自沉思的阅读状态，失去对文字阅读的热爱！这便使得图像的狂欢成为新的文化仪式！

视觉文化对阅读文化的压制，我认为还有一个当代图像拜物教的原因。从政治经济学角度说，当代有一个从商品拜物教向图像拜物教的发展。依据法国哲学家德波的看法，古典资本主义时代的特征被马克思描述为从"存在"转向"占有"的堕落，亦即人们从创造性的实践活动退缩为单纯的对物品的占有关系，他人的需要转化为自我的贪婪。而当代奇观的社会则是另一种情形，是"占有"向"展示"的堕落，特定的物质对象让位于其符号学的表征，亦即"实际的'占有'必须吸引人们注意其展示的直接名气和其最终的功能"[1]。在我看来，这个转变非常值得注意。从商品的"占有"向"展示"的转变，标志着一个新的社会形态的出现，这就是所谓的"奇观的社会"。德波特别强调指出："奇观使得一个同时既在又不在的世界变得豁然醒目了，这个世界就是商品控制着生活各个方面的世界。"[2] 从这

---

[1] Guy Debord, *Society of the Spectacle* (New York: Zone, 1994), 16, 17. 〈www.nothingness.org〉

[2] Ibid., 37.

句话的逻辑关系来推论，当一个世界由于奇观而变得显著可见时，它一定是由商品控制的世界。"奇观即商品"的公式，深刻地昭示了当代社会的性质。我想指出的是，在马克思时代，从存在向占有的堕落，相应的是一种商品拜物教；而在德波时代，从占有向炫示的转变，则由于奇观的彰显而导致了某种对奇观或图像的拜物教。因此，在"读图时代"，图像已经成为最重要的生产和消费资源。这种资源的争夺、开发和利用，隐含了某种图像拜物教冲动。这种冲动夸大了图像的生产性功能，也在某种程度上缔造了图像的神话。

在视觉文化中，图像是生产和消费的重要手段。更重要的是，图像本身也是一个具有巨大潜能的生产性要素。所谓"生产性"，这里不仅是指图像在生产过程中作为对象被生产出来，同时还指图像本身也在生产出更多的这一生产本身所需要的条件和资源。正像马克思谈到生产与消费的关系时指出的那样，生产直接是消费，消费直接是生产，每一方直接是它的对方，可是同时在两者之间存在着一种媒介运动。这是因为，一方面在消费中产品成为现实的产品，消费创造出新的生产需要；另一方面，生产为消费提供了材料和对象，决定了消费方式，创造对产品的需要[①]。用这种观点来看视觉文化时代的图像生产性，可作如下表述：图像的生产性为不断发展的消费创造出新的对象、方式和需求。于是，图像就是一个最为重要、最具潜力的生产要素之一。图像既是被生产的对象，同时又是因此而生产出更多对特定生产的需求和欲望的手段。简单地说，图像不但使得商品成为现实的商品，同时也创造了对商品的现实需求和更多的欲望。

当"读图时代"中图像从各种媒体中凸显出来，成为这一时代最具权威和优势的媒介时，图像也就被"魅化"了。它可以决定特定商品的市场份额，它可以左右人们对一个品牌的认知和接纳程度，它甚至可以让某些人塑造或确认自己个体认同，以及民族的、阶级的、种族的和性别的集体认同。它还可以营造一个超越现实的虚拟的想象世界，可以提供这个时代特有的感性的、快乐主义的生活方式及其意识形态，等等。最重要的是，当商品转变为形象时，商品拜物教也就合乎逻辑地转化为图像拜物教，人们在商品上误置的许多神奇魔力，便顺理成章地误置到图像上来；对商品

---

① 《马克思恩格斯选集》，第2卷，人民出版社1972年版，第93—96页。

魔力的膜拜也就自然地转向了对图像魔力的崇拜。各类"读图时代"的印刷物所以流行，正是把"卖点"维系于图像之上，把吸引眼球作为书籍营销的新策略，这恰好符合"读图时代"的"注意力经济"法则。在商业竞争中，产品自身的品质也许大致相当，但因其图像的公众认可程度不同，这些产品是否能成为现实的商品却有完全不同的可能性。这显然就取决于商品图像的魔力，取决于其图像创造出来的消费者特定需求的"生产性"。反过来，从消费者方面看，拥有名牌商品最终不过是一种对商品图像的幻觉，一种在其图像中实现了的符号价值或象征价值（商标、广告、明星生活方式、时尚、社会地位等）。从这个意义上说，图像也许比商品本身的品质或使用价值更为重要，它构成了商品的交换价值和象征价值。

图像拜物教本质上就是对图像所具有的虚幻魔力的崇拜，这种崇拜乃是夸大了图像功能并把它加以"魅化"的后果。图像对文字的"霸权"说到底正是这种拜物倾向的体现。图像所以具有这样的魔力，乃是由于图像作为文化"主因"正适合于消费社会的主导倾向。"商品即形象"这一表述本身标明了形象具有消费特性，形象作为消费对象不但提供了物质性的商品的使用价值，而且提供了更多的符号或象征价值。在这种价值实现过程中，不可避免地滋生出消费主义的意识形态。

## 三

不同的文化形态塑造了不同的主体模式，而不同的主体模式又反过来作用于不同的文化。从比较的意义看，以语言为中心的文化和以图像为中心的文化有许多不同的特征。这里不妨借用英国社会学家拉什的分析来说明。他认为，这两种文化在六个方面具有显著差异。话语的文化意味着：（1）认为词语比形象具有优先性；（2）注重文化对象的形式特质；（3）宣传理性主义的文化观；（4）赋予文本以极端的重要性；（5）一种自我而非本我的感性；（6）通过观众和文化对象的距离来运作。而图像的文化则相反：（1）强调视觉的而非词语的感性；（2）贬低形式主义，将来自日常生活中常见之物的能指并置起来；（3）反对理性主义的或"教化的"文化观；（4）不去询问文化文本表达了什么，而是询问它做了什么；（5）用弗洛伊德的术语来说"原初过程"扩张进文化领域；（6）通过观众沉浸其中来运作，即借助于一种将人们的欲望相对说来无中介地进入文化对象的运作[1]。在这一比较中，拉什指出了这两种文化的几个重要区别。首先是媒介差异性，话语文化以语言为核心，语言或文本具有至高无上性；而在图像文化中，图像压倒了语言转而成为主导因素。其次，话语文化是一种理性主义的文化，它注重形式，宣传理性主义价值观，尤其是用精神分析的概念来表述，这种文化依据的理性原则也就是弗洛伊德所说的"现实原则"。较之于话语文化，图像文化则明显趋向于感性，它摒弃了理性主义的说教，转向感性快乐，排除了形式主义原则，并把符号与日常生活现成物等同起来。这样一种文化必然导向精神分析所说的"本我"，用"快乐原则"取代了话语文化的"现实原则"。因此，话语文化必然是一种"静观型"的文化，文化活动的主体与对象之间保持着一定的审美距离；而图像文化正好相反，它排除了对象的"韵味"（aura），转向"震惊"（shock），于是主体与对象之间的距离便消失了[2]。正像一些学者所发现的，在当代视觉占据主导地位的文化中，感性的、快感的、当下即时的、无距离的体验成为主导形态[3]。最典型的形态差异就是阅读文字与看电影的不同。阅读是"静观"（contemplation）的典型形式，它允许读者不断地体验作品的深刻含义，反复地吟咏和停下来沉思，因而审美主体与对象保持一定的距离；而看电影则不同，观众完全沉浸在电影情境中，主体与对象之间的距离消失了，片刻的、当下的快感使主体忘却了自身现实存在，主体的欲望直接进入对象情境。

更进一步，语言与形象的讨论不仅仅涉及两种媒介自身的特性和交往方式的差异，它们还深刻地触及当代社会中主体性建构等复杂问题。语言作为一种线性的、具有稳定结构的符号，带有明显的理性建构原则。因此，重视理性的种种观念总是与关注语言有密切的关系。在语言中，通过线性的、逻辑的阅读，便建构起一个理性的主体。正像中国的一句老话所说"知书达礼"。相反，对形象的分析，则倾向于形象与主体感性层面的密切关联。波斯特在比较电视与文字两种交往形态时，就比较了这一差异：

> 电视语言/实践同化了文化的多种功能，其程度比面对面交谈或

---

[1] Scott Lash, *Sociology of Postmodernism*（London: Routeldge, 1990），175.
[2] 参见本雅明：《机械复制时代的艺术作品》，浙江摄影出版社1993年版。
[3] 参见贝尔：《资本主义文化矛盾》，三联书店1989年版。

印刷文字来得更深刻，而它的话语效果也是为了从不同于言语或印刷文字的角度建构主体。言语通过加强人们之间的纽带，把主体建构为一个群体的成员。印刷文字则把主体建构为理性的自主自我，构建成文化的可靠阐释者，他们在彼此隔绝的情形下能在线性象征符号之中找到合乎逻辑的联系。媒体语言代替了说话人群体，并从根本上瓦解了理性自我所必须的话语的自指性。媒体语言，由于是无语境、独白式、自指性的，便诱使接受者对自我构建过程抱游戏态度，在话语方式不同的会话中，不断地重塑自己①。

　　如果我们注意到主体塑造的差别，那么，就应该关注视觉文化强势所造成的阅读文化困境，并采取相应的策略和立场。事实上，不同国家对于电视媒体的策略有所不同：美国以发达大众文化产业为标志，电视业的高度发达使得美国公民看电视的时间远多于其他国家公民，也许，他们阅读时间也就相对较少；相反，法国似乎并不特别鼓励电视业的发展，无论电视节目的数量还是电视台的数量或是播出时间，均远远低于美国。法国人有着良好的阅读文化传统，有统计资料显示，法国是西方国家中人均读书时间最多的国度之一。这个比较对我们来说是具有启发意义的。

　　历史地看，中华民族具有古老的阅读文化，有着深厚的、足以自豪的阅读传统。今天，在大量视觉媒体急速扩张的条件下，如何有节制地控制视觉媒体对公众闲暇时间的侵占和剥夺，如何倡导和鼓励一种阅读文化，提倡从小开始培育良好的阅读习惯和兴趣，我以为这是我们当代文化建设中的一个严肃的、不可推诿的任务。虽然我们不能断言沉溺于电视会使人变得平庸浅薄，但是却有理由认为，不读书和少读书将会使我们的思维变得简单、越来越贫乏。因此，警惕视觉文化的快感主义政治和消费享乐主义的负面影响，是一个理论工作者必须正视的问题。这也是笔者呼吁重建阅读文化之原因。

原载《学术月刊》2007 年第 5 期

---

① 波斯特：《信息方式》，商务印书馆 2000 年版，第 65—66 页。

# 中篇
## 文学理论及其方法论

# 文学研究的范式转变：
# 从"固体"到"流体"

牛津大学著名批评家贝特森（F. W. Bateson）曾提出过一个颇为有趣的问题：假如说《蒙娜丽莎》在卢浮宫，那么，请问《哈姆雷特》在哪里呢？[①]

的确，《蒙娜丽莎》是放在卢浮宫某展厅里的一幅画，作为一个实物，它就实实在在地存放在那里。《哈姆雷特》要复杂得多，作为一个文学人物，他在哪里却是一个难以回答的问题。是在莎士比亚写作然后印行的书本里吗？还是在上演《哈姆雷特》悲剧的剧院里？或是在阅读莎翁剧本读者或欣赏悲剧的观众心里？依照贝特森的看法，文学作品中人物和故事有别于绘画、雕塑这种实体性的艺术作品，它存在于从作者到读者的传达通道的两端之间。或许我们可以用一种更为形象的比喻来说明，较之于绘画这样的"固体"实物，文学更像是一种"流体"。因为文学存在于语言的现实活动之中，它并不等同于纸面上凝固的黑色印刷墨迹和字体，准确地说它是处在一种随着语言展开的"液体流动"的状态。相比之下，绘画似乎要更加具体、实在和物质化[②]。进一步，由此引申开来，本文意欲说明的是另一种差异："固体"和"流体"的不同文学研究范式。

固体的物质，比如一座山、一幢房子、一张桌子，是稳定的、确凿的、不变的和容易把握的，它们就在那里，实实在在；流体（液体或气体）则全然不同，比如河流、瀑布，甚至气体总是处在动态之中，因而是不稳定

---

[①] Frederick W. Bateson, "Modern Bibliography and the Literary Artifact." in *English Studies Today* ed. Georges A. Bonnard (München: Fancke Verlag Bem, 1961), 74.

[②] 美学上也有这样的区分，认为从建筑到雕塑、绘画再到音乐和诗歌，艺术的物质性在不断递减，而观念性不断提升。参见黑格尔《美学》，商务印书馆1979年版，第一卷、第三卷。

的、变动的和难以把握的。其实，固体和流体这两种物质存在的形态，不仅揭示了物质自身属性，也成为主体把握物质世界的两种不同方式。就文学研究而言，也存在着两种判然有别的观念和方法。历史地看，我把现代的文学理论和批评看作是"固体的"，而把后现代的文学观念和方法论视为"流体的"。换言之，从现代到后现代的范式转换，也就可以形象地描述为从"固体"到"流体"的转变。其实，这个转变不只发生在文学研究领域，从社会结构到生产方式，从社会关系到日常生活，几乎今天社会生活的各个层面都遭遇了"流体化"的发展趋势。一个半世纪以前，马克思和恩格斯就描述这种从"固体"向"流体"的激变趋势："一切固定的古老关系以及与之相适应的素被尊崇的观念和见解都被消除了，一切新形成的关系等不到固定下来就陈旧了。一切固定的东西都烟消云散了。"[①] 这一频繁出现在现代和后现代讨论中的经典陈述，仔细推敲起来似乎更加激进，固化的东西（"固定的关系"）不但已被"液化"了，甚至是被"气化"了（"烟消云散"了）。借用社会学家鲍曼的传神说法，现代性从"沉重的"状态转向了"流动的"状态，或者更准确地说，从现代转向了后现代。

## "固体"的文学研究范式

文学是一种表意实践（signifying practice），是意义的生产、传播与接受，显然，文学研究则是一种阐释性的释意活动。但是，不同的路径却可以得出完全不同的意义来。

从西方文学理论和批评的历史来看，现代意义的文学观念及其理论批评乃是启蒙运动之后的产物。首先，文学（通常以"诗"为代表）作为"美的艺术"的一种，乃是一个现代的"发明"。法国哲学家巴托（Abbé Batteux）于1746年首次界定了"美的艺术"（Fine arts）。他依据不同目的把艺术区分为三种：第一种是服务于人之实用需要的"机械艺术"。第二种则旨在提供愉悦，"它们只诞生于丰富与宁静所产生的愉快和情感的母体之中：它们被称之为无与伦比的美的艺术，即音乐、诗歌、绘画、戏剧或姿态的艺术舞蹈"。[②] 第三种是既实用又使人愉悦的艺术，诸如建筑和雄辩

---

[①] 《马克思恩格斯选集》，第一卷，人民出版社1972年版，第254页。
[②] Abbé Batteux, "The Fine Arts Reduced to A Single Principle." In *Aesthetics*. ed. Suan Feagan & Patrick Maynard (Oxford: Oxford University Press, 1997), 104.

术等。假如说"美的艺术"还是一个比较宽泛的概念,包含了诗歌但并不限于文学的话,那么,根据威廉斯的看法,"就'文学'概念的现代形式而言,这个概念的出现不会早于 18 世纪,直到 19 世纪还没有完全发展起来,尽管促使文学概念出现的条件自文艺复兴以降一直在发展。"[1] 威廉斯注意到,文学这个概念的现代意义是和一组相关概念同时发展出来的,诸如"艺术""创造的""富有想象力的""审美的""批评"等。这表明,今天意义上的文学概念并非古已有之,而是启蒙运动以来的文化"发明",后来又经过了浪漫主义的升华。更有趣的是,伴随着"美的艺术"概念的出现,美学作为哲学的一个分支也出现在 18 世纪中叶(鲍姆加通)。而作为大学体制中的一门独立学科的文学研究建制,则出现在 19 世纪。据研究,英国是在 19 世纪 40 年代出现了大学文学研究专业。美国则稍迟一些,格拉夫(Gerald Graff)的考证表明,专业化的新型大学的文学教育和研究在美国出现于 1875 至 1915 年间。那时大学文学系的建制出现了,开始设置文学教授和文学课程,哈佛大学在 1876 年提名蔡尔德(Child)为第一位文学专职教师,他发展出了一门细读 8 至 10 个剧本来讲授莎士比亚的课程[2]。欧洲其他国家的情形也大体如此。这里对时间性的描述是想说明,从启蒙运动经浪漫主义到 19 世纪,一种关于文学和文学研究的"固体"观念逐步形成和完善起来。

这一时期,现代化进程突飞猛进,工业化、都市化、商业化的潮流冲击到社会各个角落,随着社会的发展和传统的式微,一种关于文化、文明的新观念也被"发明"出来,其中之一就是把文学视为具有更高价值的、独立的文化领域。此观念可以在这一时期许多著名的作家和批评家的言论中看到。比如波德莱尔就不齿于和中产阶级为伍,痛斥那些平庸猥琐的中产阶级生活方式。甚至提出"可以三日无面包,但绝不可能三日无诗"的口号[3]。王尔德则痛斥现代生活的"平庸、卑微、乏味",鲜明地提出了

---

[1] Raynond Williams, *Marxism and Literature* (Oxford: Oxford University Press, 1977) 46; also see Raymond Williams, *Key Words: A Vocabulary of Culture and Society* (London: Fontana, 1976), 183–88.

[2] Gerald Graff, *Professing Literature: An Institutional History* (Chicago: University of Chicago Press, 1989), 66.

[3] 波德莱尔:《波德莱尔美学论文选》,人民文学出版社 1987 年版,第 213 页。

"生活模仿艺术"的唯美主义原则①。我以为,19世纪中叶以来形成的这种关于文学具有更高价值的观念的确立,对于文学研究及其现代体制的建立具有决定性的作用。只有当文学作为一种具有很高价值的文化被"合法化"时,只有当文学承担了升华精神和道德的重要功能被"合法化"时,文学及其研究作为一种建制才具有必要性和迫切性。所以有必要强调,现代文学研究体制和范式是在两种现代性冲突的紧张状态中形成的。卡利奈斯库描述了这一冲突的张力:

> 可以肯定,在19世纪上半叶出现了两种现代性之间无法弥合的分裂。一种是作为西方文明史发展一个阶段的现代性,它是科学技术进步和工业革命的产物,是资本主义所引发的广泛经济和社会变迁的产物;另一种则是作为一个美学概念的现代性。从那以后,两种现代性之间一直有一种无法和缓的敌对关系,但却在各自要摧毁对方的冲动中认可甚至激发出交互影响。②

正是在这样的语境中,文学研究现代范式的哲学观念——自由人文主义(Liberal Humanism)诞生了。作为文学研究现代范式的基本理念,自由人文主义将文学的理解及其研究建立在某种"固体"范式基础之上。

自由人文主义的核心理念是强调伟大的文学具有某种超越时间和空间的永恒价值,如同约翰逊和卡莱尔等无数作家和批评家们所虔信的那样,莎士比亚的剧作不只属于他的时代,而且属于一切时代。布鲁姆更是充满激情地表达了这种看法,"莎士比亚无可取代,即使令少数曾与他作对或与他为伴的过去的和现在的戏剧家也无法取代。……(他)占据西方经典的中心。"③文学杰作所以有如此影响力,乃是由于它们具有某种超越性的价值。进一步,伟大文学作品的价值之所以超越了时间和空间,恰恰是由于这样的价值是普遍的,摆脱了特定时代或文化的地方性的局限,因而其价值放之四海而皆准。换言之,莎士比亚剧作对无论古今中外的任何人都具

---

① 王尔德:《谎言的衰朽》,赵澧、徐京安主编:《唯美主义》,中国人民大学出版社1987年版,第127页。
② Matei Calinescu, *Five Faces of Modernity* (Durham: Duke University Press, 1987), 41;参见周宪:《审美现代性批判》,商务印书馆2005年版,第5章。
③ 布鲁姆:《西方正典》,译林出版社2005年版,第39页。

有无与伦比的价值。更重要的是,在现代社会日益世俗化和拜物化的情境下,文学作为某种人类理想生存的境界,其价值反倒彰显出来,不可替代并受人膜拜。这种文学观认定,构成伟大文学的东西是根基性的、稳定不变的或普遍有效的。唯其如此,文学才具有升华主体精神或性情的重要功能。从启蒙运动到浪漫主义再到现代主义,此种观念可谓一以贯之。这一阶段重要的文学理论家和批评家也秉持同样的观念,从阿诺德、利维斯到艾略特、瑞恰慈,再到俄国形式主义和英美新批评派,基本上都持相同或相近的立场。

由上述核心理念推演出来的另一个重要理念是,文学作品有自己的内在意义,不受特定时间地点的语境制约。巴利(Peter Barry)在概括自由人文主义文学信条时指出:文学文本内含有自身意义,"它并不要求通过任何精心策划的过程而将其置于某种语境之中"。[①] 即是说,文本可以脱离语境而存在,不管这种语境是社会政治的语境,还是文学历史的语境,或是作家传记的语境。这个观点的进一步推论是,文学作品的意义是通过其语言来表达的,语言是一种传达意义的载体,词语背后必定蕴含了特定的、可以把握的含义。因此,文学理论和批评的主要工作就是细读页面上的词语,由此分析和解释作品的意义。这种看似简单的说法其实包含了不少重要的理论假设。其一,作品有其内在意义,它是客观的和不变的,就隐含在作品之中;其二,作品的意义是通过文学语言来传达,语言与其意义之间存在着某种确定而稳固的关系;其三,要确定文学作品的意义,就要排除各种语境的干扰,专注于文学作品页面上的词语,由此来揭示作品的意义;最后,文学研究不应受到各种先在的意识形态或政治观念的影响,价值中立和客观性不但是可能的,也是必要的和必须的。总之,文学作品如同一个实体,其意义也一定像是实体一样客观存在着,文学研究就像把握实体物质那样来把握作品意义。

以瑞恰慈的观点来看,上述两个理念密不可分。"如果说一种有根有据的价值理论是批评必要条件,那么同样确凿无疑的是,理解文学艺术中发生的一切乃是价值理论所需要的。"[②] 即是说,价值理论需要通过文学解读和分析来建构和展现,这就把文学价值论与方法论合二为一了。

---

[①] Peter Barry, *Beginning Theory* (Machanster: Manchester University Press, 2002), 17.
[②] 瑞恰慈:《文学批评原理》,百花洲文艺出版社1992年版,第31页。

所以说，这种文学观念带有显而易见的"固体"性，因为从哲学角度说，它有基础论、普遍主义和本质主义特征。它把文学视作一个具有稳定不变根基的事物，这个根据就是文学自身的价值。它构成了文学之所以为文学、伟大文学之所以伟大的根据，这一根据是超越特定时代和文化而普遍有效的，此其一。其二，就文学作品而言，其文学作品的意义也是客观的、确定的和稳定的，尤其是文学作品的语言与其意义的关系，也是确定的和必然的。所以，文学研究如同开矿或炼金一样，通过客观的、科学的、严谨的分析方法，便可以将作品语言所传达的意义挖掘出来，进而揭示其独特的价值。这其实是许多文学研究者自觉或不自觉地信奉的方法论。以这种信念来看文学及其发展，既不会出现文学意义的危机，也不会遭遇阐释的困境。就像实体性的固体物质那样，一切都是坚实的、确定的和不变的。这其实反映了一种现代性的"秩序"理念，恰如鲍曼在谈论"沉重的现代性"对所指出的那样，"秩序的意思是指单一性、稳定性、重复性和可预见性"。① 在我看来，这四个概念恰好揭示了"固体"文学观念的基本特征。

## "流体"的文学研究范式

日常经验告诉我们，"流体"与"固体"迥然异趣。较之于"固体"的稳定性和坚固性，流体无论何种液体或气体，它们总是不成型的、变动的和不确定的。对此鲍曼有很好的描述，他以液体来描述流体的特质："液体不像固体，能够容易地控制和保持它们的外在形状。流体，可以说，既没有固定的空间外形，也没有时间上的持久性。而固体有着明确的空间维度，但是，它能使外在作用力无效，并因而降低外在作用力的意义。在时间上，流体不能长久地保持它的任何形状，相反，它是易于连续地改变它的形状的。"② 尽管鲍曼的这段话说明的是社会形态，但我认为用于说明文学研究的范式也很恰当。20 世纪文学理论和批评的发展，从自由的人文主义向后结构主义的演变，也就是从"固体"范式向"流体"范式的转变。如果我们把后结构主义视为后现代主义的哲学基础，那么，后现代文

---

① 鲍曼：《流动的现代性》，上海人民出版社 2002 年版，第 84 页。
② 同上书，第 2 页。

学理论的典型形态就是"流体"。所谓"流体"形态，最显著的特征就是它的不确定性。里法岱尔（Michael Riffaterre）一针见血地指出：在晚近文学批评，尤其是在解构主义批评中，最引人瞩目的发展之一就是不确定性（undecidabiliy）这一概念变得越来越流行。"①不确定性概念的流行意味着某种新的文学研究范式悄然登场。

总体上看，文学研究不确定性的流行是多种思潮和观念的合力作用，不同的理论家从不同的角度切入，最终都走向了不确定性。伊格尔顿是从价值与意识形态间密不可分的关系入手，质疑了文学中的自由人文主义。自由人文主义理论坚持文学价值的普遍性，坚信这一价值是超越意识形态和政治立场的。但伊格尔顿却发现，任何价值标准总是与意识形态错综纠结，并服务于特定的政治。"价值标准支配着实际阅读过程本身，并影响着批评对它所研究的作品的意义的理解。"②这就是说，并不存在什么普遍适用的价值准则，只有不同意识形态和政治的价值标准而已。不同的价值标准也就有不同的文学解释或阅读。鲁迅说不同的人对《红楼梦》有不同的看法也就不足为奇了。顺着这个理路来看自由人文主义，也许普遍价值的观念掩藏了某种用心，亦即以并不存在的虚幻普遍性遮蔽了现实地方性，以共通性来压制差异性，最终实现资产阶级的意识形态和文化价值的普适化。就像伊格尔顿在谈论意识形态问题时强调的那样："意识形态通常被感受为自然化的、普遍化的过程。通过设置一套复杂话语手段，意识形态把事实上是党派的、争论的和特定历史阶段的价值，呈现为任何时代和地点都确乎如此的东西，因而这些价值也就是自然的、不可避免的和不可改变的。"③是否可以把自由人文主义的超越价值观看作是这样的意识形态话语操演呢？与伊格尔顿同为牛津大学文学教授的凯里（John Carey），则从更加常识性的角度来质疑自由人文主义的核心理念，他认为19世纪以来，一种对艺术的"神圣化"运动日趋高涨，艺术的价值、功能和意义被抬举到至高无上的地位，"艺术品神圣的概念意味着其价值的绝对性和普遍性。应该明确的是，我认为这是不合理的。很明显，价值不是客体固有的，而是

---

① Michael Rifterre, "Undecidability as Hermeneutic Constraint," in *Literary Theory Today*, ed. Peter Collier and Helga Geyer-Ryan (Ithaca: Cornell University Press, 1990), 109.
② 伊格尔顿：《20世纪西方文学理论》，北京大学出版社2007年版，第210页。
③ Terry Eagleton, "Ideology," in *The Eagleton Reader*, ed. Stephen Regan (Oxford: Blackwell, 1998), 236.

评价客体价值的人提供的。"① 假如说伊格尔顿要揭露的是不同普遍价值与意识形态的关联的话,那么,凯里则揭示了一个简单的事实,即所谓文学的普遍、绝对的价值不过是某些人所赋予文学的,而非文学所必然固有,因为价值是一种选择和评价。既然如此,那么赋予文学不同价值甚至质疑文学也就是合情合理的。这与伊格尔顿可谓殊途同归,都强调了某种文学固有的以及对文学理解和解释的差异性。差异性导致了不确定性,促发了文学研究的"固体"范式向"流体"范式的转变。

说到差异性,不得不提到的一个人是索绪尔。索绪尔的发现,传统上人们认为语言符号的能指和所指之间存在某种固定的关系,其实这是极大的误解。一个词语的书写符号或读音,与其所表达的概念之间的关系是"任意的"和"人为的"。进一步,意义并非由符号与概念间固定关系产生,而是来源于符号之间的区别或差异,不同词语关系或不同语音关系的差异才会产生意义。这一说法暗含了一个重要的假设:并不存在什么固定的、先在的、一成不变的符号和概念之间的关系。这一假设的推而广之便引发了更具颠覆性的观念,那就是并不存在任何超越时代和文化的普遍存在永恒不变的文学价值。伊格尔顿说得好,语言"与其说它是一个定义明确而界限清晰的结构,其中包含着种种能指与所指组成的对称单位,它现在开始更像是一张无边无际的蔓延的网,其中各种成分不断地交换和循环,其中没有什么成分是可以被绝对规定下来的,其中每个东西都被所有其他东西牵扯和串通。果真如此的话,这就严重打击了某些传统的意义理论。对于这些理论来说,符号的功能是反映内在经验或者现实世界中的客体是使人的思想感情'在场'或是描述现实。"② 在我看来,索绪尔的这一观念直接启迪了后结构主义对"在场"形而上学观念的批判,它是"语言学转向"的一个重要内容。所谓"在场"(presence)就是指主体的直接经验或直接呈现之对象的特性。它与表征(representation,或再现,包括各种语言符号和概念等)相对立。现代西方哲学和文学理论强调唯有"在场"才是可靠的和可以确定的(如"眼见为实"等),但后结构主义对"在场形而上学"的批判却指出了一个无法回避的事实,任何"在场"都无法脱离符号、语言、阐释而存在。所以,颠覆"在场"的形而上学,结果就是以"表

---

① 凯里:《艺术有什么用?》,译林出版社2007年版,第3—4页。
② 伊格尔顿:《20世纪西方文学理论》,北京大学出版社2007年版,第127页。此译文参照原文有所改动。

征"来取代"在场"。① 以下三个著名的陈述彰显了这一重要的理念：维特根斯坦说，"吾语言之边界乃吾世界之边界"。（"The limits of my language mean the limits of my world"）德里达强调："文本之外无物在。"（"There is nothing outside of the text"）霍尔从福柯的话语理论中推导出一个信条："一切皆在话语中。"（"Nothing exists outside of discourse"）② 尽管三种说法有所不同，但都表达了同一个意思，那就是语言、话语或文本乃是建构我们生活世界的通道。进一步推证可以说，一切超越语言、话语或文本之外的绝对真理和普遍价值实际上是不存在的，如果有的话，那也不过是人们有意通过语言、话语或文本所建构的虚幻理念而已。

既然语言符号的能指与所指、"在场"与表征之间并不存在确定不变的一对一稳定关系，那么，自由人文主义者所信奉的作品有确定客观意义的理念也就值得怀疑了。对文学来说，不但是差异产生意义，而且看待差异的观点本身也有差异。用一种形象的比喻来描述，"固体"的范式大致相当于西方古典绘画的"焦点透视"，它是透过固定的单一视角去客观、理性地审视世界；而这里所讨论的后结构主义的"流体"范式，更像中国传统绘画的"散点"透视，模仿宋代画家郭熙"山形步步移"的说法，可改成"水流步步移"。"流体"范式的特点就是差异性地建构差异，以不确定性取代确定性，相当于"流动"地审视"流体"。这一范式实际上强调两个事实：文学作品的意义是不确定的；文学理论家和批评家对作品的解读方式也是不确定的。这就是所谓"视角主义"（perspectivism）的理念，观察者不同的视角所看到的是不同景观。只要存在差异，不同视角永远存在。应注意到，从索绪尔到德里达和福柯，后现代的文学研究范式的确立，相当程度上是建立在对语言及其功能复杂性的不断发现基础之上的。以下说法是这些发现的系统概括：

  词语本身是多义的（它们具有多重意义），其意义是多元决定的（它们的潜在意义超出了任何用法）。因而词语具有潜在的丰富意义。

---

① Lawrence Cahoone, ed. *From Modernism to Postmodernism* (Oxford. Blackwell, 1996), 14.
② See Ludwig Witgenstein, *Tractatus Logico Philosophicus* (London: Routeledge, 2001), 68; Jacques Derridda, *Of Grammatology* (Baltimore: The Johns' Hopkins University Press, 1974), 163; Stuart Hall, ed., *Representation: Cultural Representations and Signifying Practices* (London: Sage, 1997), 44.

此外，修辞结构也使得句子所表达的东西远胜于其语法上所允许表达的东西——反讽即是一例。语言总比它在任一语境中所传达的东西要多。语言必然有某种使其意义丰富的能力，以便关联运动、关系和发展变化。

语言的用法是远比我们通常所设想的情况复杂得多和微妙得多的现象，我们通常当作自己意义的那些东西，不过是更重要的语言学的、心理的和文化的戏剧表演的表层现象而已，是一些我们尚不能完全意识到的更重要的戏剧表演的表面现象而已。

对文化、意义和认同来说，重要的不是某些人性或超越时间的真理，而是语言本身。如海德格尔的评断，不是人说语言，而是语言说人。人类"即是"他们自己的符号系统，他们是通过这些系统来建构的，这些系统及其意义是偶然的、拼缀的和关联的。①

至此，我们可以转入另一个有趣的问题讨论，那就是文学研究中"文本"与"作品"的概念之争。一般来说，文本（text）和作品（work）在文学理论和批评中是同义词，经常作为同义词互换使用。但是，在巴特看来，这两个概念代表了两种大相径庭的文学观念。作品是一个物质的存在，比如一本占据书架空间的书；文本则属于方法论的领域。"作品可以被拿在手里，而文本则维系在语言之中，它只存在于言说活动中（更准确地说，唯其如此文本才成其为文本）。"②回到本文开篇伊始贝特森关于《蒙娜丽莎》和《哈姆雷特》区别的追问，便可瞥见一斑。巴特具体对比了两者的差异：作品强调所指，所以它是语文学或阐释学的对象；文本则指向无限延迟的能指；作品像有机体一样有其发展完成的过程，文本则形成一系列断裂、重叠和变动；作品是一个完成了的实体，文本则是不断延伸的编织物；作品有起源关系，即它的作者，作者乃是作品意义解释的权威或根据，文本则打碎了这类起源关系，作者权威不再而读者取而代之；最重要的是，作品是有机统一的系统结构，而文本则是无限延展的"网状结构"，通过互文性与更多文本无限连接。这一对比性论断不啻是对"固体"和"流体"范式之别的说明。有机统一的整体的作品更像是一个稳定的"固体"，而

---

① John Lye, "Some Characteristics of Contemporary Theory," 30 Aug. 2008. 〈http://www.brocku.ca/english/courses/4F70/characteristics.PhP〉

② Roland Barthes, *Image Music Text* (London Fontana Press, 1977), 157.

未完成的、由无限延迟能指构成的、不断延伸的网状结构等，仿佛是文本的"流体"的形象说明。所以说，作为语文学和解释学对象的作品，具有确定的意义；而文本则全然不同，作者已不再是垄断文本意义的权威或来源，特定文本又与其他文本处于互文状态，读者就像"序列音乐"的听众和解释者一样参与了文本的创造（写作）。由此看来，文本迥异于作品的一个典型特征在于文本具有"生产性"，而作品只有"消费性"。所谓"生产性"也可以说是意义的不确定性、多元性和未完成性，它们可以不断地被创造出来。所以巴特强调，"文本只有在生产活动才被体验到"。[1] 当文本的"生产性"与"写作"概念关联起来时，当读者作为生产者参与文本"生产"或"写作"权利被合法化时，基于权威、本质、中心和"在场形而上学"的"固体"范式也就被颠覆了，取而代之的是文本经由读者"写作"而形成的无限"生产性"的"流体"状态。最后，我愿用德国哲学家威尔什（Wolfgang Welsch）的说法来概括，因为这一描述准确揭示了"流体"范式的基本特征：多元性是后现代的关键性概念。所有广为人知的后现代的话题一元叙事的结束、主体的消散、意义的分散、不同时的事件的同时性、多种多样的生活方式和合理性模式的不可综合性只有按照多元性才可以理解。……后现代的多元性更加深刻，它介入基础定义。它比常见的多元主义（多元论）要求更高和更加坚定。[2] 他进一步认为："它（后现代）的哲学的动力同时也是一种深刻的道德动力。它认识到，任何专一性要求只会把一种实际上是个别的东西升格为主观想象的绝对的东西，并使之合法化。所以它袒护多（多样性）反对独一无二，抵制垄断，揭发干涉。它选择生活方式、行为方式、思维类型、社会构想、方向体系和少数派的多元性。显然，它具有批评的精神。它同对一种现状的下意识的肯定没关系。"[3]

## 结语或反思

从"固体"到"流体"，毫无疑问，其间有重要的发展和深刻的转变。当"流体"范式颠覆"固体"范式时，它不可避免地将后者的局限推至极

---

[1] Roland Barthes, *Image Music Text* (London Fontana Press, 1977), 157.
[2] 威尔什：《我们后现代的现代》，商务印书馆 2004 年版，第 10 页。
[3] 同上书，第 8 页。

致：本质主义、普遍主义、基础主义、客观主义、理性至上等等，暴露出问题所在，进而使人们清楚意识到并努力避免这些局限。然而问题又有相反的一面，一味沉溺于"流体"状态中，一切都不确定，"怎么都行"，局限性也是显而易见的。有人批评解构主义的文本批评像是剥洋葱，剥到最后什么也没有，形象地道出了症结所在。更重要的是，当任何差异被合法化时，我们如何去判定不同文本及其解释的优劣高下，因为任何普遍共同的价值标准都被解构了。虽然"固体"范式有其明显不足，但它毕竟像吃桃子，最后总有一个坚硬的固体内核在那里。后结构主义的"在场形而上学"的批判虽很有道理，但像热衷于无限延迟的能指在互文的网状结构中去体验"文之悦"，多少有点像是悬在半空中，难免萌生脚不着地的焦虑。看来，寻找"固体"和"流体"范式之外的别样范式才是出路。晚近一些"后理论"的探索值得关注，它们更具反思批判性，结论也更谨慎。

原载《外国文学研究》2008 年第 6 期

# 文学研究方法论：从一元到多元

人类思维的发展是一个永无止境的漫长过程。思维的发展就意味着我们看待事物方式的演变。从古至今，我们不但认识了更多的事物及其关联，而且不断地丰富了我们看待世界的方式。就人文学科研究来说，大致有一个从一元到二元再到多元的发展历程。

一元思维的特征是将万事万物归结为某个单一的根源加以解释，所谓万变不离其宗。中国古代思维的诸多类型都可以看到这种范式的踪影。诸如"道""天""气"等宏大概念，大都是永恒的绝对的"一"。老子言：道生一，一生二，二生三，三生万物。就是这种思路的表征。西方历史上存在着传统"宗教—形而上学"的世界观（韦伯），其实也是一种典型的一元思维，所有社会文化甚至自然现象，最终都归终到宗教的原因上加以解释。看来，一元性思维的典型特征体现为"万物归一"的逻辑推理，这种思维坚信在万事万物后面有一个"终极因"（亚里士多德）决定着它们，因此，必须归结到这个"一"上加以解释。用现代哲学的语言来说，这种思维范式是同一性的线性因果律思维。用阿多诺的话来说，乃是一种"第一哲学"的表述，它预设了概念的第一性存在。在哲学上，同一性体现了个人意识的统一性，一切合理合法之物的逻辑普遍性，思想对象与自身的等同，以及主客体的和谐一致。[①]诚然，我们对各种复杂的社会文化现象的解释，倘若确有藏在其后的统一的甚至唯一的根源或原因，这对于我们把握实在世界的确是有所帮助的。一元性思维是一种最传统的思维范式，但照阿多诺的看法，一元性思维有其潜在的危险，那就是它在特定的条件下将导致思想的暴力和专制。当一切思想和观念都必须合乎某个预设的价值规范或合法化根据时，不言而喻，丰富多样的现象必定会被简单化地纳入某种先在的解释模式之中。在这种条件下，差异、变化、他者便不可避免地被遏止

---

① 阿多诺：《前启蒙辩证法》，重庆出版社1993年版，第139页。

了，只剩下一种思想，一种价值，一种标准。回首历史，我们对这一思维模式并不陌生，我们的社会和文化曾深受这种思维范式的压制。曾几何时，一切文学作品统统被纳入"香花—毒草"的模式之中予以判断，非此即彼的思维定式，导致了文化的专制和思想的专制。毋庸讳言，任何政治上或文化上的专制，其源盖出于此。

较之于一元思维，二元思维范式的出现乃是一种进步。它注意事物的两个不同侧面及其相互关系。如果说一元思维大抵呈现为人为的抽象和归纳的话，那么，二元思维好像更加符合事物存在的样态。在社会文化现象中，自然界现象中，广泛地存在着各种各样的二元对立现象，甚至我们的日常语言中，亦有林林总总的二元概念用以描述这些现象，比如"天地""日月""男女""老少""枯荣""潮起潮落""阴晴圆缺""文化自然"等等。在中国古典美学和文论中，二元思维是一种典型的思考和表述范式。我们只要对中国古典美学和文论的基本范畴稍加探讨，就会发现许许多多的范畴是成双成对地构成的："阴阳""形神""情景""文质""美善""虚实""阳刚阴柔""婉约豪放"等；不仅是美学和文论，中国哲学也同样如此，"天人""知行""善恶""乾坤""有无""义利""动静""损益"，这些范畴典型地标示了传统中国思维的特色。李泽厚发现，中国古典美学中，儒道互补这样的二元格局自不待言，"与中国哲学一致，中国美学的着眼点更多不是对象、实体，而是功能、关系、韵律。从'阴阳'（以及后代的有无、形神、虚实等）'和同'到气势、韵味，中国古典美学的范畴、规律和原则大都是功能性的，它们作为矛盾结构，强调得更多的是对立面之间的渗透与协调，而不是对立面的排斥与冲突。"① 比较起来，西方美学亦有同样的思维模式，亦即强调二元对立的范畴或概念，所谓真/伪、善/恶、美/丑、优美/崇高等即如是。浪漫主义大师雨果所提倡的著名的对立美学原则，可谓是一种典型的表述："丑就在美的旁边，畸形靠近着优美，丑怪藏在崇高背后，美与恶并存，光明与黑暗相共。"②

二元思维（或二元对立思维）不仅是传统学术的"知识型"（福柯），也是现代人文科学、社会科学甚至自然科学中普遍运用的有效思维范式。最具代表性也许要算结构主义的"二项对立"模式了。这种源于索绪尔的

---

① 李泽厚：《美的历程》，文物出版社1981年版，第52页。
② 雨果：《论文学》，上海译文出版社1980年版，第30页。

"语言/言语"二元对立模式，强调一个词语或概念的意义要参照另一相对的词语或概念加以解释；两个对应概念构成了一个完整的系统，诸如"文化/自然""黑暗/光明""男性/女性""生/死"等等。显然，这种范式不只是对语言意义的关系表述，同时也是一种思维构架，它把现实世界的事物区分为两个相互对立彼此排斥的范畴，一方面强调了二者的不同特征，另一方面又凸显出二者的密切关系，一方的意义只有参照另一方才能加以界定和解释。用韦伯的术语来说，结构主义的"二项对立"模式，乃是一种"理想型"，即是说，它是经过思维的抽象而得出的结构类型。相对于大千世界复杂的现象，显然是一种简化、归纳和凝缩，它揭橥了事物的矛盾性和对立面，但并非任何事物都是如此，也不是任何现象都可以归纳为"二项对立"关系。比如黑暗和光明，二者之间其实存在着许多复杂的过渡形态或中间形态，恰如黑白之间有广大的"灰色区域"一样。因此，二元思维的运用必须充分注意到这些"灰色区域"。

从学理上看，二元思维乃是一种非常有效的范式，它使我们注意到了事物彼此相对或对立的两个层面及其相互排斥甚至转化的关系。如果没有这种二元思维，我们对复杂的文学和审美现象的把握往往会不知所措，难以分析和解释。比如，中国美学的那些成双成对的概念，对于解释中国古典诗歌、绘画和音乐应该说是很有效的；结构主义的二元对立模式在解释文学作品时也是很有用的。但问题在于，如何使得二元对立的模式趋向于辩证理解而不是简单的极化和绝对化，否则，表面上的二元思维便有可能转化为一元思维。其典型的"症状"是一种粗暴划分优劣高下的等级系统，进而走向非此即彼的思维倾向。中国近代以来，我们在文化上有许多非常激进的对应观念，诸如中/西、新/旧、激进/保守、好/坏等等，在运用这些二元范畴时，往往显出取其一端鄙弃另一端的倾向。在西方美学中亦有同样的倾向，比如卢卡奇著名的追问"要托马斯·曼还是卡夫卡？"就是一例。这种以二元对立思维模式出现的一元思维范式，常常是忽略二元范畴之间的复杂关系和转化可能，在人为的对立中把二元暗中转化为一元，常常是接纳某一要素而排斥另一要素。比如"外国的月亮比中国的圆""破旧立新""香花/毒草"等表述，都是出自这种非此即彼一元倾向的表现。我以为，二元思维是一种有效的思维范式，但关键在于我们如何合理地加以运用。可怕的不是二元对立思维，而是把这种二元关系转化为一元格局。所以，运用二元思维范式时，我们应该充分注意到二元对立面的转化、互渗和关联，而不是虚假的甚至人为的对立性和排他性。反观中国古典智慧，就很强调这一点，诚如李泽厚指出的那样，它注意的是矛盾结构中对立面之间的渗透与协调，而不是对立面的排斥与冲突。就文学和美学研究而言，二元思维的运用往往很容易堕入一元思维的窠臼，最终把二元归并为一元，取消了差异、对立、转化和互渗，而且整个排除了二元范畴之间复杂的关联和种种过渡形态。在福柯看来，在人类思想史上，二元对立的范畴不但普遍存在，而且被认为是理所当然的，比如理性/疯狂、真理/谎言、合法/不合法、善/恶等。这些二元范畴的存在其实并不是自然而然或理所当然的，而是有其深刻的意识形态根据。不同的社会文化阶层对二元范畴的确立表现了特定的文化权力，褒贬扬抑中传达出特定的价值观念和立场，这就是所谓的"知识型"，一种权力与知识共生的模式，它通过臧否褒贬而确立了特定的意识形态和价值观。"理所当然"的选择和判断后面，掩盖了复杂的阶级、种族、性别等方面的不平等和压迫。英国社会学家鲍曼说得好：

> 现代性似乎从来不对它的地位的普遍性基础怀有这种疑虑。被强加于世界的价值等级体系如此坚固，它一直是这一世界观的基础，远远不是一个可以公开讨论的问题。这一价值等级体系几乎没有进入意识层面，始终是这一个时代中"被认为理所当然"最强有力的东西。西方胜于东方，白人胜于黑人，文明胜于原始，有教养的胜于无教养的，理智的胜于失去理智的，健康胜于病弱，男人胜于女人，身心健全的胜于犯上作乱者，多胜于少，财富胜于节俭，生产力发达胜于生产力低下，发达的文明胜于不发达的文明，这样的一些价值级别，除了那些丧失判断能力和愚昧无知的人之外，对所有其他人来说，都是确切无疑的。现在，它们的"确切无疑性"都已成为过去。它们遭到了挑战。更有甚者，现在我们已经认识到，这些价值如果相互分离就无法真正存在，只有结合才有意义，它们是同一个权力综合体的种种体现，是同一个世界的权力结构，只要这一结构依然没有被触动，就仍然保持着它们的权威性，不过，这回它要死里逃生几乎是不可能了。[①]

---

[①] 鲍曼：《立法者和解释者》，上海人民出版社2000年版，第160—161页。

表面的二元实际上乃是一元的统治,今天这种一元的"确切无疑性"已遭遇到深刻的质疑。那么,它究竟受到了什么挑战?这就是多元思维模式。如果说二元对立思维尚未鲜明体现出与一元思维的对抗立场的话,那么,多元性思维范式则显而易见地颠覆了一元思维结构。

多元思维作为一种范式,强调的异质胜于同质,差异优于同一,权力的分散比集中更可取;它主张实在、真理、价值、社会应该是多元和开放的,而不能先验地定于一尊,对差异的宽容是这种思维方式最显著的特征。从心理学上说,精神分析的"自由联想"和认知心理学的"发散思维"就代表了这种倾向。用心理学家吉尔福德的话来说,发散思维就是对各种不同答案的宽容,指向多个不确定的结果或结论,它与指向唯一正确答案的辐合思维对应。[1]从哲学上说,多元论就是对本质主义的质疑,对线性因果关系和现象/本质对应逻辑关系的颠覆。尼采的"视角主义"就主张,不存在永恒不变的和绝对客观的唯一真实,只有透过不同视角看到的事物。维特根斯坦发现,我们通常用语言所表述的事物的本质,其实不过是语言的用法所导致的。比如我们所说的"美的"事物,究其根本乃是一种情绪"感叹",一种语言游戏中常见的"家族相似"而已,并不存在使一切事物成其为美的柏拉图式的"美的本质"。

文学研究或任何人文社会科学的研究,都必须使用概念,而概念的运用就是一种规定,一旦界定便构成了肯定和否定。鲍曼指出:"每一种定义都把一个领域劈为两半:彼与此,内与外,我们与他们。每一种定义都最终宣告了一种对立,这种对立的标志就是在界限的这边所存在的某一种特征,恰为界限之另一边所缺乏。"[2]这就意味着,我们使用概念很容易落入一元论的陷阱,走上非此即彼的歧途。而多元性思维主张的正是事物的多面性和复杂关系,甚至超越了二元思维的两项对立格局而透视更为复杂的结构关系。在这个意义上,本雅明所提倡的独特的"星丛"方法,乃是抵制同一性思维的有效方法。他有一个著名的比喻:理念之于对象正如星丛之于星星。[3]这就是说,观念的思考恰似一个星丛,而思考的对象恰如诸多星星。在本雅明的思想中,"星丛"的概念并不是理性主义的"宇宙",毋宁说,本雅明采用这个概念的用心在于强调思想的广阔性和包容性,他曾

---

[1] P. E. Vernon, ed., *Creativity* (Harnoondsweorth: Penguin, 1970), 170ff.
[2] 鲍曼:《立法者和解释者》,上海人民出版社2000年版,第9页。
[3] 本雅明:《德国悲剧的起源》,文化艺术出版社2001年版,第7页。译文参照原文稍有改动。

形象地说到，哲学的思考就像是"马赛克"，"两者都是由独特的和各不相关的因素构成的"，概念的功能就是把现象聚集在一起，"理念存在于不可化约的多元性之中"。①

> 理念遵循这样的法则：一切本质都是完整纯洁的独立存在，不仅独立于现象，而且特别相互独立。正如天体的和谐取决于并不相互接触的星星轨道，所以，理念世界的存在取决于纯粹本质之间不可沟通的距离。每一个理念都是一颗行星，都像相互关联的行星一样与其他理念相关联。这种本质之间的和谐关系就是构成真理的因素。②

阿多诺进一步发展了"星丛"的思路，使之成了对抗同一性思维有力的武器。所以他坚信，星丛不应该被简单地还原为某种本质，"作为一个星丛，理论思维围着它想打开的概念转，希望像对付一个严加保护的保险箱的锁一样把它突然打开：不是靠一把钥匙或一个数字，而是靠一种数字组合。"③

无论从历史的角度抑或逻辑的角度来看，从一元到二元，再到多元，应该说是思维方式的递进发展。回到本文的主题一元或二元或多元思维问题上来，我以为，三种思维范式各有特点，之间也存在着复杂的关联。一种范式的优点常常就是另一种范式的缺陷，因此，从学理层面说，也就存在着各种范式之间互相渗透转换的可能性。就二元思维和一元思维的关系问题来说，我以为，最要警惕的是以二元思维形式出现的一元思维范式。表面上看是一种二元对立思维，主张事物的矛盾性和辩证关系，但实质上则是择其一端而舍弃另一端，暗中施行隐蔽的权力话语的暴力，对"异己"和"他者"加以排斥，进而趋向于某种文化专制。因此，一元思维的潜在局限往往被强加给二元思维，把问题算在二元思维上，这是一个需要揭穿的假象。就中国当代文学和美学研究来说，我以为重要的不是批判和限制二元思维范式，而是要大力发展和完善这种有效的思维范式。关键是必须加以防范以二元思维形式出现的一元思维模式。从现代人文和社会科学的发展来看，许多很有影响的学术成就，其实都是二元思维的产物，远的不说，就20世纪来看，弗洛伊德精神分析的"快乐原则/现实原则"理论，

---

① 本雅明：《德国悲剧的起源》，文化艺术出版社2001年版，第2页，第8页，第15页。
② 同上书，第10页。
③ 阿多诺：《否定的辩证法》，重庆出版社1993年版，第161页。

韦伯社会学的"目的理性/价值理性"范式,巴赫金的"官方文化/民间狂欢"文化理论,巴尔特的"可写的文本/可读的文本"概念,尼采的"酒神精神/日神精神"理论,索绪尔的"语言/言语"模式,鲍曼的"立法者/解释者"范式,雅科布逊的"转喻/隐喻"两极理论,等等,都是成功的二元思维理论典范。

就多元思维与一元思维的关系,也存在着互补的可能性。一元思维容易导向本质主义、线性因果关系和思想上的霸权主义,但它也有多元思维所缺乏的确定性、明确性和总体性;多元思维虽然对差异保持宽容态度,但也容易滑向相对主义甚至是虚无主义。后现代讨论中所暴露出的问题就是如此。后现代的反本质主义、反基础论和反中心论,其实暗藏着种种危机和危险。严格地说,当人们把一切价值和判断都相对主义化,本身也是一种绝对论的表征。伊格尔顿写道:"后现代性是一种思想风格,它怀疑关于真理、理性、同一性和客观性的古典概念,怀疑普遍进步和解放的观念,怀疑单一体系、大叙事或者解释的最终根据。与启蒙主义的规范相对立,它把世界看作是偶然的、没有根据的、多样的、易变的和不确定的,是一系列分离的文化或者释义。"[1] 显然,作为对一元思维的反叛和反思,后现代的多元性思维有其显而易见的合理性。但是,它的问题和局限也同样明显。在文学研究和美学中,价值论的相对主义倾向,"怎么都行"的认识论的无政府主义,必然导致某种混乱和尴尬。文本没有自身的意义,只有读者从不同角度揭示出来的不同意义,"一千个读者就有一千个哈姆雷特",这种观念对于解构"作者中心论"和意义的专制确有合理性;但是,当一切价值的相对化变得绝对化时,其实正是价值的消解是以激进面目掩藏其内在的保守倾向。所以,我认为,存在着在一元与多元之间的"第三条道路",也就是说,虽然一元与多元是一个二元对立范畴,但是我们不必在这个关系问题上重蹈一元中心论之非此即彼的覆辙,而是在行使一元的权威时充分注意到多元的存在和他者的权利;同时,在使用多元思维范式时,力避导向相对主义和虚无主义,防止变成的零散的碎片和无关的"星丛",因此,作为研究主体恪守某种价值论立场不但是必要的,而且是必须的。换一种流行的说法,"第三条道路"就是在一元与多元之间保持某种"必要的张力"。

---

[1] 伊格尔顿:《后现代的幻象》,商务印书馆2000年版,第1页。

那么，如何保持这种"必要的张力"呢？换言之，如何在一元、二元和多元之间保持一种恰当的合理的关系呢？首先，我们面临的问题是有无超越阶级、种族、性别等地方性话语或"少数话语"之上的普遍的、共同的人类价值？这是一个难解的问题，因为不同的解答遭遇到不同的困境。说存在这样的普遍价值，那么如何与那些霸权的、压制性的意识形态加以区别？说不存在这样的价值，那么，交往理性和平等对话的共同基础又何在？如果我们用一个传统的美学概念可以勉强对付过去，所谓"多样的统一"或"寓杂多于统一"。但在具体方法论上仍有许多尚待细化的问题。统一是否会重新成为一种霸权？统一是否必然消解差异和他者？

其次，如果有这样的普遍价值存在，进一步的问题就是这样的价值是如何确立的？是先验的不可讨论的，还是经由对话协商所确立的？它确立的规则是什么？也就是说，这些普遍的价值是不是交互主体性的根据？在文学研究和美学研究这样传统的人文学科领域，研究者个性和个人视角的合理性往往会凸显出来。因此，局部性或地方性的知识如何达成可理解性和共识，其基础和根据又是什么？不同观点和方法之间的差异关系如何保持？我以为文化研究上的一个概念在此可以作为一种思路，所谓"文化"并非如学者建构那样的理想型，其实文化乃是各种力量相互作用互相妥协的产物。如果说存在着普遍的共同的价值，那么，它们并不是先验地预设的，而一定是各种地方性话语相互沟通达到妥协的产物，是一种合力状态。在这样的状态中，研究者的他者话语既可以保持自身特色，同时又有了可以相互沟通和交流的相对的共同基础。

第三，假如我们认同了普遍共同价值的存在的必要性，接下来便是各种局部性和地方性话语，以及思维各个元素间的关系如何看待。后现代理论中有一个观念值得关注，那就是任何事物和现象都是由它们内部各种因素或力量的关系决定的，恰如共识或共同价值是由不同观念交往妥协的产物一样。对二元思维来说，有一个如何在强调对立排斥一面的同时，又充分注意到两者的相对转化与渗透的可能性。如前所述，如果我们只是片面地强调二者的对立和排他性，忽略了两者的复杂关联和大量的中介区域，那么便很容易落入非此即彼的一元性思维陷阱。同时，二元思维的一个重要特征是其相对性，一方的意义必须参照另一方才能加以理解。于是，从思维的方法论上来说，"他者"永远是理解"我们"的不可或缺的参照系。进而言之，对于多元思维来说，也有一个多元之间的相互关系和结构秩序的把握。承认多元的合理性和必要性，并不意味着任何元素都是同等重要或具有同等价值，在共同价值基础上的结构关系是不能忽略的。否则，当我们面对任何文学或美学现象时，便会无所适从，难以比较评判具体文学作品。但是，如果要对多元因素作这样的结构性整合，如何保持不同要素的存在而不至于导致新的文化霸权和压制，需要学者们的艰难探索。

原载《文艺理论研究》2002年第2期

# "吾语言之疆界乃吾世界之疆界"

## ——从语言学转向看当代文论范式的建构

20世纪是语言学霸权逐渐确立的世纪。语言学不但自身成熟了,而且雄心勃勃地征服了其他许多领域。也许因为文学向来是语言的家园,所以语言学与文学及文学理论的关系一直是令人感兴趣的话题。毫无疑问,回首20世纪文学理论的发展历程,可以清晰地看到现代语言学对现代文学理论范式的建构作用。它既对文学研究具有启迪作用,提供了许多重要的观念和方法论;同时,语言学对文学研究也具有某种现代科学的奠基作用,进而成为现代文学理论的重要知识构架和基础。照美国文学理论家保罗·德曼(Paul de Man)经典性的看法,只有当文学理论家们抛弃了传统的非语言学方法,把文学研究完全建立在现代语言学的基础之上时,真正意义上的现代文学理论才出现。[1]依据这一说法,可以说,诸多现代语言学的理论,尤以索绪尔的结构主义语言学为代表,都对文学理论范式的建构具有重要的奠基作用。以至于塞尔登直言,索绪尔的研究在建构现代文学理论的过程中具有决定性的影响。[2]在我看来,就作为人文学科的文学理论而言,范式最重要的层面就体现在有关文学的基本理论假设上,它们构成了我们通常所说的文学观念。

如果我们循着这个理路来考量20世纪的文学理论,那么,从俄国形式主义到布拉格学派,一直到结构主义和后结构主义,德曼的这一说法可谓一语中的。因为不难发现,今天有关文学的许多范式,从基本假设到概念范畴,从方法论到文本分析技术,相当多的理论和方法论的资源都来自语

---

[1] Paul de Man, *The Resistance to Theory* (Minneapolis: University of Minnesota Press, 1986), 7.

[2] See Roman Seldon and Peter Widowson, *A Reader Guide's to Contemporary Literary Theory* (Lexingtong: University Press of Kentucky, 1993), 104.

言学。甚至有的学者断言,存在着一种作为文学理论的语言学,因为任何语言学都是一种解释的理论,不是说语言学有助于文学理论,而是从根本上看,语言学和文学理论是一回事。①

本文将围绕着语言学转向及其对现代文学理论范式建构的作用展开分析。

## 语言和世界之疆界

当我们说到现代语言学对各门学科和知识系统的影响时,一个频繁使用的说法是所谓"语言学转向"。诚然,语言学转向是从哲学史的角度提出的,它揭橥了哲学研究基本观念的深刻转变。或许可以把德曼的说法也看作语言学转向的一个重要说明,即这个转向不仅仅呈现为语言学进入文学研究,同时还表征为语言学对文学理论基本假设的建构作用。但是,我们必须注意到,语言学转向之所以在 20 世纪中叶被提出来,并引起广泛的关注和热烈的讨论,其实还有更加复杂的含义。因此,回到提出这一说法的美国哲学家罗蒂那本影响深广的《语言学转向》(1967),回顾一下罗蒂如何界定这一概念是很有必要的。

罗蒂认为,"语言学转向对哲学的独特贡献……在于促成了如下转变,那就是从谈论作为再现媒介的经验,向谈论作为媒介本身的语言的转变。"② 简单地说,语言学转向的深义就是从传统上分析经验本身的哲学方法,转向了对构成这些经验的媒介—语言—本身的关注和思考。传统上哲学家们热衷于谈论时代精神、世界观、文学观或文化经验等,并把这些经验作为哲学、美学,甚至文学研究的焦点问题。如今,在语言学转向的推动下,哲学家们意识到一个深刻的转型,那就是问题的焦点不是如何发现和界定经验,而是经验如何通过语言得以呈现,并借助语言加以讨论。即是说,经验是由其媒介—语言所建构的,假如我们一味地追寻经验本身,却忘记了构成经验的语言,此种研究理路无异于缘木求鱼。显然,这一重要的基本理论假设彻底改变了哲学,它彰明昭著地体现在分析哲学的诸多理论中。

---

① Allen Schauber and Allen Spolsky, *The Bounds of Interpretation: Linguistic Theory and Literary Text* (Stanford: Stanford University Press, 1986), 2.
② Richard Rorty, ed., *The linguistic Tum* (Chicago: University Press, 1992), 373.

当然，对文学研究来说，语言的重要性比较容易看到。因为文学本来就是一种语言或特殊的语言现象，讨论文学就不可避免地要讨论语言。但是，当人们把焦点集中在文学经验（意象、风格、主题、时代背景等）层面时，对语言本身的反思却悄悄地溜走了。因此语言学转向要求研究文学首先要转向语言，关注语言，搞清语言，在此基础上才能进入文学经验世界。所以说，问题的关键还不在于是否思考语言，而是一个观念性的根本转变，那就是语言是一切文学经验甚至解释这些经验的理论观念的建构路径。没有语言，我们既没有文学，也无法谈论文学。当这个观念引入文学研究时，则使后者的基本假设和范式发生了深刻的变化。

在我看来，语言学转向最为核心的观念并不是谈论或关注语言，这一转向革命性的理念在于必须把语言看作是文学及其知识甚至是建构的前提条件。关于这一点，维特根斯坦如下说法最为传神："吾语言之疆界乃吾世界之疆界。"[1] 维特根斯坦的这句话实际上是在告诉我们，首先，我们的世界不是无限的，它具有某种边界或疆界，是一个有限的世界。其次，这个世界的边界何在呢？是我们通常所说的空间和时间的边界吗？古代山水画家师法自然，在其有限的生命存在中遍访名山大川，即便如此，他们的时间和空间仍是有限的。显然，维特根斯坦这句话所说的疆界并不是指这种意义上的时空边界，而是由语言所决定的我们身处其中无法脱离的文化。今天，我们可以乘飞机到达五大洲，还可以更快地通过网络来与远方的朋友实时交流，哈维所说的通讯和交通技术带来的"时空压缩"早已成为现实。[2] 但是，不论你到哪里，不论你与谁交流，你都受到你自己的观念、价值、文化的影响。而造成这一影响的最重要的工具就是语言。所以维特根斯坦实际上是强调，你有什么样的语言，就会接受什么样的文化，这也就决定了你的世界的边界在哪里。语言学转向的要旨就在这里！如果我们用造型艺术语言来说明，可以明晰地揭示个中三昧。在解释为什么不同文化所熏陶的画家面对同一自然景观会画出不同的画时，艺术史家贡布里希说得很精彩："画家是倾向于看他要画的东西，而不是画他看到的东西。"[3] 这段话和维特根斯坦的说法相得益彰，互为阐发。画家不会看什么画什么，而是看他要画的东西。这要画的东西当然不是自然而然地建构起来的，按

---

[1] Ludwig Wittgenstein, *Tractaus logico-philosophicus* (London: Routledge, 1961), 68.
[2] 参见哈维：《后现代的状况》，商务印书馆 2003 年版，第 300—303 页。
[3] 贡布里希：《艺术与错觉》，浙江摄影出版社 1998 年版，第 101 页。

照贡布里希的说法，是一种艺术史传统中所形成的绘画"图式"使然，画家就是通过习得的"图式"来选择要画的东西。把这个原理转到语言学和文学研究上来，我们可以在同样的意义上说，任何人都是以其语言所建构的文化和认同的"图式"来理解世界和自我的，"图式"就是语言习得的必然产物，它决定了我们自己的世界之边界。更进一步，在文学研究领域，这些"图式"也就是我们有关文学的一些基本理论假设。

那么，语言学转向究竟是如何改变了我们关于文学的基本理论假设的呢？

## 理论假设的语言学转向

语言学转向只是描述了现代哲学转型的大语境，我们更为关心的是，在这样的语境中文学理论发生了何种变化？换言之，语言学转向是如何界划我们文学世界以及文学知识生产的边界呢？这些边界对我们的文学研究又有什么意义呢？

我们知道，理论研究通常是以假设和命题的形式呈现的。所谓文学理论或文学观念，通常是呈现为一些基本的假设。科学哲学家库恩曾经以范式概念来表述科学知识系统，他认为范式就是科学共同体的成员所共有的东西，反过来，一个科学共同体由共有一个范式的人组成。[①] 具体说来，范式包括术语概念、形而上学、价值观和研究范例等四个方面。这四个方面在文学理论中都存在，如果我们用更简单的表述来说，它更集中地呈现为研究者有关文学的基本理论假设。接下来，我们需要进一步考量，在语言学转向过程中，我们有关文学的基本理论假设有哪些重要的转变？

文学历来被认为是民族历史的写照和文明的史诗。诗人和作家笔下的作品通过富有诗意的文字记录过去，蕴含了丰富多彩的意义。文学作品就像是一个容器，只要我们打开它，那意义便向我们敞开。页面上的文字或口传的文学，其书面符号或有声言语通过其物质性的符号，自身含有并传达出特定的意思。批评家们常说，某个作品中的某种思想和感情"力透纸背"，即是说，在页面文字后面，实实在在地存在着某种概念、思想、感情或意义。无论过去现在，无论张三李四，无论是在本土或异邦，当我们

---

① 库恩：《科学革命的结构》，北京大学出版社 2003 年版，第 158、159 页。

遭遇这些作品时，我们就会自然而然并理所当然地获有并体验到那些相同的意义。

在语言学转向中，这些看似合乎逻辑的文学理论假设经受了严峻的挑战，受到了强有力的质疑。语言学转向从根本上改变了我们许多看似自然合理的看法，使许多原本看似合乎逻辑的基本假设变得不合逻辑了。以下，我们通过分析当代文学理论的四个重要的基本理论假设，来审视语言学转向是如何转变了当代文学理论范式的。

当代文学理论可谓学派林立，观点多元。尽管在比较的意义上说，不同学派有不同观点，但是，我们这里关心的不是某一学派的一孔之见，而是那些带有较大影响并被文学研究共同体较多成员所认可的那些理论假设。正是在这个意义上，我们把这些假设规定为基本理论假设。

基本理论假设一：意义不是给定的或预先存在的，而是由差异造成的。

我们知道，文学活动相当程度上可以视为一种意义的生产、传播和阐释活动。无论古典作品还是当代作品，无论诗歌还是小说，意义的生产是最重要的一环。如果说文学离不开意义，那么，接踵而至的问题是意义在哪里呢？它们又是如何形成的？

关于这个问题不同的学派有不同的看法，但是，结构主义语言学家索绪尔提出了一个著名的论断：语言的意义是由差异构成的。这一论断对于当代文学理论来说是一个极为重要的观念，它造就了今天我们对文学的理解判然有别于传统文学理论。根据索绪尔的看法，不同的词语和声音，在特定的句子和语音关系中，形成特定的意义，这是结构主义语言学的重要发现。由这一原理进一步推论，符号的能指（物质形式）和所指（概念）之间并没有稳定的一成不变的对应关系。再往下推论，就可以得出当代文学理论的一个重要假设：符号其实是具有任意性的，意义是人为地假定的。任意性指出了符号能指与所指之间关联是人为约定的，词语、声音和概念之间的关系不是预定的和先在的。既然没有什么是预先规定好的，没有什么是一成不变的，那么，意义就像是隐而不现的幽灵，只有通过差异才能显现。

结构主义语言学的差异产生意义原理表明了一个重要的道理，那就是意义说穿了乃是某种关系的产物，这种差异关系决定了意义从根本上看是一种相对性的产物，并不存在固定不变的意义，由这一原理带来了颠覆性的转变，它彻底抛弃了那种把意义看作是文字背后的实体的传统观念。更重要的是，差异产生意义的假设摒除了任何绝对的、客观的和稳定不变的意义存在的形而上学。回到前面我们提到过的"力透纸背"之一常见的表述上来，所谓的"纸背"后面其实并没有先在的、恒定的意义。"纸背"后面的有什么，最终将取决于语句关系以及解读语句的主体的差异性。如果我们更加宽泛地理解差异产生意义的原理，那么，差异性不仅是指文学文本语言关系中的差异性，它还包含了解读文本的更为复杂的多种差异性，从历时差异到共时差异，从个体差异到族群差异，等等。当关于文学意义的形而上学观念被差异关系的相对性观念所颠覆时，一系列更多的转向应运而生。

基本理论假设二：词语是多义性的，文学的词语更具歧义性和含混性。

由第一个假设可以推导出这个假设，那就是说，任何词语的意义有赖于特定的语境，更进一步，词语生动活泼的多种用法改变了其只有一个辞典意义的局面。实际上，在丰富多彩的生活世界里，日常语言中的词语所要表达的意思通常取决于特定的语境及其差异，它们通常会超越辞典的意义而显得丰富多彩。这种现象在文学中更是如此，因为文学表述所以有别于日常语言和科学语言的表述，其所谓的文学性就在于越出了规范的辞典意义。从俄国形式主义到捷克布拉格学派，再到英美新批评，现代文学理论的基本观念就是建立在这一假设基础之上的。歧义、含混、多义、衍生、误读、多元等概念所以在现代文学理论中如此流行，从一个侧面反映出理论范式的转变。俄国形式主义者什克洛夫斯基强调诗歌语言"陌生化"技巧，捷克布拉格学派的穆卡洛夫斯基关注诗歌语言不同于规范语言的"突出"效果，英国新批评的代表人物之一燕卜逊的"含混七型"的分析，美国新批评派关心的反讽、张力等，都在不同程度上触及这个问题。语言哲学家们也发现了这个道理，比如法国哲学家利科通过比较发现，科学语言就是"系统地寻求消除歧义的言论策略"，而诗歌语言正相反，它力求保留歧义性，以使语言能表达罕见的、新颖的、独特的而非公众的经验，所以，（诗歌的）"目的在于保护我们的语词的一词多义，而不在于筛去或消除它，……同时建立好几种意义系统，从这里就导出了一首诗的几种释读的可能性。"① 如果说差异产生意义强调的是意义取决于具体语境或上下文

---

① 利科：《语言的力量：诗歌与科学》，胡经之、张首映主编：《20世纪西方文论选》，第3卷，中国社会科学出版社1989年版，第301页。

关系的话，那么，多义性则从内部彰显了语言自身的意义生产潜能。尤其是文学语言，它本身就存在着潜在的多义性，这就不可避免地造成歧义和含混现象的出现。当代文学理论对这一点非常关注，并从这一观念出发，避免文学解释中任何可能的独断论和一元论，这在相当程度上已经成为当代文学理论的共识。

基本理论假设三：作品是一种物质存在，文本才是文学研究的表意对象。

既然意义不是预先给定的，既然词语本身就有多义或歧义的潜能，那么，对这些意义的解释就成为文学研究的焦点问题。就文学理论而言，语言学转向的一个重要成果就是文本及其观念的出现，如果用巴特的说法，就是"从作品到文本"。虽然有时我们仍在同义词上使用"作品"和"文本"两个概念，但这两个概念其实有很大的差异。晚近"文本"概念的流行，其要旨不在于它可以和"作品"概念互换，确切地说，是"文本"概念取代"作品"概念。历史地看，后结构主义文学理论所以青睐"文本"概念而摒弃"作品"概念，其中观念上的重大转变是对两个概念做出了全然不同的规定，正是透过这一规定我们看到，语言学转向究竟转变了什么。

以巴特的说法来分析，所谓作品不过是放在图书馆书架上的一个物质性的东西，是一个自在的物品；而文本则全然不同，它属于一个方法论的领域，是一种语言活动的产物。借用克里斯蒂娃的说法，文本具有生产性，而作品则没有这种生产性。所谓"生产性"，就是意义的生产。巴特在追溯"文本"概念的拉丁文本义时，特别指出了它是指"编织物"，而文学文本在许多方面就像是一个典型的编织物。首先，文本从来不是孤立的自在的，它更多地呈现为编织物那样的网状结构，这就是今天我们用"互文性"概念所要表达的意思。一个文本与其他文本网状地连接在一起，因此，就像意义是差异产生的相对关系性一样，任何文本都是处在与其他文本之间的差异关系之中。脱离了这种互文性的网状结构，文学意义就不复存在。其次，在巴特看来，传统的中心化结构被网状结构的编织物观念所取代，这说明一个作品具有一个特定意义本源的形而上学观念寿终正寝了。于是，巴特惊世骇俗地提出"作者之死"的判决。在他看来，"作者之死"同时就是"读者诞生"。因为现代"作者"概念是著作权之法律意义上的产物，但是他不能成为文本之起源或意义上的根源。换言之，巴特是通过打破起源意义上的神学——作者偶像，来进一步颠覆任何把文本意义归诸作者意图的传统文学研究方法。他特别指出,从爱因斯坦的相对论,到现代音乐对批评家阐释的依赖性,再到意义生产中无数读者的"复数性",作者作为文本意义垄断者的观念失去了合法性,各种以作者意图来解释作品意义的方法也就变得可疑了。所以巴特特别关注他所说的"可写的文本",即把读者的阅读同样视为写作一样的意义生产活动,这就赋予读者在意义建构过程中更多的主动性与合法化。如果说"互文性"概念揭示了文本之间的依赖关系所产生的网状结构是意义的场所的话,那么,把作者的起源和解释的特权还给读者,则是彰显了文本对阅读的依赖性和文本意义生产对读者的开放性。一个上帝式的作者被无数多元化的读者所取代,文本从"可读的"向"可写的"转变,读者从被动的接受者转变为文学的写作者,这无疑是语言学转向对文学知识体系建构的巨大贡献。

基本理论假设四:文学是主体之语言建构的产物。

从索绪尔关于符号的人为约定性出发,差异产生意义,意味着语言中并不存在什么永恒不变的东西。这一命题进一步的结论是,人创造了语言,同时也被语言所创造。今天,常被提及的一句名言是德里达说的"文本之外无物在"。[①] 乍一看来这话有点不合情理,但德里达的意思并不是说文本之外一切都不存在,而是说我们关于一切的看法和理解都是通过语言活动的文本建构起来的。文本不仅仅指文学,还包括我们生活世界中的一切事物。从索绪尔的结构主义语言学,到晚近的后结构主义文学理论,语言学转向实际上已经发展成颇有影响的语言建构论,其原理可以广泛地用于诸多领域,当然更适用于文学领域。依据这种理论,任何人在使用语言时都在习得相应的观念和范畴,共享一种文化和语言的人每天都在再生产这些观念和范畴。这就意味着一个人的思考方式,提供给他的理解框架的概念和范畴,都不可避免地通过他使用语言而获得的。因此,语言乃是我们思考的前提条件。[②] 文学理论家们则把这个说法具体化为如下陈述:语言本身控制、限制和预先决定了我们所看到的东西。一切现实都是通过语言而建构起来的。所以,没有什么东西会以一种无可置疑的方式存在。一切都是语言学/文本的建构。语言并不是记录现实,它是在塑造或创造现实,所

---

[①] Jacques Derrida, *Of Grammatology* (Baltimore: The Johns Hopkins University Press, 1997), 163.

[②] Vivien Burr, *Social Constructionism* (London: Routledge, 1995), 8.

以，我们的世界是一个文本的世界。①

如果以这样一种观点来看待文学和文学的生产知识，建构论实际上是把传统上我们认为是自然而然的，或者认为是必定如此的种种文学观念和范畴，看作是由语言运用的而为人们所习得的，因此，对语言的思考，也就破除了自然而然和必然如此的许多先验的假设。回到索绪尔语言人为约定性的命题上来，可以说我们文化中的一切都是人为约定的，文学亦复如此！这一观念给我们带来了思考文学中的一切问题的革命性转变。当上帝式的作者死去时，当垄断文本意义的唯一本源消失时，当意义在差异中产生并总是呈现为多义性时，语言学转向把语言的复杂功能揭示在我们面前，文学阐释这一文学研究最基本的活动变得异常复杂了。结果是文学研究者更加自觉地体认到，社会、文化、自我、他者、身份认同、族性、文学、意义、经典、阐释、风格、文学史……这一切没有什么是预先给定、一成不变的，说到底，它们都是在我们的语言使用中被建构起来的。因此，文学研究的思考中心就不再纠缠于这些范畴是什么，而是这些范畴是如何在具体的历史语境中被建构的？这些建构对我们来说意味着什么？

最后，我们再次回到维特根斯坦的著名陈述上来——"吾语言之疆界乃吾世界之疆界。"文学研究在语言学转向的启迪带动下，就是通过探究"吾语言之疆界"，来探索"吾世界之疆界"。看到这些"疆界"的存在，也就放弃了任何先在的、给定的预设。文学研究中一切都不过是暂时的、地方性的假设而已，有了这样一种观念，我们看待文学和我们自身的方式也就悄悄地发生了变化。古希腊人曾说"太阳底下没有什么常新之物"，透过语言学转向的视角来看，这种说法就变得大可质疑了，因为变化了的眼光看到的正是变化了的文学及其知识建构。

原载《学术月刊》2010 年第 9 期

---

① Peter Barry, *Beginning Theory: An Introduction to Literary and Cultural Theory* (Manchester: Manchester University Press, 2002), 35.

# 二十世纪的现实主义：
# 从哲学和心理学看

## 开篇绪语

现实主义作为一个名词，是一个文学理论和批评的常用术语，但不仅于此，它还是一个哲学范畴，一个心理学概念。本文的思考，是以这样的出发点进行的：现实主义不只是 19 世纪的一场文学运动，而是源远流长的文学史上普遍的艺术倾向。因此，可以断言，每个时代都有自己的现实主义。

由这个不言自明的结论，又必然会推出一个不那么容易言明的问题：我们时代（20 世纪）的现实主义是什么？

对有关当代现实主义的文献稍加翻阅，我们会知难而退，这个时代的现实主义真可谓五花八门，名目繁多，我从两本关于现实主义的文献中，扒罗剔抉，竟找到如此之多的别称：批判现实主义、持续的现实主义、动态现实主义、外在现实主义、幻想现实主义、形式现实主义、理想现实主义、反讽现实主义、战斗现实主义、朴素现实主义、民族现实主义、自然主义的现实主义、客观现实主义、乐观现实主义、悲观现实主义、造型现实主义、诗化现实主义、心理现实主义、日常现实主义、浪漫现实主义、讽刺的现实主义、社会主义现实主义、主观现实主义、超现实主义、虚幻现实主义、良知现实主义、自觉的现实主义，[1] 以及改良的现实主义、新现实主义[2] 等等。在此我想，倘使翻阅更多的文献，还可以罗列出更多的名

---

[1] D. Grant, *Realism*（London: Methuen, 1970），1.
[2] R. Ellmann & C. Fleidelson, eds., *The Modern Tradition*（New York: Oxford University Press, 1965），232.

目称谓。这里，使我们困惑的倒不是这五花八门的说法，而是为什么作家、批评家会提出这种种概念，是不是20世纪的现实主义确有某些不同于以往的现实主义的特质？我无意在此提出什么牌号的现实主义，也不想对其中的几种型号作个案分析，我只想说：如此众多的文学创作被标示为现实主义，它们各执一隅地发出了自己独特的声音，因而汇成我们时代世界性的现实主义交响合唱。值得我们思考的是这交响合唱，其中鸣响着什么样的主旋律。

我说：20世纪是泛现实主义的时代，这就是我们时代现实主义交响合唱的主旋律。对此，我们有必要从哲学和心理学来看。

以往，我们往往把现实主义看作是一种文学上的"创作方法"，我不知道这个概念的确切内涵是什么。在我看来，用创作方法的概念是说不清现实主义的。现实主义是作家对待世界的一种人生态度，是作家对世界的一种体验方式，是作家建构世界的一种心理倾向。这远不是"创作方法"概念所能囊括和穷尽的，唯其如此，我们才有必要从哲学和心理学角度加以探究。

## 绝对客观性之奢望的破灭

在具体展开对20世纪的泛现实主义论证之前，出于技术上和策略上的考虑，首先，我要作出一个必要的界说，即把20世纪以前的现实主义（尤以19世纪为代表）称之为经典的现实主义，以区别于当代的泛现实主义。

关于经典现实主义的精髓，历史上人们谈论的委实太多了，不管论点多么纷然杂陈，结论多么迥然异趣，但有一点是人所共认的，那就是经典现实主义的绝对客观性理想。这典型地反映在西方最古老的美学范畴——"模仿"之中。如果说早期的模仿概念还是比较模糊地强调文学描绘与现实生活之间的一致的话，那么，随着科学的昌明，实证主义的流行，到了19世纪，文学中的模仿范畴已越来越明确地具有了追求精密科学那样绝对客观的内涵，难怪在19世纪的现实主义大师们那里，模仿被作了如下新的规定与陈述，诸如逼真、真实、可信、冷静观察、不动情、中立性、非个人化（非人格化）、精确性等等。巴尔扎克直言：

作家应该熟悉一切现象，一切感情。他心中应有一面难以明言的把事物集中的镜子,变化无常的宇宙就在这面镜子上反映出来。①

福楼拜则说:

> 激情并不能造就诗。你越是富于个人色彩,你就会越软弱无力。我总在这方面感到有罪过,因为我总会把自己带入到所写的一切事物中。②
>
> 让我们牢记:非个人化是力量的标志。让我们专注于客观性……让我们成为反映外在真实的放大镜。③

到了左拉那里,话说得就更绝对了:

> 想象不再是小说家最高的品格了……今天,小说家最高的品格就是真实感。④

这些经典现实主义的文学大师所作的不同表述究竟意指什么?泰纳在评述巴尔扎克时一语中的:"他开始写作不是按照艺术家的方式,而是按照科学家的方式。"这里,问题已变得彰明昭著了,在实证主义哲学背景下,文学家效法科学,追求一种绝对的客观与精确,因为在这些作家看来,这种追求不只是一种可能性,它完全可以实现。这一点,在左拉那里表现得最为突出。关于这种经典现实主义的信条,以前的讨论已有极多论述,这里无须重复。我倒是想就此提出两个应认真思考的问题:第一,即使在19世纪的经典现实主义大师那里,在对科学那样的绝对客观精确的孜孜追求中,已暗含了一系列内在矛盾,如客观与主观、实在与精神、模仿与虚构等。也就是说,19世纪的大师虽具有这种效法科学的客观性、精确性的信仰或理想,但这种内在矛盾已使他们在自身文学实践中遇到了障碍和麻烦。

---

① 《欧美古典作家论现实主义和浪漫主义》,第 2 卷,中国社会科学出版社 1981 年版,第 106 页。
② G. J. Becker ed., *Documents of Modem Literary Realism.* (Princeton: Princeton University Press, 1963), 91.
③ Ibid., 93–94.
④ 《欧美古典作家论现实主义和浪漫主义》,第 2 卷,中国社会科学出版社 1981 年版,第 186、217 页。

上引福楼拜的那段话再清楚不过了，他力求非个人化，却总又不能如愿，因而有一种内疚。第二，19世纪文学家的现实主义信条所包含的内在矛盾及其在文学实践中的受挫，似乎预示了20世纪现实主义的变化。从认识论角度看，这就是对绝对客观性理想的动摇。许多睿智的西方学者都曾指出这样的事实：19世纪的文学现实主义观念，明显的有一种导向自然科学的实证主义或科学主义的倾向。在这个意义上，我以为，20世纪的作家已越来越自觉地意识到文学与科学的本质区别，意识到效法科学无异于取消文学，意识到绝对的客观性和精确性不过是一种难以企及的奢望而已。特别是当现代人发现，即使是自然科学也不能做到绝对客观性和精确性时，文学就更无可能和必要去追求这种侈望了。从这种片面的文学观念的禁锢中摆脱出来，应该说，是一种认识论上的进步，为现实主义在20世纪进一步生存发展，开拓了更广阔的空间。这正是我说20世纪的现实主义是泛现实主义的第一个含义。

一般认为，19世纪的现实主义与哲学上的实证主义倾向有某种内在联系，这是毋庸置疑的。但是，从哲学史角度看，如果我们把视线向历史的纵深处延伸，那就会发现，它最早的源头是朴素的实在论。朴素的实在论是一种很古老的经验主义哲学，它的核心是强调事物独立于主体心灵之外的客观实在性，人的一切知识都不过是通过知觉来认识外物。人之所以能够把握正确的知识，根本原因就在于主体的感知与客观事物之间有一种直接的对应关系，感知到的东西是与客观实在物完全同一的。因此，人可以准确无误地客观地记录对象，模仿或再现对象。不管是恩培多克勒的"流射说"，还是德谟克利特的"影像说"，骨子里都是这种朴素实在论的信念。古希腊所以会流行"模仿说"，其源盖出于此。西方艺术中的"镜子说"最典型地说明了这种信念，不管是文艺复兴时期达·芬奇式的"镜子说"，还是19世纪司汤达式的"镜子说"，亦复如此。因为镜子所反映的映象，当然是与客观实在同一的。从这个意义上说，实证主义哲学对19世纪现实主义的深刻影响，最根本的恐怕正是这种朴素的实在论观念。经典的现实主义作家之所以追求那种绝对的客观性和精确性，就是因为他们确信自己的观察和记录是无偏见的、客观的和中立的，自己的感知是可信赖的，他们坚信自己看到的世界就是那个未经任何"歪曲""变形"的实在世界本身，所以，文学作品所构造的艺术世界与实在世界别无二致。

这里，我们需要追问的是：作家的眼睛是透明的"透镜"吗？他的心灵是空无一物的白板式的"反射镜"吗？

　　世界跨进了20世纪，心理学的新发现，认识论的新挑战，使整个文化背景都发生了变化。经典现实主义的绝对客观性和精确性的信条，受到了深刻的质疑，朴素实在论的信念发生了动摇。尽管现代作家仍在连篇累牍地谈论客观性、真实性，却已产生了种种微妙的变化。或许我们可以这样来表述，20世纪的泛现实主义追求的是一种泛客观性，一种相对的有限的客观性。

　　何以见得？让我们从对科学的现代反思说起。科学客观性和精确性曾是不容置疑的。当经典的现实主义文学大师强调"不动情的冷静""中立"和"非个人化"时，无疑是把科学奉为圭臬。然而，曾几何时，关于科学这一特性的认识，在现代哲学中也引起了争议和怀疑。耐人寻味的是，产生这种怀疑的不是别人，正是自然科学家自己。不少科学家发现，在测量物理现象时，当采用了某种测量工具和手段时，这些工具和手段本身就干预了被测量物，这就使得各种测量所得的数值不可能是绝对精确和客观的。著名物理学家海森伯写道："我们不能将一次观测结果完全客观化，我们不能描述这一次和下一次观测间'发生'的事情。这看来就像我们已把一个主观论因素引了这个理论，就像我们想说：所发生的事情依赖于我们观测它的方法，或者依赖于我们观测它这个事实。"① 连科学都不能做到如此客观和精确，这于文学意味着什么？如果说科学的测量工具和手段是可以做到不动情的冷静、中立和非个人化，但作家显然不是工具和手段，他们能做到吗？答案自然无须赘言。

　　在当代文化背景中，朴素实在论的信条已根本动摇了，批判实在论的兴起，指出了这样的认识论要旨：在主体知觉与被知觉的事物之间，并不存在直接的对应关系，被感知的对象并非直接地或同质地呈现在主体知觉中，我们所获取的关于自身之外之事物的知识，是通过呈现在我们知觉意识之中的感知材料或外观而达到的。批判实在论是对朴素实在论的否定，也是认识论的一个进步，它指出了人对世界的认识是异常复杂的，有不少中介环节，而这些中介环节常常会改变客观实在本身的形态、特征。从心理学上说，早期的刺激—反应观念，也受到了严峻的挑战，越来越多的心理学家开始强调在刺激—反应之间的"中间变量"和"组织作用"。晚近

---

① 海森伯：《物理学与哲学》，商务印书馆1984年版，第13页。

知觉心理学的研究发现，人的知觉明显受到其心向态度、需要、情绪状态、个性特征、价值观等"中间变量"的影响。处在饥饿状态的被试者，会不自觉地将词干"me"填写成"meat"（肉）或"meal"（食膳），这就是著名的"知觉指向状态理论"。在艺术心理学上，知觉的这一特征得到了更多的强调。如著名艺术心理学家阿恩海姆在总结他几十年心理学研究时说道，人与实在世界打交道的"主导机制是感性知觉，特别是视知觉。知觉并不是作用于人和动物器官之刺激的机械记录，而完全是对结构主动和创造性的把握。这种结构把握是通过格式塔心理学所分析的某种场过程而实现的。它不仅用为有机体提供诸多对象的归档系统，更重要的是提供了形状、色彩、音调的动力学表现。正是这种普遍的知觉表现使艺术成为可能的事。"[1]这里所谓的"场过程"是极重要的，正像物理学中的场是各种力交互作用而形成的一样，心理学中所指出的心理活动的场过程，也是客观刺激与主体感知等多种因素错综纠结的过程，是一种"完形"过程。这种心理学上"场过程"的解释，在现象学哲学中得到了最有力的认识论解释。

美国学者麦克法兰指出："在我们这个世纪，哲学的主导倾向可依据如下分野来划分：一方面是实证主义／分析哲学的观念，另一方面是现象学／存在主义的观念。在这两大类型的哲学中，唯有现象学和存在主义哲学与文学的关系更为密切。"[2]这个看法是有相当道理的，如果说实证主义在19世纪曾对文学产生过极大影响的话，那么，20世纪的文学则更多受到现象学和存在主义的制约。我们知道，现象学哲学在认识论上提出了一系列新的观念，最重要的是意向性观念。所谓意象性是指人的意识活动有一种指向性，意识必与被意识（被给予）的对象相关。人的意识不过是在意向性中对被意识到的对象的意识。通过意向性范畴，现象学把古典哲学中认识主体与认识对象的机械割裂和对立二分给统一起来了，它强调的不是认识过程之外的对象之存在与否，而是意识过程本身，即是说，任何认识对象都是主体意指的某种被给予的对象，用胡塞尔的话说，任何思维现象都"具有其意向对象，这对象根据其本质形成的不同被意指是这样或那样被构

---

[1] R. Arnheim, *New Essays on the Psychology of Art* (Berkeley: University of California Press, 1986), x.

[2] T. MacFarland, "Literature and Philosophy," in *Interrelations of Literature*, eds. J-P Barricell & J. Gibaldi. (MLA. 1982), 26.

造的对象"。[①]这就意味着任何思维活动都是在意向性中对认识对象的建构,"对象不是一个像藏住口袋里那样在认识中的东西,好像认识是一个到处都同样空洞的形式,是一个空口袋,在里面这次装进这个,下次装进那个。相反,我们认为被给予性就是:对象在认识中构造自身。"[②]他还进一步指出:"认识与对象有关,对象的意义随体验的变化、随自我情绪和行动的变化而变化。"[③]胡塞尔这里所强调的认识(体验)的本质,既是一切意识活动的规定,自然也是文学体验的规定。一切认识都是主体在能动建构的意向性中对对象的认识,离开了意向性这一思维活动的本质的客观性是绝然不存在的,所谓的客观性也完全是一个主体性范畴。正是在意象性中,朴素实在论的观念、那种将主体与对象的人为割裂被抛弃了。这对于我们理解当代作家为什么会放弃追求绝对客观性的侈望不无启迪。尽管我们不能说某某作家深谙现象学哲学,但我们却可以说,现象学作为20世纪的对人类认识活动的哲学反思,无疑地高度概括了现代人对自身认识本质的深刻思考。这样来看,我们也就不难理解为什么当代现实主义会出现种种可能的变化了。难怪美国作家奥茨会如此坦率地说:"我们终于告别了,我们受够了,'客观的'一文不值的哲学,它们总想保持一种不论怎么陈旧的现状。我们厌倦了古老的两分法:清醒/疯狂,正常/病态,黑/白,人/自然,胜利者/被征服者,以及——尤其是笛卡尔的二元论,我/物……它们不再有用了,或有实际意义了。它们不再是真实的。"[④]

说来说去,无非是想陈述这样的意思,现实主义作为作家看待世界的一种体验(认识)方式,已从经典现实主义的绝对客观性转向了泛客观性。这种泛客观性更突出的是"我"对世界的体验、发现及其艺术表达,文学描绘的不是别的什么,就是"我"所体验到的东西,是"我"对世界的看法。

## "第一人称"视角的强化

虽然说每一部文学作品都是经由特定作家造就出来的,都是通过他的

---

[①] 胡塞尔《现象学的观念》,上海译文出版社1987年版,第63页。
[②] 同上书,第67页。
[③] 同上书,第72页。
[④] 转引自格拉夫,《反现实主义的政治》,马尔库塞:《现代美学析疑》,文化艺术出版社1987年版,第71页。

眼所看到的世界和人生，但是，这里却有一些潜在而微妙的差异容易忽略。从哲学上讲，有两种不同的看待世界的视角，一种我们名之为"第一人称——我"的视角，即诉诸不可替代的"我"的独特眼光来看世界；另一种可名之为"第三人称——他"的视角，即诉诸可替代的"他"的共有视角来看世界。雅斯贝尔斯在区分科学与哲学（在我看来，他所说的哲学非常接近或者说包含了艺术）时，曾提出过一个著名的论断：科学并不指向个人，它是指向普遍性的共有的人类悟性，哲学则不然，它要诉诸不可替代的我，诉诸个人独特的发现和体验。即是说，科学的发现有必然性，艺术的发现则更多的是偶然的和不可重复的。关于这一点，美国著名科学哲学家库恩则表述为：科学追求某种唯一正确的解释，当新的更合理的解释出现时，以往的各种解释就成为多余而无必要的了；所以，科学没有历史，它不断地否定自己的过去。艺术则不然，它不但容忍而且要求多种解释，特别是个体最独特的体验和表达，因此，艺术不否定自己的过去，莎士比亚的出现并未使但丁黯然失色，陀思妥耶夫斯基的光辉不会掩盖住普希金的异彩。这种哲学上的思考，也得到了心理学的论证，美国心理学家阿瑞提的这段话值得玩味：

> 毫无疑问，如果没有哥伦布的诞生，迟早会有人发现美洲；如果伽利略、法布里修斯、谢纳尔和哈里奥特没有发现太阳黑子，以后也会有人发现。只是难以让人信服的是，如果没有诞生米开朗基罗，有哪个人会提供给我们站在摩西雕像面前所能产生的那种感受。同样，也难以设想如果没有诞生贝多芬，会有其他哪位作曲家能赢得他的第九交响曲所获得的无与伦比的效果。[①]

英国著名人格心理学大师卡特尔曾从科学家与艺术家的人格差异角度作出过概括：第一，艺术家比科学家更富于幻想、偏执和自我专注；第二，艺术家比科学家更富于情感、内省和直觉；第三，艺术家更容易产生个体的内心焦虑和激动不已。"依从一个人最内在的冲动而不顾各种外在要求的倾向，把艺术创造与科学创造区别开来，这正是人们想从这些创造力类型的本质差异的分析中期望得到的结果。科学家的创造力总是通过许多不动情

---

① 阿瑞提：《创造的秘密》，辽宁人民出版社1987年版，第387页。

的冷酷事实练就出来的。"①

以上所说的这些并不新鲜，但是，我在此所作的引证，并不在于说明科学与文学的差异，而是想指出，在历史上源远流长的现实主义文学中，存在着两种有时难以辨析的倾向。一种是在以科学为楷模的感召下，追求绝对的客观性，因而常常自觉不自觉地坠入了可替代的"第三人称—他"的视角来看世界。这种倾向在19世纪的现实主义文学潮流中达到了登峰造极的程度。以往我们的理论强调以巴尔扎克为代表的批判现实主义，与以左拉为代表的自然主义截然不同。我对这种看法表示怀疑。在我看来，它们是同质的，要是说有区别，也只是程度的差异而已。换一种表述，即左拉的自然主义将他以前的现实主义的某种潜在的东西以极端的形式表现出来了，这并不反映在是否描写典型环境中的典型人物。可以说，19世纪的经典现实主义从总体上看，是深受自然科学的诱惑和实证主义哲学的影响的，这于司汤达、巴尔扎克、福楼拜、左拉、龚古尔都是一样，只不过隐显和程度上有别而已。像司达汤主张"镜子说"，巴尔扎克强调做社会历史的"书记"，福楼拜高扬"非个人化""冷漠""中立"，以及左拉倡导医学式解剖的"实验小说"，从根本上说，其认识论的基础都是一致的。我以为，在经典的现实主义的代表性的创作主张中，隐含着一种潜在的诉诸"第三人称—他"的视角（请注意，这种视角不等同于第三人称的叙事角度）来看世界的倾向。也就是说，要把作家自身的诸多"中间变量"压缩到最低限度，像科学中的观测工具手段或空白的"镜面"一样来观察或反映人生图景，这是效法科学客观精确中立的必然结果。不过，有趣的是，极力主张这种观念的经典现实主义大师们，往往并不能一以贯之地将这种原则贯彻到底，各种主体的"中间变量"困扰着他们，正像福楼拜所坦白的那样，他难以做到"非个人化"。这里，我决无贬斥19世纪的大作家们毫无个人独到发现创造之意，我想指出的是，这种理论和信条隐藏着某种消解"我"的视角的隐患。如果说这种隐患在大作家们那里还未曾凸现出来的话，那么，在那些追随这种信条的二三流的作家中，则彰明昭著地表现出来了。

相反，另一种创作主张则强调"第一人称—我"的视角来看人生，强

---

① R. B. Cattall & H. Butcher, "Creativity and Personality," in *Creativity*, ed P. E. Vernon (London: Penguin Books. 1970), 322.

调"我"所看到和体验到的人生图景的独特表达。倘使说这种观念在19世纪的经典现实主义洪流中还是不自觉的，湮没在追求客观、中立、非个人化主张之下的话，那么，20世纪的"巴尔扎克们"，则更加自觉地"按照艺术家的方式"来创作，而不是"按照科学家的方式"。这也许可以看作是当代泛现实主义的又一含义，是放弃绝对客观性而转向泛客观性的必然产物。从这个意义上讲，20世纪的作家比以前任何一个时代的作家都更加关注"我"对世界的观察和体验，强调我对我所体验到的东西的独特表述，以至于我们很难用一个什么称谓来概括那形形色色的独到的文学发现和解释，这不正是泛现实主义的一种形态上的表现吗？！尽管在我们这个时代，还有一些作家在鼓噪"非个人化"乃至"逃避自我""逃避情感"，但这与经典现实主义的大师们是多么不同。以这种主张的旗手T. S. 艾略特为例（虽然他不能严格地算作传统意义上的现实主义者），他的"非个人化"理论曾是十分著名的，但我们在他的诗作中恰恰看到了一个十分个人化的艺术体验和表达，他所选择的那些"客观关联物"正是透过他不可替代的"第一人称—我"所找到的，他那强烈的宗教感、神秘主义的倾向、形而上的超验意识，都鲜明地凝聚在他那不可替代的"第一人称—我"的视角中。正像英国批评家卡塞对此所作的评述一样："一个人说话的方式，体现他性格的行为，使他的诗显出特征性的意象——所有这一切是他'人格'的一部分……也许，艾略特所极力反对的是这样一种思想，即有价值的经验恰恰在于它们是人格的表现——这种思想同下述信念有关，'心灵，在真正的诗歌创作中，占有一席之地。诗中所表达的经验自然有其价值——这并不是因为它们是非同寻常的个人经验。然而，即使诗人是组合印象的手段（按：艾略特的主张即如是——引者），他也仍然会表现自己的'人格'，只要他创作的意象——实际上是见解——是完全独特或特殊的话。[①]

当代泛现实主义的这种特征，我们可以在许多作家的创作实践中明显地感受到。法国新小说派出现时，曾有一些批评家指责他们的作品见物不见人，大有左拉自然主义的客观主义之嫌。罗布-格里耶则坚决反对这种责难，他宣称：新小说决不像福楼拜、巴尔扎克那样客观，亦即中立、冷漠和非个人化。与其说这是探索某种客观性，毋宁说"比巴尔扎克的小说更具主观性"。在经典现实主义的小说中，只有无所不知的上帝眼光一般

---

[①] J. Casey, *The Language of Criticism* (London: Methuen. 1966), 96–97.

的"全知观点"才能达到纯粹的客观性。所以,"只有上帝可以自认为是客观的。至于我们的作品中,相反的是'一个人',是这个人在看、在感觉、在想象,而且是一个置身于一定的空间和时间中的人,受着他的感情欲望支配,一个和你们、和我一样的人。书只是在叙述他的有限的、不确定的经验。"①这里,我们很容易把它简单地归结为叙事角度的问题,但我以为,其中所包含的认识论内涵远远超出了叙事角度这个技巧性范畴,毋宁说,这个有限的在感觉、在看、在想象的人,正是作家那隐潜的"我"。正是在这里,我们更深刻地体会到贡布里希的箴言:艺术家倾向于看他要画的东西,而不是画他看到的东西。新小说派不同于黑色幽默,心理现实主义也有别于魔幻现实主义,即使在同一派别内部,比如新小说,罗布一格里耶也同萨罗特迥然异趣。或许我们不无理由夸张地说,经典现实主义往往是从某个共同的视角来看世界的,而泛现实主义则像是个多棱镜,力图从我的独特眼光中折射出这个世界的不同光彩。海勒的《第22条军规》不同于卡夫卡的《变形记》,布托的《变动》也迥异于马尔克斯的《百年孤独》,有见识的作家不满足于提供一幅人皆可见的熟悉的人生图景,他们力求实现的是找到一个我们未曾发现过的视角去透视人生,在这个我们所熟悉的现实世界中打开一个从未开过的窗口。这是对我们司空见惯的东西的陌生化,是对我们耳濡目染的日常视角的陌生化。哲学家卡西尔说得好:

> 艺术家的想象并不是任意地捏造事物的形式。他们以它们的真实形态来向我们展示这些形式,并使这些形式成为可见的和可认识的。艺术家选择实在的某一方面,但这种选择过程同时也是客观化的过程。当我们进入他的透镜,我们就不得不以他的眼光来看待世界,仿佛就像我们以前从未从这个方面来观察这个世界似的。②

## 关于现实(实在)的新观念

当我们陈述说20世纪的作家放弃了科学式的客观性侈望,更自觉地强

---

① 吴蠡甫、胡经之主编:《西方文艺理论名著选编》,下卷,北京大学出版社1987年版,第260页。
② 卡西尔:《人论》,上海译文出版社1985年版,第185页。

化"第一人称"视角来观察世界时,其内在的、更深刻的含义是什么?我想,这里有一个问题值得思考,那就是关于现实(实在)的观念问题。在经典的现实主义鼎盛的19世纪,自然科学的进步,实证主义的影响,以及启蒙时期以来理性主义的弘扬,使那个时代的作家充满了一种当时看来是自然而然的信念:现实(实在)是完整的、坚实的、可以信赖的。这在以巴尔扎克为代表的一大批现实主义大师那里表现得十分突出。他们坚信,由于实在世界的内在秩序、完整和可信赖性,由于人的理性是可靠的最高审判官,只要作家不动情地冷静观察,客观地剖析,就一定能将实在世界逼真地反映出来,并在这种逼真性中达到内在因果律的揭示。在19世纪的作家那里,决定论的色彩很鲜明,不论是巴尔扎克式的社会决定论,还是左拉式的生理决定论,或是丹纳所表述的种族、地理和环境三要素决定论。道理很简单,因为19世纪的作家们从不怀疑实在与理性的可靠。

相比之下,20世纪的作家似乎缺少他们的前辈们的那种强烈的自信,他们更多的是怀疑。这突出地反映在两个方面:第一,启蒙时期以来一直使人确信的理性至上观念不再令人信服了,即是说,所谓的理性并非是绝对可靠的,它有时也会蒙骗我们。过去一直被贬斥为不可信赖的感性直观却大受青睐。这种观念不只反映在作家身上,它更集中地呈现在哲学思考中,难怪海德格尔说体验是最真实的,胡塞尔强调"本质直观",雅斯贝尔斯则直言理性的思维是有局限的,它来源于直观,最终又必回复到直观。每当哲学思维达到其极限时,必然要诉诸直观,因为直观到的东西远远地超出理性所能表述和把握的东西。为什么当代哲学会对原始思维、体验、理解诸范畴那么感兴趣,这是值得玩味的。过去我们很容易会将此斥之为非理性主义或反理性主义,其实问题远不是那么简单,其中有许多东西需要我们深究。当然,限于本文的题旨,不便在此赘论。我们要讨论的是第二个方面,亦即对现实的观念。在20世纪的作家面前,现实世界不再是完整、自明的了,其复杂性、变动性令人困惑,它常常以零散片断的方式展现在人们面前;换言之,实在世界的理所当然的可信赖程度降低了,它的完整有序性也消解了,因此,传统的单因决定论已不足以成为作家探究现代人生之谜的思想武器。扑朔迷离变动不居的现实,多种潜在原因的错综纠结,死死地纠缠着当代作家,使他们引发了许许多多的怀疑、困顿乃至迷茫。英国作家沃尔芙说得好:"生活并不是一连串左右对称的马车车灯,生活是一圈光晕,一个始终包围着我们意识的半透明层。传达这变化多端的、这尚欠认识尚欠探讨的根本精神,不管它的表现会多么脱离常轨、错综复杂,而且如实传达,尽可能不掺入它本身之外的、非其固有的东西,难道不正是小说家的任务吗?"①罗布－格里耶说得更明确了:"巴尔扎克的时代是稳定的,刚刚建立的新秩序是受欢迎的,当时的社会现实是一个完整体,因此巴尔扎克表现了它的整体性。但20世纪则不同了,它是不稳定的,是浮动的,令人捉摸不定,它有很多含义都难以捉摸,因此,要描写这样一个现实,就不能再用巴尔扎克时代的那种方法,而要从各个角度去写,要用辩证的方法去写,把现实的飘浮性、不可捉摸性表现出来。"②

对于这样一种观念,倘使我们囿于传统的理论,很容易把它打入不可知论之列。我的看法正相反,我以为,这恰恰表明了当代作家对现实认识的深化。认识到实在世界的复杂多变、飘忽不定,自觉到多种因素的交互作用,这无疑是巨大的进步。实在世界自明性和可信赖程度的降低,非但不是逃避现实而坠入个人呻吟之渊薮的借口;相反,它激发了当代作家更深入探究的欲望。难怪当代许多文学大师都一再强调,他们不是在写作,而是在探索。

在我看来,这种关于现实(实在)观念性的变化,是20世纪泛现实主义的又一含义。这种观念性的变化,在现实主义文学的历程中,至少表现出三个方面的发展。

第一,当代作家越来越自觉地意识到,追求文学与现实的直接对应同一是徒劳的,不管你如何努力,文学毕竟不能等同于现实。用哲学家波普尔的话来说,文学不是世界一,而是经由世界二而物化了的世界三。因为道理很简单,文学不可能也无必要达到科学的绝对客观性,我写的都是我所观察到和体验到的世界。著名批评家史蒂文斯有一句著名的悖论:"现实主义就是对现实不忠实的描绘。"③他这话说的也许绝对了一些,但委实是道出了某些值得思考的东西。如果文学与现实别无二致,毫无差异和距离,作家不过是一面可怜的反射镜,正是这差异和距离才给作家带来了广阔的自由空间。也正是这种自由,作家作为"人学"的探究者才有存在的必要。正如美国批评家布斯所言:越来越清楚,一旦艺术与现实的缝隙完全弥合,

---

① 吴蠡甫、胡经之主编:《西方文艺理论名著选编》,下卷,北京大学出版社1987年版,第151页。

② 引自柳鸣九:《巴黎对话录》,湖南文艺出版社1983年版,第15页。

③ D. Grant, *Realism*. London: Methuen. 1970. p. 69.

艺术就将毁灭殆尽。我这样来概括当代作家对文学与现实的看法，似乎多少有点鼓吹主观论之嫌了，其实不然。这就涉及以下另外两个方面。

第二，20世纪的泛现实主义有某种将熟悉的现实世界加以陌生化的倾向。当代文学提出的陌生化概念，这在19世纪经典现实主义的参照系中是不可思议的，因为在这个参照系中，逼真曾被认为是现实主义文学的最高目标，而陌生化恰恰是对逼真摹写的否定。有些人认为当代文学所提出的陌生化概念，不过是现代文学的一个技巧性范畴。我不同意这种看法，因为这种看法对这一现代人的发现作了极其简单肤浅的理解。不错，在俄国形式主义批评家什克洛夫斯基那里，这个概念的提出是有较明显的技巧含义的，诸如语言的新奇、叙事角度的独特等等。但是，如果联系他的全部陈述来看，陌生化远不是一个技巧性概念，其含义要深广得多：

> 艺术之所以存在，就是为使人恢复对生活的感觉，就是为使人感受事物，使石头显出石头的质感。艺术的目的是要人感觉到事物，而不仅仅是知道事物。艺术的技巧就是使对象陌生，使形式变得困难，增加感觉的难度和时间长度，因为感觉过程本身就是审美目的，必须设法延长。①

这里最重要的是如下思想，艺术就是通过陌生化而恢复人对实在世界敏锐新鲜的感受力。因为从心理学上讲，过于熟悉的司空见惯的事物，常常使我们熟视无睹见惯不惊；而文学作品用人所熟知的视角去看熟知的东西，那种惟妙惟肖的逼真感，往往不能引起读者的震惊和新奇感。反之，当作家找到一个陌生的独特视角来把熟悉的事物陌生化时，情况则不一样了，它唤起了我们的注意力，恢复了我们被日常事物所钝化了的敏锐感受力。这种陌生化的思想，其实早在19世纪的浪漫主义诗人那里就已明确提出来了，柯勒律治说得好："给日常事物以新奇的魅力，通过唤起人对习惯的麻木性的注意，引导他去观察眼前世界的美丽的惊人的事物，以激起一种类似超自然的感觉；世界本是一个取之不尽用之不竭的财富，可是由于太熟悉和自私的牵挂的翳蔽，我们视若无睹，听若罔闻，虽有心灵，却对它既

---

① 引自张隆溪：《二十世纪西方文论述评》，三联书店1986年版，第75—76页。

无感觉，也不理解。"① 但是，需要指出的是，如果说这种思想在 19 世纪还是个别浪漫主义诗人的看法的话，那么，到了 20 世纪，则被大多数泛现实主义作家所接受，成为一种自觉的文学意识。这种自觉的文学意识至少在如下几个方面表现出来。

首先，当代作家更倾向于赋予实在以意义，而不是将实在本身原封不动地展示出来。其实，实在世界不过是存在在那里而已，它既不会向我们诉说什么，也不会向我们要求什么，所谓现实生活本身向作家提出问题的说法不尽准确，确切地讲，是作家向现实生活提问，是作家自身积极主动地建构与再造这个世界。与经典的现实主义不同，当代泛现实主义更自觉地强调对实在世界的过滤、组合与重构，这就是赋予实在以秩序、形式和意义的过程，而这个过程并不是使实在世界变得熟悉，而是使之陌生化。其次，当代作家不再恪守经典现实主义逼真感的准则，而转向由陌生化所造成的内在真实。我们知道，逼真感曾是传统的现实主义所追求的最高目标之一，美国作家詹姆斯在对特罗洛普的评论中，责难他告知读者自己在"虚构"，此乃"极大的罪行"。他说："我们在小说中提供给我们的东西中越看到没有重新安排的生活，我们就越感到接触着真实；我们越看到其中有重新安排的生活，我们就越感到在受骗上当，因为看到的是一种代用品，一种折衷物和程式。"② 把詹姆斯的这种经典看法同布莱希特的间离效果理论比较一下是极有趣的，这正好体现了经典的现实主义同当代泛现实主义的观念差异。布莱希特认为，传统戏剧所追求的身临其境的逼真感，是"把观众引入一种出神入迷的状态"，从而达到移情和共鸣，这时，恰恰剥夺了观众的自主意识，消解了他们的批判力而沉醉在一种舒适的自我满足中。因此，"戏剧必须间离它所表现的一切"。③ "间离的反映是这样一种反映：对象是众所周知的，但同时又把它表现为陌生。"④ "戏剧必须使它的观众惊讶，而这要借助一种对令人信服的事物进行间离的技巧。"⑤ 这种看法简直与詹姆斯针锋相对，它有意要让观众意识到"虚构"和对生活的

---

① 《十九世纪英国诗人论诗》，人民文学出版社 1984 年版，第 63 页。
② 吴蠡甫、胡经之主编：《西方文艺理论名著选编》，下卷，北京大学出版社 1987 年版，第 145 页。
③ 《外国现代剧作家论剧作》，中国社会科学出版社 1982 版，第 103 页。
④ 同上书，第 102 页。
⑤ 同上书，第 103 页。

"重新安排",这在传统的现实主义信条中是不可容忍的,而它正是对现实主义的一种发展。当卡夫卡借助一只大甲虫的眼光来看现代资本主义社会人的异化状态和孤独感时,当马尔克斯用一系列神话传说来揭示拉美的独裁专制政治时,一切都陌生化了,表面的逼真感也许丧失殆尽,但却是最最真实的,一种深刻的内在真实。这里,现实主义最本质的精神特质依然存在,只不过采取了与经典现实主义的逼真感所不同的陌生化形态而已。韦勒克曾对经典的现实主义作过出色的描述:"现实主义是'当代现实的客观再现'。……它排斥虚无缥缈的幻想,排斥神话故事,排斥寓意与象征,排斥高度的风格化,排除纯粹的抽象与雕饰,它意味着我们不要虚构,不要神话故事,不要梦幻世界。它还包含着对不可能的事物,对纯粹偶然与非凡事件的排斥。因为在当时,现实尽管仍具有地方和一切个人的差别,却明显地被看作一个19世纪科学的秩序井然的世界,一个由因果关系统治的世界,一个没有奇迹、没有先验东西的世界。"[1] 但这些教义规范今天不再是束缚当代作家手脚的羁绊了,尽管我们不能说逼真感或如上规范在20世纪文学中丝毫不存在,但我们却可以说,它不再是必须恪守的规范了。唯其如此,当代人才会提出种种似乎不可思议的"现实主义",诸如"魔幻现实主义""主观现实主义""幻想现实主义""虚幻现实主义"等等。唯其如此,当代卓越的思想家们才提出了一系列深刻的哲学命题:使存在者之所以存在的存在开启出来,粉碎生命的谎言。伽达默尔说得妙极了:"艺术品用以打动我们的情感,同时也是在谜一般的方式中对熟悉事物的粉碎和破坏。它不仅是在一种欣喜与恐惧的震惊中发出的感叹:'是你呀!'它同时也对我们说:'你必须改变自己的生活!'"[2] 如果说哲学家的表述还嫌抽象的话,那么,我们不妨找一段艺术家的描述作为注脚。毕加索曾说过一句看似悖理的箴言:"艺术不是真理。艺术是一种谎言,它使我们认识真理,至少认识到要我们去理解真理。"[3]

最后,我们谈一谈第三个方面,即当代泛现实主义"向内转"的趋势。在我看来,这也反映了20世纪作家对实在的观念性变化。正像前引韦勒克的那段话所表述的那样,在19世纪的现实主义作家那里,实在世界是坚

---

[1] 韦勒克:《批评的诸种概念》,四川文艺出版社1987版,第230—231页。
[2] 周宪等主编:《当代西方艺术文化学》,北京大学出版社1988版,第281页。
[3] R. Ellmann & C. Feidelson eds., *The Modern Tradition* (New York: Oxford University Press. 1965), 232.

实、完整、可信的，他们侧重于描绘再现可见可触的外在世界。到了20世纪，作家们一方面感到这于外在世界并非如此，它是飘忽不定变化多端的；另一方面，他们也感到人的隐秘不现的内心世界，也是整个实在世界不可或缺的一部分。因此，只关注可见可触的物质性的东西，对文学来说是很不够的，如同沃尔芙对高尔斯华绥等老派作家所抱怨的那样："这三位作家都偏重物质。就因为他们不关心精神而关心肉体，使我们感到失望。"① 这种观念到了新小说派那里，得到了进一步的弘扬，罗布－格里耶直言："我们已知道，旧小说（以及塑造人物的一切陈旧手法）所设计的人物再也不能容纳今天的心理现实了。这些人物不但不能像过去那样展示这种心理现实，而且会使读者看不见它的存在。""心理要素现在趋向于独立存在，尽可能地摆脱人物的支撑。当代小说家的全部探索就集中在这一点上，这也是读者应全神贯注的所在。"② "心理现实"这种当代表述，确确实实地反映了20世纪作家关于现实的看法的发展。放到文学发展的历史关联域中看，这种"向内转"的趋势是必然的。这种趋势在相当程度上说明了我们时代泛现实主义的某些特征，具体说来表现在如下两方面：首先，"心理现实"包括了当代作家的关注焦点，外在可见的实在世界已不再是唯一占支配性地位的因素了，在某些现代小说中，它甚至蜕变成了背景，这在"意识流""心理小说"或"心理现实主义"的作品中表现得尤为突出。对此，西德著名小说理论家斯坦泽尔曾有很好的概括："现代小说有三个特征显得特别突出：第一，客观事物和事件的外在世界的重要性降低了，除了它能被上升到象征的高度外，显然已让位于展示意识，或用作意识发生过程的背景。"③ 其次，对实在世界的描绘，从经典现实主义的那种直接摹写和再现，转向作家或具体人物对它的具体感受和体验。世界不再是与"我"无关的独立实在，而是"我"感受和体验到的东西。关于这种"向内转"的趋势，国内外已有不少讨论，此处不必赘述重复，我只想申明一点：它是20世纪现实主义的一种发展，是当代泛现实主义的重要组成部分，是我们时代的

---

① 吴蠡甫、胡经之主编：《西方文艺理论名著选编》，下卷，北京大学出版社1987年版，第148、245页。
② 萨洛特：《怀疑的时代》，吴蠡甫、胡径之主编：《西方文艺理论名著选编》，下卷，北京大学出版社1987年版，第245页。
③ W. B. Fleischmann ed., *Encyclopedia of World Literature in the 20th Century* (New York, F. Ungar Publishing Co. 1969. Vol. 2), 461.

作家关于实在观念性演变的必然产物。如果不是囿于现实主义的传统观念而拒绝它的当代发展演变，如果不是把现实主义本身视为亘古不变的教义和历史古玩，我们就必须接受这一结论。

## 塑造新的读者公众

当20世纪的作家们对现实的观念发生了变化之后，很自然，他们惨淡经营的作品与读者的关系也在悄悄地嬗变。当代不少读者和批评家都曾抱怨说，由于小说的可读性降低了，现代小说正面临着失去广大阅读公众的危险。特别有意思的是，被文学界评价越高的作品，似乎与阅读公众的距离越远。对这一严峻的事实讨论是不容回避的。但是，我们不必总是从消极的方面去看，应该从积极的方面去考察。这种文学与读者大众的表面的疏离，恰恰反映了20世纪泛现实主义与19世纪经典现实主义的某些差异。一言以蔽之，20世纪的文学开始更自觉地塑造新的读者公众，诉诸他们的自主意识和能动性。

从历史上看，小说一直是拥有最广大公众的艺术样式，读小说的人远在读诗、看戏者之上。电影和电视的问世，无疑在我们这个时代抢走了相当一部分读者。西方曾有人惊呼，小说在20世纪已走上了穷途末路。这话当然有点危言耸听，不过问题本身是值得深省的。西班牙著名哲学家奥尔特加曾对此作过一种解释，在他看来，现代小说危机的真正根源在于：可以发现的新主题的可能性在19世纪小说的鼎盛时期已耗尽了，20世纪当然是小说的末日。这位卓越的思想家在20世纪20年代所作的这番预言不免悲观沮丧了些，其实小说并未寿终正寝。看来，问题的症结并不在此。我们需要关注和分析的是当代小说的某些变化，以及作家对读者观念上的变迁。

不管怎么讲，有一点是可以肯定的，那就是，即使是在经验水平上我们也会感到，20世纪的小说远比19世纪的小说难读得多。只要把福克纳的作品与巴尔扎克的作品比较一下，这个印象便是显而易见的。在19世纪的小说中，所展示的人生图画是那样的亲近熟悉，人物就像我们周围的人，事件就像发生在我们面前，逼真感的刻意追求很容易使读者产生某种认同感，引发一种身临其境的体验。在这个意义上说，经典现实主义的作品给人以亲切感和可读性。这是那个时代文学的必然特征，无须责难。不过，有一个问题似应引起思索，那就是传统小说这种与读者圆融无碍的和睦关系，是否也潜藏着某种隐患呢？我想答案是肯定的。可以换一种表述，在某种程度上说，传统的现实主义小说多少有点以牺牲读者能动探索而偏重于迎合读者旧有欣赏趣味和规范为代价。也就是说，19世纪的作家创造了一系列小说的规则，它无意识地凝结成读者大众的阅读趣味和规范，以使读者大众产生了必然如此的阅读期待。为什么当代作家要提出陌生化的思想？为什么他们比任何一个时代都关注文学的革新？这本身就表明了当代作家在塑造自己时代新的读者大众方面，将遇到19世纪作家们所留下的种种规范的有力抵抗。这一点，奥尔特加算是说对了：小说在现代的衰落，"这个发展是不可避免的，但这不必使小说家们灰心丧气。而是相反，因为他们自己正在促成这种发展。他正在一点一点地通过使读者感知敏锐、提高趣味来培养其阅读大众。"① 这就意味着，对当代作家来说，他们面临着一种两难抉择：要么走出经典现实主义的传统，确立新的小说规范，但这必然面临着暂时失去相当一部分读者的危险；要么回归传统，按照经典现实主义大师业已确立的小说规范去创作，这自然不必承担风险。我以为，在总体上看，当代文学的这种两难选择在两种形态的文学中鲜明地表现出来：严肃文学选择了前者，而通俗文学选择了后者。

我们看到，在严肃文学中，要求革新和变更传统小说规范的呼声比任何一个时代都强烈，相反，这种努力所受到的抵抗和阻力也十分巨大。这里，不妨再引用新小说派的代表人物的两段话为证。罗布－格里耶写道：

> 不论在过去还是现在，在所有的和几乎所有的人的心目中，都有一种人所默认的小说理论，这正是人们用来堵住我们所写的作品的一堵墙。有人对我们说："你们不在作品中刻画人物，所以你们写的不是真正的小说。""你们没有叙述一个故事，所以你们写的不是真正的小说。""你们不去研究某一个人物的性格，也不去写环境，你们又不去分析激情，所以你们写的并不是真正的小说。"等等。②

我们不知道一部小说、一部"真正的小说"该是怎样的；我们只

---

① James B. Hall and Barry Ulanov eds., *Modern Culture and Arts* (New York: McGraw-Hill, 1967), 250.
② 吴蠡甫、胡经之主编：《西方文艺理论名著选编》，下卷，北京大学出版社1987年版，第257页。

知道，今天的小说就是我们今天所写的那样的小说；我们并不想把小说写得与过去的小说相同，我们只想努力向前走得更远。①

萨洛特说得更明确了：

> 对于按照日常生活习惯，迎合读者懒于探索和生活匆忙而提供人物有关标志的小说家，现在的读者是不会跟着他走了。（按：这里萨洛特也许过于乐观了——引者）读者为了能够识别人物，也得像小说作者一样，能根据内在的一些标志立刻把他们认出来。不过，他不可能看到这些标志，除非他改去舒舒服服地看小说的那种习惯，像作者一样，深入人物的内心，把作家心目中所想象的景象变成自己的。②

萨洛特的这段话委实说出了一些重要的东西，在一定程度上反映了20世纪的泛现实主义与读者关系上的变化，即让读者从舒舒服服不动脑筋的被动接受者，转而变成与作家平等地介入文学的主动参与者，这正是什克洛夫斯基的陌生化、布莱希特的间离效果的用心所在。在现代小说中现实生活被描绘得飘忽不定复杂多变，熟悉的东西被陌生化了，内心现实如此神秘莫测，甚至为了避免读者轻而易举地认同与移情而设置障碍，这一切都使现代小说比19世纪小说难读得多。如果说小说家是在探索的话，那么，他们同时也在呼请读者一同探究。往好里说，它的积极效果是造就自己时代的读者，培养他们枳极的参与态度和能力，培育他们的艺术敏感性；往坏里说，它的消极后果疏远了读者，缩小了严肃文学的地盘，让位于通俗文学。当我们陈述20世纪泛现实主义文学与读者的关系的变化时，这两方面都应清醒地认识到，但更关键的问题在于不能只见后者而忽略前者。如果一个时代的作家放弃了塑造他这个时代的读者的历史任务，那他就无存在的必要了；诚然，这种塑造不是一帆风顺，一蹴而就的，它需要付出代价，有时甚至是沉重的代价，因为它所面对的是此前所有的文学传统的惰性和抵抗。在我看来，文学的历史进步意义就在这里，用杜威的话来说，"它们的最大功绩就在于加速了新的艺术形式的出现，并通过对完善的东西的新

---

① 吴蠡甫、胡经之主编：《西方文艺理论名著选编》，下卷，北京大学出版社1987年版，第285页。

② 同上246页。

的表现方式对人们的感官进行了熏陶，从而扩大和丰富了人类的眼界。"① 当然，问题也有另一面，在锐意革新的潮流中难免泥沙俱下，一些不良的过激倾向也是存在的，有些作家标新立异、孤芳自赏，拒读者于千里之外，这也从内部割断了现代小说与读者之间本来已很脆弱了的纽带，加剧了它的消极后果。

可是，当我们把目光转向现代通俗小说时，则是另一番景象。那里不存在种种风险，不存在种种代价，在相当程度上说，它因袭了经典现实主义早已确立了的种种小说规范。它的宗旨仿佛就是让人们舒舒服服地读，轻而易举地共鸣，唤起身临其境的逼真感。但这里隐藏着更大的危险，那就是钝化我们的艺术感受力，消解我们的自主批判意识，使我们永远沦为被动的接受者。难怪有些思想家称通俗文学是现代商业社会的一个"文化毒瘤"，它有一种看不见的"麻痹"后果。著名艺术社会学家豪瑟曾指出，通俗艺术风格形式的变化是在严肃艺术领域中的创新的影响下出现的，后者为前者提供了样本。② 即是说，通俗小说所接受的是严肃小说所创立的并广泛为人们所接受了的艺术规范；当19世纪经典现实主义的小说规范已内化为读者大众的趣味时，20世纪的通俗小说则承袭下来，把它变成了当代文学中最经济、简便的文学消费形式。我们甚至可以说，经典现实主义小说的诸种特征，最典型地体现在当代通俗小说中。不仅于此，通俗小说还强化了前此严肃小说的传统，使之规范化、程式化，从而加剧了读者趣味的钝化。如豪瑟所说："通俗艺术最普遍最突出的特征，就在于它可以很快地把握传统的、容易适应的程式。……这些程式的运用多少服从于机械刻板的原则，因而损害了艺术特质。"③ "高雅的、严肃的、不妥协的艺术有一种震撼效果，往往使人感到不安和折磨；相反，通俗艺术则把我们从生存的痛苦问题中解脱和分离出来；它不是激励我们去行动、努力、批判和自我反省，而是驱使我们朝相反的方向运动，即趋向于被动性和自我满足。"④ 这样看来，当代泛现实主义文学种种严肃而艰难的尝试，比之于强化传统规范并钝化人们艺术感受力的通俗文学，有着深刻的历史进步意义，尽管它为此付出沉重的代价，但那是值得的。因为它为自己的时代塑造了

---

① 李普曼编：《当代美学》，光明日报出版社1986版，第79页。
② Arnold Hauser, *The Sociology of Art* (London: Routledge & K. Paul. 1982), 584.
③ Ibid., 583.
④ Ibid., 582.

新的读者大众。

至此，该结束这篇稍嫌冗长的专论了。本文不过是从哲学和心理学角度触及了20世纪现实主义发展中的某些方面，既不是包罗万象的检视，也不是全面完整的概括。不管怎么讲，现实主义的现代发展，向我们的理论提出了新的挑战，逼迫我们扬弃陈旧的文学观念去思考许多新的问题。

原载柳鸣九主编：《二十世纪形式主义》，中国社会科学出版社1992年版

# 小说叙述的几个问题

秘鲁小说家略萨在说到小说创作门道时说："优秀的小说、伟大的小说似乎不是给我们讲述故事，更确切地说，是用它们具有的说服力让我们体验和分享故事。"[1]那么，这说服力来自何方？我们如何去体验和分享呢？在小说发展的漫长历程中，经由无数小说家的探索试验，发明了许多让人眼花缭乱的叙述技巧，这些技巧最终会集中到叙述者上来，所以，"叙述者乃是叙述文本分析中的最核心的概念"。[2]显然，要搞清说故事的奥秘，捷径之一乃是搞清何为叙述者以及他如何说故事。

## 一、画家和小说家：从目击到叙说

在进入具体讨论之前，先来看两幅画。一幅是法国印象派画家马奈的《酒吧女招待》，另一幅是拉斐尔的《雅典学园》。这两幅画除了表现场面大小悬殊之外，还有一个重要的差异，那就是视角。画面的呈现有赖于特定的视角，不同的透视角度看到的东西是不同的。在马奈的画中，女招待前面向对酒吧大堂，后面的镜子不但反射出酒吧高朋满座的景象，同时也反射了她自己的背影。值得注意的是，在镜子的右上角，戴着大礼帽的画家出现了。这是一个相当重要的提示：这幅画的视角就在画面的左前方。画家不但再现了他眼前的场面，而且也点出了自己所处的具体位置，更重要的是，画家自己也成为画面中的一个形象。整个画面是通过一个介入其中的人物具体观察位置来呈现的。

再来看拉斐尔的《雅典学园》，画面气势恢宏，场面壮观。从前景智者们或争辩，或沉思，或讲学（如画面右下角托勒密在讲学），到中景柏

---

[1] 略萨：《给青年小说家的信》，上海译文出版社2004年版，第29页。
[2] Mieke Bal, *Narratology: Introductin to the Theory of Narrative* (University of Toronto Press, 1997), 19.

拉图等哲学家健步走来，再到背景拱门一直伸向无限渺远的天空。在这幅画中，拉斐尔高屋建瓴地逼真再现了雅典学园群英荟萃、思想澎湃的动人场景。但较之于马奈身处其中的观察，这幅画的视角更具客观性和隐蔽性，同时也更宏观和更完整。

以上两幅画的解读表明，文学艺术中任何生活场景的呈现都有赖于特定的视角，不同的视角看到不同的东西，这是其一。其二，两个画面的呈现方式和表达重心均有所不同。马奈的印象主义绘画，似乎更加偏向于画家特定场合中的自我感知和观察，画家就在画面中；而拉斐尔的绘画则更加倾向于客观的非个人化的广阔视角，因此画面更加严谨更符合理性透视的原则。绘画即如是，小说讲故事亦复如此。画家、小说家都是通过特定视角的观察来把握现实，同时又通过特定的视角来展现现实。用一个更加形象的比喻，那就是画家、小说家都像是电影摄影机，他们记录并再现他们想要呈现的东西。所不同的只是画家以画面直观地呈现，小说家则通过语言叙述间接地呈现。

说到这里，我们已经进入了小说叙述话语的重要问题：谁来叙述故事？

简单地说，谁来讲故事的问题只是一个叙述者声音的问题。但是，如果复杂点来看，叙述者包含了几乎小说叙述的所有层面。弗里德曼说得好：

> 叙述者问题也就是如何把故事充分地传递给读者，所以，下面这些问题必须加以考虑：
> 
> 1）谁在和读者说话？（第三人称或第一人称作者，第一人称人物，或表面上看没有什么人）；
> 
> 2）他是站在什么位置（角度）向读者讲述故事的？（上面，边缘，中心，前面或变动不居的）；
> 
> 3）叙述者使用了什么信息通道来把故事传递给读者？（作者的语词，思想，感知，情感，或人物的语词、行动；或人物的思想、感知、情感：通过这些方面或这三种可能的中介来组合，有关内心状态、背景、情境和人物的信息形成了吗？）；
> 
> 4）叙述者把读者放在距离故事多远的位置上？（近、远或变化着）[1]。

---

[1] Norman Friedman, "Point of View in Fiction," *PMLA* 70（1955）: 1168 – 69.

归结起来，叙述者如何讲述故事必然涉及所谓的叙述视点问题，这是英美叙述学的传统问题，晚近在欧陆的叙述学研究中，则有一种以聚焦（focalization）概念来取而代之的发展倾向。当然，相关的概念还有不少，诸如视角（Perspective）、叙述声音（narrative voice）、叙述模式（narrative mode）、叙述情境（narrative situation）等等。

每部小说其实都有各自的叙述者，他或她以其独特的声音和讲述方式，将故事以某种形式呈现出来。昆德拉《不能承受的生命之轻》的叙述是这样开始的："永恒轮回是一种神秘的想法，尼采曾用它让不少哲学家陷入窘境：想想吧，有朝一日，一切都将以我们经历过的方式再现，而且这种反复将无限重复下去！这一谵妄之说意味着什么？"仔细解读这几句开始语，谁在这里说话呢？是作者吗？细细琢磨，说话人让读者"想想吧"，接着出现了"我们"。显然，这里出现了故事讲述者。再往下看，"不久前，我被自己体会到的一种难以置信的感觉所震惊……"好像又出现了故事中的人物。有趣的是，随着故事的深入，那个"我"逐渐消失了，我们看到一系列事件和场景自动变换。显然，在这个故事的叙述中，存在着作者、叙述者、人物和叙述的复杂关系[①]。当我们在阅读中驰骋想象力，还原了主人公托马斯那一幕幕生动场景时，我们就遭遇到了叙述者，我们正是在聆听他的叙述声音而感知故事的。所以，叙述学分析叙述话语的首要问题，如卡勒所言，"谁讲话"的问题位于叙述研究的六大问题之首[②]。

"谁讲话"的问题，小说理论表述为"视点"。就像前面我们说到的两幅画，在小说叙述中有两类最常见的视点：第一人称"我"的视点和第三人称"他"（或"她"或"他们"）的视点。马奈的《酒吧女招待》代表了某种"我"的第一人称视点，而拉斐尔的《雅典学园》则代表了"他"的第三人称视点。从人称角度来分类视点，是一个便捷的路径。看看以下两个著名短篇小说，便可窥见两种视点的差异所在。

    1. 当他戴着礼帽走在街上，或者站在地下铁道的车厢里时，就看

---

[①] 这部小说带有某种哲理或荒诞的意味，充满了机智风趣的评说和讥讽，"我"和"隐蔽的我"对主人公托马斯及其社会关系的评价，成为小说重要的组成部分。而故事本身，人物的行为和相互关系，又好像是场面的自然流露一样。大致来说，存在着两个故事视角：较为主观性的对人物和事件的主观评价（我），场面和事件客观的自然流露（他）。

[②] 卡勒：《文学理论入门》，译林出版社2008年版，第90页。

不出他的剃得很短的淡红色头发已经夹满了银丝；从他那清癯而红润的刮得干干净净的脸庞和挺得笔直的穿着一件风雨衣的修长的身躯来看，他的样子至多只有四十岁。(蒲宁《在巴黎》)

2. 列车过了德累斯顿两站，一位上了年纪的先生登上了我们这节车厢，他彬彬有礼地打了招呼，向我颔首致意，再次富有表情地望了我一眼，像是遇见一位故人。乍一看我想不起来，可当他面带微笑刚一说出他的名字时，我马上就想起来了，他是柏林最有声望的艺术古玩商人之一。(茨威格《看不见的收藏》)

蒲宁的《在巴黎》用一个隐而不现的视角叙述了故事主人公，一位十月革命后流亡巴黎的俄国贵族；茨威格的《看不见的收藏》，则是透过"我"的眼光讲述了柏林艺术商人所亲历的离奇遭遇。前一个故事中，叙述者好像无处不在但又难以察觉，因为他从不在故事中出现，更不会发表什么有关人物或事件的主观看法或评论；而后一个故事有一个明显的"我"作为叙述者而存在，没有这个"我"和柏林最有声望的艺术商人在火车上的相遇，当然也就不会有后来"看不见的收藏"的动人故事了。

照小说家的看法，叙述者是小说中最重要的角色，其他人物的存在和表演取决于叙述者，故事的展开依赖于叙述者，主题的揭示受制于叙述者。所以，小说家的首要问题就是解决"谁来讲故事"。[1] 因为正是叙述者的特性，这些特性在文本中呈现的程度和方式，以及叙述者所作的复杂选择，决定了叙述小说文本的独特面貌[2]。

## 二、视点与叙述功能差异

小说阅读的经验告诉我们，讲故事者首先会呈现为人称上的差别。换言之，叙述者的差别或类型首先是一个叙述者人称的问题。关于这一点，略萨有精到的说法："就一般情况而言，实际上可以归纳为三种选择：一个由书中人物来充当的叙述者，一个置身于故事之外、无所不知的叙述者，一个尚不清楚的问题是，说故事者究竟是从内部还是从外部来讲故事的。

---

[1] 略萨：《给青年小说家的信》，上海译文出版社 2004 年版，第 47 页。
[2] Mieke Bal, *Narratology: Introduction to the Theory of Narrative* (University of Toronto Press, 1997), 19.

前两种是具有古老传统的叙述者；第三种相反，根底极浅，是现代小说的一种产物。为了查明作者的选择，只要验证以下故事是用语法的哪一个人称叙述即可：是他，是我，还是你。叙述者说话的语法人称标明了他在叙事空间中的位置。"[①] 前引两个短篇小说的片段就标明了两种不同的叙述方式。茨威格的《看不见的收藏》采用的是"我"，"一个由书中人物来充当的叙述者"；而蒲宁的《在巴黎》则运用了一个"他"，"一个置身于故事之外、无所不知的叙述者"。其实，非我即他的叙述角度是文学叙述最常见的两种路径。但值得注意的是，在现代小说的诸多实验性探索中，也有人大胆地采用第二人称"你"的独特形式来作为叙述视角。法国"新小说"派作家布托尔的小说《变》就是一例。

小说一开始就如是叙说：

你把左脚踩在门槛的铜凹槽上，用右肩顶开滑动门，试图再推开一些。但无济于事。

你紧擦着门边，从这个窄窄的门缝中挤进来，接着便是你那只厚玻璃瓶一样颜色发暗的、颗粒面的皮箱，这是常出远门的人所带的那种相当小的皮箱，你抓住黏糊糊的提手把皮箱使劲拖进来，它虽然不重，但你一直提到这里来，手指不免发热，你把皮箱举起来，感到身上的肌肉筋腱鼓了出来，不止是指骨、手心、手腕、胳膊，还有肩膀，还有整个半侧后背，还有从颈部直到腰部的脊椎。

……

"你"是一个打字分公司经理台尔蒙，正从巴黎坐火车去罗马会情人塞西尔。"你"此刻在火车这一个特定的空间里发生了变化，原本想把塞西尔带回巴黎一起生活，但随着火车离罗马城越来越近，这一想法在"你"心中逐渐打消了。此处以"你"的声音来叙述，截然不同于常见的第一人称和第三人称叙述。当我们进入"你"的叙述视野时，好像进入了一种特定的与读者对话的情境。其实，作者布托尔就是这么认为的，他相信采用第二人称"你"的叙述，就是读者在和主人公展开促膝谈心。阅读第二人称叙述的小说，颇有些俄国形式主义者所说的"陌生化"效果，一进入这样的

---

① 略萨：《给青年小说家的信》，上海译文出版社2004年版，第47页。

叙述情境，那种陌生感始终萦绕在阅读意识之中，使得场景、人物、故事、动作显出别样意蕴来。

相对说来，第二人称"你"的叙述较为特别，也较为少见。在小说的叙述者中，大量存在着的是第一人称和第三人称叙述者。因此，在叙述者分类上，就形成了第三人称与第一人称叙述的二元结构，两者经常相互参照显出各自特色。叙述学研究发现，不同人称叙述者的差异最根本的问题在于他们各自所能提供的信息多寡。换一种说法，也就是叙述者介入其叙述故事的深浅程度。一般说来，介入的越深入，所获得信息就越多，其讲故事的方式也就越自由不拘。以下我们分别讨论几方面的差异。

首先，第一人称叙述者在小说中的身份地位决定了他的所知和所叙。因为第一人称叙述者通常呈现为小说中的一个人物，甚至是一个中心人物。因此，他看到的东西必然受限于自己故事中所扮演的角色，这就形成了一个比较固定的视点，同时也不可避免地限制了他的所感、所想和所说，此即所谓"有限视点"（the limited point of view）。第一人称的叙述声音通常以亲眼所见或道听途说的方式来讲述，这种方式使得讲述似乎真实可信，就好像路遇熟人听其讲说刚才遭遇之事。本雅明在说到传统的说故事角色时，就说到水手和农夫两种角色。前者是讲自己漂洋过海的远方故事，后者则是叙说近在身边的事情，这些都是最古老的第一人称叙述[①]。

第一人称叙述要求叙述者必须是身处所要叙述的情境之中，往往就是故事中的一个人物，或是一个参与者。现代小说关于第一人称的叙述已经发明了许多独特的技巧。需要注意的一点是，在第一人称叙述中暗含着某种内在张力，亦即"有限视点"的真实与其主观局限性的抵牾。一方面，其亲历所见似很真实，说来就像在读者眼前发生一样；另一方面，囿于其有限性，必带有主观性色彩，常显得是一孔之见。照理说，主观性和真实性本是两个对立的范畴，所以在第一人称的叙述中，两者的张力一直暗含在故事情节的进展之中。某人眼光所见的故事叙述既主观又真实。

第一人称叙述视点虽然都受制于"我"的目力所见，但细致分析起来又可以区分出两种不同的类型。一类"我"只承担叙述者的功能，好像是一个与故事的人物和事件全然无关的旁观者或道听途说者，他置身于故事发展之

---

① 本雅明：《说故事的人》，陈永国、马海良编：《本雅明文选》，中国社会科学出版社1999年版，第292页。

外，与人物行动和事件发展进程无关。另一种类型的叙述者则不仅作为故事的叙述者来叙述故事的发展，同时也是故事中的一个参与者或重要人物，参与或推动了情节的发展变化，"我"在叙述中同时担任了事件的当事人和叙述者的两种角色。前面提到的《看不见的收藏》中的艺术商人就是后一类叙述者。较之于前一种叙述者，他身兼叙述者和人物二职的双重功能，在故事中常常是既在局中又超然局外。所谓在局中是指他参与了情节的发展，所谓在局外，是指他又可以超然地从一个目击者的身份来讲述故事。较之于其他人物，他显然具有某些他们所不具备的特殊能力和优势，比如他虽受特定故事情境的时空限制，但为了叙述故事的方便，他们似乎总能了解到他们想要叙述的事情，甚至可以预言某些将要发生的事情，或是猜测其他人物的心理活动。进一步，如果把叙述者设计为从内部来观察事件和行动的旁观者，叙述学上就称为"镜映人物"（mirror character），其功能就在于像一面镜子那样，生动逼真地折射出人物、动作、事件和场景。

比较来说，第三人称叙述者则自由得多，他是一个不受限制的叙述者，他需要知道什么就可以知道什么，他可以进入不同人物的内心世界，也可以在时间上从现在到过去，在空间上神游天南地北。由此看来，第三人称视角是一个不受限制甚至无所不知的叙述者。这就是所谓"全知全能的视点"（the omniscient point of view）。比如，美国小说家欧·亨利的短篇小说《麦琪的礼物》一开始就通过一个第三人称叙述者，交代了一个困境：女主人公德拉剪了自己头发卖了20元钱，为她的心上人男主人公杰姆买了一条白金表链；但杰姆却卖了自己的手表为德拉买了全套的发梳。一个是买了表链却没了表，另一个则是买了发梳却没了长发，富有戏剧性的巧合就发生在圣诞前。这样看似荒诞却又极度真实的故事，像电影似的一个镜头一个镜头地呈现在我们面前[①]。仔细想一下，这样的视点除了小说家所设计的那个具有上帝般的全能全知的叙述者外，谁有这样的权力呢？

如果我们回到现代小说叙述研究的传统，这两种叙述类型有很多不同的表述。英国批评家卢伯克在20世纪20年代就提出了两种不同的视点。他发现小说的叙述视角可以区分为"场景"和"全景"两类视点：前一种是使所发生的事件仿佛是自身呈现在我们面前，所以它更倾向于细微地展现

---

① 这篇小说一直到故事结束，叙述者才亮出旁观者的身份，最后发表了一通感慨和议论。

场景和人物动作；后一种指叙述中瞥见了许多年的长时段，并同时从不同角度目击了所发生的事件，但这种视点的审视比较宏观和概要①。到了20世纪60年代，芝加哥学派的布斯在其《小说修辞学》中，分析了小说叙述的传统和现代两种形态。他发现，自福楼拜以来，西方现代小说的发展是越来越追求客观性，因此由主观的叙述者角色来"讲述"（telling）的传统方式，日益让位于似乎没有（隐含的）叙述者的显现（showing）方式②。

小说阅读经验还告诉我们，大凡在第一人称叙述者讲述的故事中，读者通常会形成一个有关叙述者比较确定的形象。因为第一人称多半是故事局中人，它会以某种方式介绍和描绘自己，即使他不说到自己，也会通过各种方式给人留下一些印象。就像马奈的画《酒吧女招待》，画家自己的镜中呈现的形象一样。再比如茨威格的《象棋的故事》中的那个"我"。与此迥然不同的是，在第三人称叙述中，通常很难形成叙述者为何人的印象，于是，故事中"谁在说话"的问题似乎变得无关紧要了。原因何在？在第一人称叙述的小说中，叙述者就是故事中的一个人物，可能是次要人物，也可能是主要人物。但在第三人称叙述中，叙述者似乎从未出现，既没有长得如何的描述，也没有别人对叙述者的反应。所以有叙述学家指出，"第三人称者基本是一个逻辑上而非心理上的实体，因此读者通常不会把他的叙述话语看作是某种个人的表述"。③这就好比拉斐尔的绘画《雅典学园》，当我们凝视这幅画时，我们压根儿就不会寻思画家是透过谁的眼光来审视和表现这个宏大场景的，也不会去追问画家本人在画面什么地方。俄国形式主义者托马舍夫斯基曾表述为如下两类视点：一类是作为故事人物的叙述者的叙述视角，另一类是不加解释的客观报告的叙述。后者是一种不动情的客观展现，前者则加入了人物自身的感受和态度。另一位俄国批评家乌斯宾斯基，把小说的叙述视点概括为外在视点和内在视点两种类型，前者是审视外部世界所发生的情况，而后者则转向内心世界④。这些不同叙述的分类，无论是主观与客观的区分，抑或内心与外界的划分，实际

---

① Perry Lubbock, *The Craft of Fiction* (London: Cape & Smith, 1931).
② 布斯：《小说修辞学》，北京大学出版社1987年版。
③ Marie-Laure Ryan, "Narrator," in Irena R. Makaryk, et al., *Encyclopedia of Contemporary Literary Theory* (University of Toronto Press, 1993), 601.
④ See Oswald Ducrot & Tzvetan Todorov, *Encyclopedic Dictionary of the Sciences of Language* (Baltimore: The John's Hopkins University Press, 1972), 328 ff.

上都和我们这里讨论的两种叙述者差异的特点有一定关联。

最后，第一人称和第三人称叙述者还有一个显著的差别，按照叙述学家瑞安的概括，那就是比较说来，第三人称叙述者具有某种绝对的叙述权威性，他或她的叙说就决定了哪些是小说世界中的事实。换言之，第三人称以某种好似客观公正的立场来叙述故事，使得故事听起来是绝对真实可靠的，这种真实可靠性反过来又加强了第三人称叙述者的某种叙述权威性。这一点在中国古典文学中许多有关历史的话本小说和章回小说中最为突出。比如《三国演义》开篇叙事：

> 话说天下大势，分久必合，合久必分。周末七国纷争，并入于秦。及秦灭之后，楚、汉纷争，又并入于汉。汉朝自高祖斩白蛇而起义，一统天下，后来光武中兴，传至献帝，遂分为三国。

说书人不容分说地历数过去，一一道来，毋庸置疑地建构一个关于中国历史的宏大叙事，进而引出惊心动魄的三国故事之由来。与这种客观叙述的权威性相比，第一人称叙述者个人的叙说似乎就不那么具有权威性了，至少没了第三人称那种斩钉截铁断言历史的真实决断力。布斯认为，第一人称叙事如果对叙述者着墨较多的话，就会把叙述者和人物一样地戏剧化了。在布斯看来，"第一人称的选择有时局限性很大，如果'我'不能胜任接触必要的情报，那么可能导致作者的不可信。"① 更重要的是，第一人称叙述者有时在小说中会和隐含的作者产生某种冲突，而他的叙述又不可避免地被其他叙述者或隐含的作者所修正，因而其叙述显得不那么可信②。

以上我们分析比较了第一人称和第三人称叙述者的差异和特征，但这些比较是相对的。其实每种叙述者都有非常复杂的情况。尤其是第三人称叙述，当我们进入这种叙述情境时，还会进一步发现不同的叙述形态的存在。这就提醒我们，在对每一种叙述者类型进行分析的时候，都需要注意到更为复杂多变的情况。

较之于第一人称叙述，第三人称叙述的叙述更自由、更可信。如果说第一人称有某种"笼中鸟"的局限的话，那么，第三人称叙述则相对来说

---

① 布斯：《小说修辞学》，北京大学出版社 1987 年版，第 168—170 页。
② 诸特点的比较参考了 Marie—Laure Ryan, "Narrator," in Irena R. Makaryk, et al., *Encyclopedia of Contemporary Literary Theory* (Toronto: University of Toronto Press, 1993), 600-601.

限制较少。但是，仔细分析表明，即使在第三人称叙述者中，即使是所谓的"全知全能视点"，也有一些不同的情况。有的"全知全能"叙述是完全没有限制的，叙述者像是一个无所不在的神灵，可以出现在任何时间和地点，对任何事情都了如指掌。有的第三人称叙述者则有所限制，因而所获得的信息和所叙述的故事带有某些局限。更进一步，即使在"全知全能"的叙述者中，又可以区分出两个亚类型：一种称之为"介入型叙述者"（the intrusive narrator），其特征在于他不但呈现了各种事件和场景，而且某种程度上对这些事件或场面发表特定看法，或作出某些品评。另一类则相反，属于"非介入型叙述者"（the unintrusive narrator），或"非人格化/客观叙述"等。他的功能只是叙说、报道、描述或展示所发生的事件和场景，完全不介入事件本身去发表自己的看法和评价。布斯所说的"显现"式的叙述大多属于此类。

## 三、聚焦与谁看/谁说

前面我们提到，在英美学界，叙述学讨论较多地纠缠于视点概念，后来在欧陆叙述学研究中，逐渐用聚焦概念取而代之。取代的理由是人们认识到在叙述中，谁看和谁说并不是同一个问题。法国叙述学家热奈特提出的"谁在看"（情态问题）和"谁在说"（声音问题）的区分已被学界广为认可了[1]。根据热奈特的看法，聚焦本质上是一种限制，其关键在于叙述者和人物谁掌握了多少信息的问题。他用托多洛夫的公式表述为三种情况：

---

[1] Gerard Genette, *Narrative Discourse Revisited* (Cornell University Press, 1988), 64. 普林斯也具体讨论了聚焦的几种类型："聚焦就是展现所叙述的情境和事件所依凭的某种视角（perspective）；组织被叙述之情境和事件所依凭的感知上或观念上的位置（热奈特）。当这样的位置是多变的或无法确定时（亦即没有一个系统的感知上或观念上的限制来对所展现的东西加以控制），这时叙述就被说成是零聚焦或无聚焦。零聚焦就是'传统的'或'古典的'叙述的特征，它与所谓的全知全能的叙述者有关。当这样的位置可以确定时（如在某个人物身上），并赋予某种感知上的或观念上的限制时（展示什么受制于某个人物），这种叙述就被说成是内聚焦。内聚焦可以是固定的（如采用某个或只有一个视角），也可以是变化的（如依次采用不同的视角，以展现不同的情境和事件），或是多重的（如同一情境和事件多次展示，但每次都通过不同的视角）。假如被展示的东西只限于人物的外在行为（语词和行动，而非思想和感情），只限于他们的出现以及出现所依赖的背景，这就形成了外聚焦。" Gerald Prince, *A Dictionary of Narratology* (Lincoln: University of Nebraska Press, 2003), 60.

叙述者＞人物，这说明叙述者比人物知道的事情更多；叙述者＝人物，这表明叙述者只说出某个人物所知道的情况；叙述者＜人物，意思是叙述者比人物知道得要少。依据这样一种关系，他进一步提出了用聚焦来加以区分的三分法：

> 我们把第一类，即一般由传统的叙述作品所代表的类型改称为无聚焦或零聚焦叙述，将第二类改称为内聚焦叙述，它又分三种形式：固定式（典型的例子是《专使》，其中一切都通过斯特雷瑟……）；不定式（如《包法利夫人》中，焦点人物首先是查理，然后是爱玛，接着又是查理……）；多重式，如书信体小说可以根据几个写信人的视点多次追忆同一事件。……第三类改称为外聚焦叙述，这类作品在两次大战之间变得家喻户晓，这归功于哈梅特的小说（他的主人公就在我们眼前活动，但永远不许我们知道主人公的思想感情）[①]。

比较来说，热奈特的聚焦概念的确比视点概念更加精确，特别是区分谁在看和谁在说的问题上。但实际上，在热奈特分析中，谁在看和谁在说的问题有时又混淆在一起，往往难以区分。特别是有时叙述者是借人物的眼光或感受来表述什么的时候。不过，热奈特也注意到，他提出的聚焦三分法是相对的而非绝对的。首先，他强调聚焦方法在一部作品中并非一成不变，有时特定的聚焦方法只出现在某些段落上，比如巴尔扎克的一些小说。其次，他又指出各种聚焦方法的区别在具体作品中也并非清晰可辨，相互交织或纠缠的情况是经常的。特别是随着故事的进展，聚焦方式也在不断地发生变化。他特别分析了一种情形，那就是有的时候，对某个人物的外聚焦，有可能是对另一个人物的内聚焦。不定聚焦和无聚焦也很难加以明确区分。最后，热奈特还提醒说，真正的内聚焦在小说中比较少见，只有在内心独白的条件下内聚焦才能充分实现。这些相对性的补充说明意在表明，任何分类方法其实都是有其局限性的。有时视点的分类优点，恰恰是聚焦分类的不足，反之亦然。这就要求我们在用各种叙述理论解析具体小说文本时，既要对各种分类方法的优劣有所考量，又要恰当地使用这些理论。

---

① 热奈特：《叙事话语／新叙事话语》，中国社会科学出版社1990年版，第129—130页。

热奈特的提醒是有益的。聚焦也好①，视点也好，其关键是有助于我们深入到叙述者叙述的内在机理去分析，注意它们的转化和变异是非常重要的。因为道理很简单，叙述学家在理论上所区分的叙述类型，并不能囊括丰富多彩的小说叙述实践。小说家们总是根据自己的叙述情境和故事讲述的需要来选择和创造叙述方式，他们未必自觉地意识到这些迥然异趣的叙述差异。更何况，一些叙述会将几种视角或聚焦融汇或加以转化。汪曾祺的小说《受戒》中有这样一段叙述，仔细分析起来颇有点费神：

> 她挎着一篮子荸荠出去了，在柔软的田埂上留下了一串脚印。明海看着她的脚印，傻了。五个小小的趾头，脚掌平平的，脚跟细细的，脚弓部分缺了一块。

这里显然包含了不同的视角，所看和所述相互重叠。整个句子是由叙述者来叙说的，但叙述者所述的动作和场景中，又包含了故事人物的视线和所见之物。亦即"明海看着她的脚印"。前两句"她挎着一篮子荸荠出去了，在柔软的田埂上留下了一串脚印"。这究竟是叙述者看到的，还是人物明海的目力所及？还是两者混杂在一起？因为后面马上跟着说明人物明海看她脚印的动作和感受。最后四句话是对脚印的描绘，这里既有明海目力所见的主观体验，又有叙述者对明海的分析。总之，叙述者的所见所述和人物的所见所述，在这里彼此缠结转化，很难简单地加以区分。或者我们可以用一个更加综合性的概念来描述，那就是融合型的视角或聚焦。不仅看和说是彼此相关和复杂多变，就是叙述者本身也可以根据故事和人物叙述的需要加以调整。在小说的叙述中，故事的展开通常是在若干叙述者的聚焦或视点间跳跃转化，小说家略萨颇有体会地说到这一点：

> 叙述者可能经受种种变化，不断地通过语法人称的跳跃改变着叙

---

① 巴尔（Mieke Bal）认为聚焦（focalization）这个概念源自摄影或电影，作为一个技术性的术语，它揭示了叙述中谁看的目光或视线的操作性及其种种技术。在巴尔看来，"我用聚焦这个术语来指被展示的诸因素与所展示的视线之间的关系。因此，聚焦就是视线与何者'被看到'或感知之间的某种关系"，"这一关系是叙述文本故事部分或内容的一个元素：A 说 B 看见 C 在干什么。" Mieke Bal, *Narratology: Introduction to the Theory of Narrative* (Toronto: University of Toronto Press, 1997), 142, 146.

事内容的视角。这种空间视角的变化或者跳跃——从我跳到他,从一个无所不知的叙述人跳到人物兼叙述者身上,或者向相反方向的跳跃——改变着视角,改变着叙事内容的距离[①]。

在不同的叙述者之间来回跳跃,为的是使故事呈现方式有所变化。一方面,叙述者的变化使故事在不同叙述口吻中延续下去;另一方面,它也是使故事生动或技术上的需要而不得不采用的叙述策略。略萨就以麦尔维尔的小说《白鲸》为例,小说开头就是三个词"叫我以实玛利好了"。这就建构了一个人物兼叙述者的情境,他是一个人物,又以第一人称开始叙述故事。随着故事的进展,最终白鲸战胜了"裴廓德号"的全体船员,故事给人合乎逻辑的结果是包括以实玛利在内的所有船员都葬身海底了。那么,下面的故事如何继续呢?不可能让以实玛利从阴府来继续讲述故事呀?麦尔维尔巧妙地让以实玛利奇迹般地逃生了,当然,这是读者从故事后面的附言中得知的。这个附言又是通过一个在故事之外的无所不知的叙述者讲述的。于是,"我"就转变为"他"了。诸如此类的叙述者视点变化并不鲜见,前面提到茨威格的《看不见的收藏》,最初的叙述者是第一个"我",在火车上遇见柏林最有声望的艺术古玩商人,"我马上想起来了,他是柏林最有声望的艺术古玩商人之一"。接着转入了艺术商人的"我"向乘客的"我"来讲述故事,"我得告诉您,我这是从哪来的。作为一个艺术商人,这是我三十七年来遇见的一桩奇怪之极的插曲"。再接下去,故事又从艺术商人转变为收藏家之女的"我"的讲述,"我必须完全坦率地对您讲……战争爆发后父亲的双目完全失明了"。以及双目失明的收藏家作为"我"来对艺术古玩商人讲述,"好了,现在我们马上开始——有好多东西要看呢,从柏林来的先生们没有时间呐"。这是一个听来令人心酸的故事,是由四个"我"连续并交错地讲述完成的,它披露了一位双目失明了的收藏家在其收藏被家人因生活所迫而变卖的情况下,仍旧不知情地向艺术商人展示早已不复存在的假收藏。而艺术商人则在收藏家妻女的请求下,不得不保守这个秘密。仔细分析起来,小说中我们至少可以区分出三个不同层次的"我",就故事而言,第一个"我"纯属旁观者,第二个"我"(艺术商人)讲述了整个故事,而第三个"我"则是收藏家和他的女儿,两人是整个故事的见证人,只是

---

[①] 略萨:《给青年小说家的信》,上海译文出版社2004年版,第51页。

一个看到了困窘真相（收藏家之女），另一个则蒙在鼓里而未有丝毫察觉。正是通过类似连环套式的叙述者视点交错递转，构成了这个凄楚动人的故事。作为小说家，略萨的经验之谈很是精到："小说由两个或者两个以上的叙述者讲述出来是很正常的事情（虽然我们不能轻易地分辨出来），叙述者之间如同接力赛一样一个把下一个揭露出来，以便把故事讲下去。"①

其实，文学叙述是一个复杂的大千世界。叙述者只是一个故事叙说的载体或中介，但叙述本身却包含了非常丰富的内容，更多地触及文学的表征和认知问题。最后，让我们用叙述学家普林斯的一段话作为结语：

> 叙述是作为一种特殊的认识方式而发挥作用的，它不只是反映出发生了什么，而且还探索甚至发现了可能会发生什么。它不仅展现了事态的变化，而且还把变化作为所表意的整体之部分（情境、实践、人和社会等）来加以构建和解释。所以，叙述可以凸现出个人和群体的命运，自我统一性和集体性。通过展现出表面上全然不同的情境和事件被组合成一个表意结构（或相反），或更特别的，通过一个（可能的）现实提供秩序和一致性的印迹，叙述也就为这一现实提供了丰富的例证，并影响到其所是法则和可能是之欲求之间的关系。更重要的也许是，通过标示出时间中的特定时刻，设置这些时刻的关联，发现时间序列中有意义的方案，确立已部分内含于开端中的结局和已部分内含于结局中的开端，展现出时间的意义和/或赋予时间以意义，通过这些叙述也就破解了时间并揭示了是如何破解的。总之，叙述诠释了时间性和作为时间存在的人②。

有一点是可以肯定的，叙述学家总是跟在小说家后面，他们总是慢半拍地面对叙述的发展变化，因为小说创作也永远领先于叙述学研究。所以，新的叙述手法总是在不断地向叙述学提出挑战，这个事实应验了那句老话：理论总是灰色的！

原载《文学与文化》2010 年第 3 期

---

① 略萨：《给青年小说家的信》，上海译文出版社 2004 年版，第 53 页。
② Gerald Prince, *A Dictionary of Narratology* (Lincoln: University of Nebraska Press, 2003), 60.

# 小说修辞如何关乎伦理？

"小说会杀人吗？"

如果直接这么提问，会显然有些幼稚可笑。小说所讲的故事当然是虚构的，这是妇孺皆知的常识。但是，如果认真地对待这个问题，这个提问倒也触及文学复杂的社会功能和伦理影响。法国新小说派作家罗布·格里耶的小说《窥视者》曾流行一时，该小说作品的封面有文字介绍，阅读此书必使读者深入到书中杀人狂的内心深处，进而去强烈地体验杀人狂的感觉，并使读者最终成为杀人"同谋"。如此煽动性的语言虽不免有些夸大，却也道出了小说与"杀人"的某种可能的关联，只不过阅读小说中的"杀人"未必一定变成读者的外在社会行为，但在读者内心造成某种深刻的影响却是完全可能的。看来，文学的虚构性并不能与某种道德后果脱离干系。

文学批评的"芝加哥学派"（又称"新亚里士多德学派"）第二代人物布斯（Wayne Booth，1921—2005），曾在其代表作《小说修辞学》中，非常严肃地讨论了小说叙事技巧与伦理关系。这部著作的书名颇有些歧义，乍一看来是在讨论文学叙事修辞方面的技术问题，实则揭橥了一个深层的文学问题：虚构性的文学修辞与小说家的道德责任之间的潜在关系。该书英文版于1961年面世，曾被批评界誉为20世纪小说研究的"里程碑式"的著述。记得20世纪80年代早期，刚刚大学本科毕业不久的我，算是一个初出茅庐的文学批评后生，对任何新理论新观念都十分好奇，偶尔在一本英文工具书中看到对布斯《小说修辞学》的高度评价。于是四处寻找这本书，"众里寻他千百度"地得到复印本后，约好友华明和胡苏晓一起翻译。前前后后经历好几年，后由北京大学出版社出版发行。

现在回想起来，20世纪80年代是一个激动人心的年代，那时候文学有某种异常独特的影响力，它后来被文学史家称为"新时期文学"，在当时勇敢地承担了解放思想和更新观念的角色。每当一部有思想锋芒和道德力量的新作问世时，都会掀起大大小小的"轰动效应"，成为坊间争相传看的文本。文学的功能在那个时代被放大了，但确实助推了整个社会的思想解放，这与今天娱乐至死的文学迥然异趣。"新时期文学"颇有些类似晚清和新文化运动时期，小说承担了开启民智的功能。如"小说界革命"的倡导者梁启超所言："今日欲改良群治，必自小说界革命始；欲新民，必自新小说始。"

然而，20世纪80年代的文化面临着一些特殊问题，一方面要破除极"左"的文艺思潮的束缚，另一方面又迫切需要改变文学研究观念和方法，所以20世纪80年代中期兴起了文学研究方法论大讨论。不过，当时可资借鉴国外小说研究的资源并不多，记得一本内部发行的福斯特的《小说面面观》，在文学批评界广为传看。在这样的情况下，翻译布斯的《小说修辞学》对推进国内小说研究就具有积极意义。虽然当时并未意识到这一点，但时隔30年后回头看，这本书的中译本的面世，的确对国内的小说研究起到了相当积极的推动作用，布斯在此书中提出的那些独特概念，诸如"隐含的作者"、"讲述—显示"二分、"叙述距离的控制"或"非人格化叙述"等，很快成了当今小说研究文献中习见的术语了。

布斯的《小说修辞学》中译本在20世纪80年代刊行，也遭遇到一些意想不到的问题。现在回顾起来，大致有两方面的问题。首先是20世纪80年代思想解放运动，在文学艺术领域启动了对"文革"和十七年文学艺术的批判性反思，尤其是对那种曾经占据主导地位的政治说教式的文学艺术的深刻批判。文学艺术的创作摆脱了政治教条束缚，开始走向了百花齐放百家争鸣的新局面。正像一切社会文化现象会有的物极必反趋向一样，厌恶了说教式的文学艺术，当然也会抵制一切与之相关的理论主张。布斯这本书有一个基本主题，那就是小说家如何通过叙事技巧的运用来践履文学的道德责任。可以想见，这个主张在当时一定不为人们所重视，甚至被人们所鄙夷，因为在十七年乃至"文革"有过太多的道德说教和意识形态规训。在这样的背景中，布斯的《小说修辞学》就难免被误解和误读。很多批评家和研究者将其叙事技巧形式的理论与其叙事伦理内在关联，就被生硬地割裂开来，把一系列布斯式的概念，诸如"讲述—显示"的二分、"隐含的作者"概念，叙述"视点""类型"与"距离控制"等，当作小说叙述的技巧范畴加以理解，与其最为关切的叙事伦理全无关联。其实，这是一个经常会看到的跨文化接受的规律性现象，本土对任何外来文化的接受,总是要受到接受者自己的现实语境的制约,有所选择地理解甚至误读外来文化并为我所用,常常在所难免。据说,鲁迅当年曾一度非常钟爱挪威画家蒙克,并打算编撰译介蒙克的画集。遗憾的是此事一直没有付诸实施,他很快移情别恋于德国画家珂勒惠支,并大力宣介珂勒惠支的版画,并带动了"新兴木刻运动"。我猜想大概是当时中国的社会文化境况,并不适合引入蒙克式的高度自我张扬的表现主义,珂勒惠支的写实主义以及对下层民众疾苦的艺术表现,则是一个当时语境的合适选择。布斯小说修辞学理论的中国接受情况亦复如此,当时对文学的道德说教的反感和抵制,驱使这本书的读者生生地在布斯小说修辞学中劈开一个裂隙,只取其小说叙事技术一半,而摒弃了叙事伦理的另一半。

另外一个可观察到的有趣现象,是英美小说理论与法国结构主义叙事学在中国接受中所产生的某种张力。从整个西方学界的情况来说,20世纪80年代是法国结构主义叙事学一统天下的局面,英美小说理论显得有点颓势和过时。布斯的《小说修辞学》中译本在20世纪80年代后期面世,正巧遭遇了这一局面。我们知道,英美小说理论与法国叙事学是两个不同的理论学派,前者有英美经验主义的色彩,后者则带有欧陆理性主义的传统,这就形成了对小说叙事研究完全不同的理路。20世纪80年代一些英美小说理论的著作陆续被译介,初步形成了一个小小的理论场域。最初是20世纪80年代初内部发行的福斯特《小说面面观》,尔后詹姆斯的《小说的艺术》、卢伯克的《小说技巧》、洛奇的《小说的艺术》等著述相继问世。当然,布斯的这部著作作为英美小说理论的一部分,也在这一时期被介绍进来,并成为英美小说理论的中国接受的关键一环。在我看来,较之于法国叙事学更加技术性和符号学的学理性研究,英美小说理论带有更明显的实用性和实践性,因而与小说创作和批评分析的关系更为密切。换言之,如果说法国结构主义叙事学更偏向于理论分析和符号学建构的话,那么,以布斯为代表的英美小说理论则更倾向于现实的文学问题和批评实践,所以叙事伦理在小说修辞学中被提出是合乎逻辑的。只消把布斯的《小说修辞学》和托多罗夫的《散文诗学》稍加比较,可以清晰地看出两者差异,前者更加偏重于小说叙事的伦理学,而后者则强调小说叙事的技术层面和语法层面。也许正是这个原因,布斯的《小说修辞学》对叙事伦理的讨论,在如日中天的法国结构主义叙事学面前略显保守。此外,还有一个值得注意的现象,英美小说理论往往先于法国叙事学提出一些概念,但后者往往会将这些概念纳入其结构主义叙事学的理论框架重新界定，因而形成一个全新的概念。如英美小说理论的"视点"概念，到了法国结构主义叙事学，便发展成为所谓的"聚焦"概念。随着法国结构主义叙事学的强势登场，人们在大谈法式"聚焦"概念时，却忘记了它源于英美式的"视点"概念。这大概就是理论发展的逻辑，新概念取代了旧概念成为时尚后，后者的历史功绩很容易一笔勾销。另一个颇为有趣的比较是，布斯在论证小说修辞学的伦理特性时，选择了法国新小说作家罗布·格里耶的《窥视者》这样的前卫作品，这也许是因为越是前卫的文学，在叙事技巧上就越是富于创新，同时也就越容易彰显叙事伦理问题的迫切性。布斯所要证明的问题是，小说叙事方式及其叙述距离的控制，并不只是一个简单的技术问题，而是牵涉到叙事所产生的复杂的道德效果。反观托多罗夫的叙事学研究，则较多地选取了《奥德赛》、《一千零一夜》或《十日谈》等古典作品，但他要谈及的却是一个很前沿和时髦的叙事语法和结构分析问题。

　　布斯的《小说修辞学》在中国被有所选择地加以理解甚至误读，也许是这本书在中国"理论旅行"（萨义德）的必然命运。然而过了30年，当我们重读这部经典著作时，却会有不同的想法。在娱乐至死风气很盛的今天，在叙事技巧无所不用其极和叙述内容无所不及的当下，媚俗的、情欲的、暴力的、过度娱乐化和消费主义意识形态的文学叙事，已经成为当代文学的普遍景观，于是，叙事伦理便成为任何严肃的理论研究不可忽视的问题。布斯这部著作的重新再版，正可谓恰逢其时。从80年代对说教式文学的鄙夷，到21世纪对叙述伦理的重新关注，看起来只是一个"三十年河东三十年河西"风水轮转，实际上却更触及当代中国社会和文化转变中的一些深层次问题。今天，中国的道德危机已经非常明显，社会道德底线被一再僭越，从食品安全问题，到环境风险，从大学生投毒案，到电话诈骗，整个社会的道德规范处于岌岌可危之中。文学对这种道德困境不能袖手旁观，作家有责任在促使社会向善转变方面有所作为。所以，重读布斯的《小说修辞学》便有某种积极意义。布斯所提出的小说修辞学的道德意涵，在今天来看是一个不可小觑的问题。2005年10月10日，芝加哥大学新闻办公室就布斯逝世发表了一篇特稿，把布斯视为一个践履了学者、教师、人文主义者和批评家多重角色的思想家，赞誉他是20世纪最重要和最有影响的批评家之一，其理论贡献是"把技巧和伦理分析相结合，从而改变了文学研究的形貌"，并宣称布斯的著作业已成为文学研究中伦理批评的"试金石"。

那么，文学对道德重建能有好作用吗？换句话说，文学能阻止杀人吗？我想起了布罗斯基的一个精彩说法，"与一个没读过狄更斯的人相比，一个读过狄更斯的人更难因为任何一种思想学说面向自己的同类开枪"。为何狄更斯的作品或者更为广阔的文学会具有如此功能呢？布罗斯基坚信，"文学是人的辨别力之最伟大的导师，它无疑比任何教义都更伟大，如果妨碍文学的自然存在，阻碍人们从文学中获得教益的能力，那么，社会便会削弱其潜力，减缓其进化步伐，最终也许会使其结构面临危险。"较之于布罗斯基道义上的论断，布斯更强调文学必须回到修辞学的本原，那就是修辞学乃是"发掘正当信仰并在共同话语中改善这些信仰的艺术"。在《小说修辞学》之后，布斯进一步发展了这一学术理念，理直气壮地举起了"倾听的修辞学"之大旗，他强调文学有必要"致力于推动当前争论中的各方相互倾听对方的观点"，进一步彰显出修辞学的伦理学作用，因为道理很简单，"修辞学（涉及了）人类为了给彼此带来各种效应而分享的一切资源：伦理效应（包括人物的点点滴滴）、实践效应（包括政治）、情感效应（包括美学），以及智性效应（包括每个学术领域）"。

也许我们有理由说，布斯的理论所以不同于"文以载道"，就是在于他并没有把文学修辞学当作达成特定伦理目标的工具，毋宁说，在布斯的文学理念中，文学修辞学本身就是伦理学不可或缺的一部分。更重要的是，在布斯看来，最好的伦理思考往往并不直接指向"你不应该如何"，而是鼓励人们追求一系列"美德"，即：值得称赞的行为举止之典范习惯。因为他确信文学教育和文学阅读总是以这样或那样的形态改变着读者。以我之见，这一点在当下的中国文学中显得尤为重要，而布斯《小说修辞学》的修订重版也正是在这一点上值得我们重视。布斯后来在其一系列论著中深化了他的修辞伦理学观念，他深有体会地说过："英语教师从伦理上教授故事，他们比起最好的拉丁语、微积分或历史教师来说对社会更为重要。"因为"我们都应该努力用故事世界塑造有自我推动力的学习者"，"从伦理上去教故事比其他任何教学都更重要，实际上，它还比其他任何教学都更难"。细读《小说修辞学》，我们可以清晰地感悟到布斯深刻伦理关怀的人道主义。

在信息爆炸和出版物汗牛充栋的今天，很难想象一本书30年后会有修订再版的机会。如果作者布斯先生活着，他大概也会欣喜万分的。大约十年前，我在译林出版社主编了一套"文学名家讲坛"的书系，特意又选择了一本《布斯精粹》，进一步译介了布斯的文学思想。作为"芝加哥学派"第二代领军人物，布斯秉承了这一学派奠基人麦克基恩（Richard McKeon）和克兰（R. S. Crane）的基本理念，一方面并不为时髦的多元论所迷惑，另一方面又在多元论的语境中亮出并恪守自己的道德底线。这样就保持了某种必要的平衡，既认可多元论的积极意义，又警惕多元论后面的怀疑主义和虚无主义。他坚信自己的方法是既不皈依一元论也不属于无限多元论，他辩证地指出，"完全意义上的批评多元论是一种'方法论的视角主义'，它不但确信准确性和有效性，而且确信至少对两种批评模式来说具有某种程度的准确性。"这里，布斯在"方法论的视角主义"基础上，提出了一个独特"双重视角"的方法。如果我们用这种方法来看小说修辞学，一方面是要关注叙事修辞学的技巧，另一方面则须谨记小说修辞技巧所具有的伦理功能。这样的方法论在避免了形式主义的极端化和片面性的同时，又摆脱了道德主义者的文以载道的教条。我想，这大概就是布斯作为人文主义的文学批评家过人的睿智之处。

如果我们历史地看待布斯的修辞伦理研究，还可以置于更加广阔的20世纪文学理论格局中加以审视，放到形式主义和文化政治两种取向的紧张关系中加以理解。照伊格尔顿的说法，1917年俄国形式主义批评家什克洛夫斯基的《文学即技巧》一文的面世，拉开了形式主义文学思潮的大幕。此一观念深刻地影响了当代文学理论的走向，有力地塑造了当代文学理论的地形图。毫无疑问，形式主义文学理论显然有其存在的深刻理由，它深化了我们对文学形式和审美层面的理解，奠定了文学研究作为一门学科的合法性与基本研究范式。但形式主义的局限性也是显而易见的，它排斥了文学与社会的复杂关联，把文学研究当作某种纯形式和文学技巧的分析，进而抽离了文学的政治意义和社会功能。也许正是由于形式主义的这一局限性，20世纪60年代后结构主义思潮崛起，导致了文学研究的激进转向，高度政治化的文学研究大行其道，理论家和批评家们放弃了早先关注的风格、修辞、技巧、形式等问题，热衷于讨论诸如阶级、性别、种族、身份认同等问题。形式主义和文化政治的紧张可以说始终未能真正缓解，一直到21世纪初，才出现了审美回归的思潮，"新形式主义"登上历史舞台。然而，如果我们回溯20世纪60年代布斯的《小说修辞学》以及后来他的一系列著述，会惊异地发现，他的文学理论很好地解决了这个矛盾，化解了形式主义和文化政治的张力。布斯深信文学研究始终面临着一个两难困境：一方面，文学研究的流行观念是强调诗就是诗不是别的什么；另一方面，热爱文学的人又不得不秉持一个信念，即"好的文学对我们的生活至关重要"。正是基于对这一两难困境的深刻体认，他才努力扮演文学研究中的一个"双重角色"，即他不但是一个精于技巧或形式分析的大师，比如他对叙述视点、距离、隐含作者的创新性发现；同时，他又是一个有着深刻人道关怀的思想家，他重返修辞学的伦理根基，将形式分析与道德关怀有机地结合起来，这也许就是芝加哥学派值得我们关注的思想遗产。

原载《读书》2017年第4期

# 下篇
## 科技导向文化与美学问题

# 技术导向型社会的批判理性建构

今天的中国已经进入一个技术导向型社会，这个社会及其文化向我们提出了许多具有挑战性的问题。本文要讨论的是一个比较复杂也颇有争议的问题，即在技术导向型的社会中，技术及其装置范式对主体性建构究竟有何影响。

让我先从读过的几个文献开始说起。前几年因为要编一本书的选文，碰巧读到曾来访南京大学的法国哲学家斯蒂格勒的一篇文章，题为《反精神贫困时代的艺术》[①]。在这篇文章里，斯蒂格勒尖锐地指出，所谓的文化创意产业不但没有导致人们的精神提升，反倒形成了新的"精神贫困"。文中他引用了一位美国学者海尔斯的研究成果，提到一篇题为《超级注意力和深度注意力》（2008）的文章[②]。我很好奇地顺着斯蒂格勒的指点找来了这篇文章，文章开头描述的一个场景一下子就吸引了我的注意力：一位大二女生坐在安乐椅上聚精会神地读着《傲慢与偏见》，她丝毫没有注意到10岁的弟弟在一旁手握操纵杆玩"飞车大冒险"的电子游戏。别看两人相差十岁，但他们完全是两代人，因为他们所采用的是两种截然不同的认知模式。读长篇小说的大二女生所用的是"深度注意力模式"，长时间地关注一个焦点而可以忍耐阅读的单调，她10岁的弟弟则被电玩的技术新装置所吸引，落入了一种全新的"超级（过度）注意力模式"，其特征是迅速变化焦点，热衷于多样化的、刺激性的信息。

海尔斯的文章给人很多启发，特别是对我们思考中国当下文化，这使我又想到了多年以前读过的哲学家伯格曼的成名作《技术与当代生活的特征》（1984）。在这本书里，伯格曼向我们描述了一个有趣的当代生活变迁

---

[①] 斯蒂格勒：《反精神贫困的时代：后消费主义文化中的艺术与艺术教育》，周宪主编：《艺术理论基本文献·西方当代卷》，三联书店2014年版，第356—366页。

[②] 海尔斯：《过度注意力与深度注意力：认知模式的代沟》，周宪等主编：《文化研究》第19辑，社会科学文献出版社2014年版，第4—20页。

的问题。他以冬天取暖为例，指出现代社会告别了家人边交流边劳作，砍柴、劈柴、生火、取暖的传统生活方式，转变为花钱买取暖设备和服务，开关一开暖气即来。从传统的取暖方式到现代的暖气装置，其间到底发生了什么变化？当人们在享用各种各样的设备或装置的便捷服务时，他们得到了什么又会失去了什么？

把伯格曼和海尔斯两人的观点融合起来，就构成了本文要讨论的问题：伯格曼认为技术的进步带来各种各样的装置，而装置范式是当代社会的突出特征；而海尔斯认为，各种电子装置导致了传统的深度注意力不再流行，而一种全新的认知方式——超级注意力——成为当下文化的主导倾向。由此引申出我的问题：在一个技术导向型（或技术依赖型）的社会里，由于我们越来越被各种技术装置所制约，我们的认知方式、行为方式和情感方式发生什么样的转变？进一步的问题是，曾经被认为是人类文明重要成果的批判主体性或主体的批判理性，在技术装置范式的全面主宰下，会不会衰落以至消失呢？

## 技术导向型社会的主体性

今天我们正处于一个分裂的社会，导致分裂的一个重要原因乃是技术及其装置。电脑、手机、网络、程序、界面，越来越多的技术发明进入我们的日常生活，深刻地改变了人们的生活方式。整个社会被卷入一个新技术革命巨大的漩涡，社会于是被分裂为两个阵营：一是不断追赶新技术喜爱新装置的青年亚文化，另一个则是不断被这个潮流所淘汰的中老年亚文化。知识、收入、技能、文化取向，甚至年龄，正在与技术共谋将社会重新分层。青年一代作为"数字原住民"，他们生来就和各种数字装置打交道，这些新技术装置早已成为他们日常生活不可或缺的条件；而中老年人作为"数字移民"，或是不情愿地被卷入这一不可逆转的潮流，或是拒斥它而被淘汰出局；至于老年人群体，他们基本上已经被数字化浪潮所抛弃，无可奈何地成为"数字局外人"。前几年去世的德国著名作家格拉斯，曾在生前的访谈中清晰地表达了对网络、电脑、手机和脸书的冷淡，他坚信虚拟的网络体验是无法代替人的直接经验的。当他的孙子告诉他有五百个网上朋友时，他断言有五百个朋友的人是没有朋友的。格拉斯仍坚持手写书稿，使用老牌打字机，既不用电脑也不用手机。他坦陈道："如我需要信息,我就会努力地去寻找。我在书本里、在图书馆里去找。我深知这可能比较慢,现代工具可以做得很快。但是,如果说是文学……当你创作时是不可能做得很快的。假如你那么做,就会以丧失品质为代价。"① 看起来格拉斯是个新技术的落伍者,但也许正是因为他站在技术大潮之外,因而提出了一些值得警醒的观察和体验。另一方面,越来越多的年轻人,而且是年龄越来越小的青年人,热情拥抱新技术所带来的新生活和新文化。"低头一族"或"指尖文化"已经成为这个时代技术对生活宰制的生动写照。"数字原住民"正在或已经建构了他们的"数字化习性",不断推助装置范式对日常生活的支配。

这么来看,今天我们无疑面临一个前所未有的技术导向型的社会,亦可称为技术依赖型的社会。这个社会的特征是:新技术所发明的各种装置、手段、规范、思维,已全面深度地侵入我们生活世界的各个领域(量的层面),成为政府社会治理和公民日常生活的不可或缺的手段(质的层面),社会发展的趋势是越来越显著的技术导向(历史层面),这就改变了人与人以及人与技术的关系,人对技术的掌控和技术对人的宰制相互作用(关系层面)。技术的新发展重塑了我们的生活世界,其影响之深刻难以估量。

我们知道,西方现代性最为重要的规划之一是启蒙运动,这一运动最重要的成果之一就是反思主体性或主体批判理性的论证和确立。笛卡尔提出了影响深远的"我思故我在"命题。康德则界定了启蒙精神的实质:"Sapereaide!(要敢于认识)要有勇气运用你自己的理智!"② 后来人们发明了一系列更特殊的语汇来指称这一主体性及其文化,比如"批判性的知识分子",以及"批判性的话语文化"(CCD, or critical culture of discourse)等。但是,从启蒙运动到现在,两百多年来科学和技术的发展,已经深刻地改变了社会、文化和日常生活,导致了一系列深刻的主体性危机,并引发了很多哲学家、思想家的批判性思考,这就形成了一个独特的问题域——技术哲学和技术批判理论,也出现了许多有影响的理论学派。海德格尔指出,技术的本质乃是一种座架(Enframing),人在其中变成一个持存物,因而人不再与自身(即人的本质)照面了,这就导致了现代社会千人一面的"常人"出现③。奥尔特加惊呼,"大众社会"的到来改变

---

① "Günter Grass: Facebook is 'crap'." <http://www.thelocal.de/20130905/51767>
② 康德:《答复这个问题:什么是启蒙?》,《历史理性批判文集》,商务印书馆1990年版。
③ 海德格尔:《技术的追问》,孙周兴主编:《海德格尔选集》下卷,上海三联书店1996年版。

了社会构成和文化游戏的规则[1]。本雅明宣布"机械复制时代"乃是"传统的大崩溃",这个时代的艺术和群众运动有密切关系[2]。阿多诺对法西斯主义的思考,使他花了很大气力去探讨现代社会权威人格形成的种种条件[3]。理斯曼则发现,当代社会已面目全非,告别了以往的"自我导向",日益转向了"他人导向"[4]。马尔库塞用一个非常传神的概念——"单向度的人",来描述当代技术导向的社会所催生的新主体,并对此做了深刻批判[5]。麦克卢汉的预言更是传神:工具延伸了人哪一方面的能力,人的那些方面就必然会变得"麻木"[6]。据说,伦敦出租车是否应该配备车载GPS定位系统存有争议,后来就做了一个实验,结果发现,配有定位系统的司机对伦敦的空间记忆力急剧下降。这个例证很好地说明了技术及其装置范式对人的影响。

20世纪80年代以后,技术的爆炸性发展进一步引发了思想家对主体性的担忧,由此催生了许多新理论,但似乎隐含着一种质疑启蒙主体性的声音。从德勒兹和瓜塔里关于人机系统中主体化的分析,到哈拉维关于半机器人(Cyborg)的理论,一直到斯蒂格勒对技术与时间关系中主体个性化的理论等。今天的社会情境受到了技术越来越深的影响,以至于人与技术的关系被彻底颠倒了,如有些技术哲学家所言,假使说过去人是持有工具的技术个体的话,今天的人已不再是这样的技术个体,他或为机器服务,或是机器的一个组合部件,人和技术的关系发生了根本性的变化。有人预测,未来人与技术不断变化的复杂关系有六种可能性:1)人与技术的关系范围急剧扩大;2)机器取代了人;3)人和机器相伴工作;4)机器更好地理解了人与环境;5)人比机器有更好的理解力;6)机器和人都变得更加聪明[7]。从这六种可能的关系变化来看,人与技术的关联在未来将会变得越来越复杂。就像斯蒂格勒所预见的那样:"技术产生了各种各样前所未有的新型装置:机器被应用于流通、交往、视、声、娱乐、计算、工作、思维

---

[1] 奥德嘉(奥尔特加):《群众的反叛》,台湾远流出版公司1989年版。
[2] 本雅明:《机械复制时代的艺术作品》,浙江摄影出版社1993年版。
[3] T. W. Adorno, et al., *The Authoritarian Personality* (New York: Happer & Row, 1950).
[4] 理斯曼:《孤独的人群》,南京大学出版社2003年版。
[5] 马尔库塞:《单向度的人》,上海译文出版社2006年版。
[6] 麦克卢汉:《理解媒介》,商务印书馆2000年版。
[7] "6 ways the relationship humans have with technology is changing." http://memeburn.com/2013/08/6-ways-the-relationship-humans-have-with-technology-is-changing/

等一切领域，在不久的将来，它还会被应用于感觉、替身（遥控显像、遥感、模拟现实）以及毁灭。生命机器类似'狮身人面兽'的生命奇观现在不仅触及无机物的组织，而且也影响到有机物的再组织。"①

中国改革开放以来的情况也印证了迈向技术导向型社会的显著趋势，当然不同于西方社会，中国有自己的历史、文化和问题。五四新文化运动开启了中国现代启蒙运动，科学新知的引入极大地改变了中国社会和文化。但抗日战争的爆发，启蒙很快被救亡所取代，于是中国的现代启蒙运动半途而废。1978年改革开放，重启思想解放运动并提出"新启蒙"，确立了那一代社会实践主体的批判理性。但是，这一进程很快被急剧变动的社会和文化所冲淡，今天，技术导向越来越具有支配地位，消费文化日趋成为主流，特别是当技术装置与消费行为完美结合时，主体的批判理性建构俨然已成为一个难题，很少人再提及"新启蒙"，知识界也很少再讨论主体的批判理性问题了。另外，近代以来中国一直存有一种强烈的科技救国的文化取向，因此对技术的积极作用比较看重，却很少注意到其消极面。毫无疑问，技术的发展改变了中国的社会和文化，极大地提升了国力，改善了民生，中国崛起如果没有技术进步做支撑是很难想象的。但是，技术发展所带来的一些问题却也是发人深省的，遗憾的是人们常常沉醉在技术进步的幻象中，对其潜在的危机和负面作用认识不足。技术装置及其范式所包含的工具理性对主体性的影响，新技术装置导致的消费主义意识形态，或青少年普遍存在的"装置上瘾"和"装置依赖"症候等，尚未得到深入的研究。通常的情况是技术的正能量被无限地放大了，而对技术的负能量的警醒则消失在其正能量所产生的欣快感之外。

改革开放以降的近40年，中国快速经历了一系列的重大社会变革，很多在西方国家历经几百年的社会转变，在中国几十年内就急速走完一遭。中国的社会变迁是异常深刻的，如一些学者所言："尽管我们的改革主要是经济改革，但社会已经进入一个全面的、整体性的转型过程。我们正在从自给半自给的产品经济社会向有计划的商品经济社会转化；从农业社会向工业社会转化；从乡村社会向城镇社会转化；从封闭、半封闭社会向开放社会转化；从同质的单一性社会向异质的多样性社会转化；从伦理型社会

---

① 斯蒂格勒：《技术与时间：艾比米修斯的过失》，译林出版社2000年版，第95页。

向法理型社会转化。"① 这其中技术无疑发挥了巨大的作用。从改革初期粗放的、片面的现代性，向晚近强调科学发展观与和谐社会的全面现代性转变，不难发现技术进步的同时，也普遍存在着被误解和被滥用的隐忧，当下所面临的诸多问题，从食品安全到生态环境等，都与对技术认识和应用相关，其中技术拜物教显然起了很大作用。基于此，我认为中国当下技术哲学及批判理论的匮乏，为误解和滥用技术提供了更为宽松的环境。

本文并不打算全面检讨技术哲学和批判理论的诸多问题，而是想把焦点聚在如下问题上，在一个高度技术导向型的社会中，新技术的装置范式对主体性及其批判理性建构有何影响。隐含其中的一个重要问题是，装置范式与工具理性的"剪不断理还乱的"复杂关系。当代中国，工具理性对日常生活广泛而深度的侵蚀，已经对主体批判理性建构产生了很大影响。一个可观察到的事实是，今天的中国社会，主体的反思批判性日趋衰落，从众性的、工具理性化的主体渐趋成为社会主流，即使在高校、研究机构等知识分子或思想者云集的地方，情况亦复如此，这就向我们提出了一个严肃的问题：装置范式、工具理性与主体性建构关系何在？

## 装置范式、工具理性与主体性

在讨论现代人的理性行为问题时，社会学家韦伯指出了一个理性分立冲突的趋势，他尤其关注价值理性与目的理性的冲突。从社会学关于人的行为理性的预设出发，韦伯将人的行为区分为四种类型，其中价值理性和目的理性是他最为关注的两类行为。所谓价值理性行为，是指向无条件的固有价值的纯粹信仰，不管是否取得成就；所谓目的理性的行为，是指通过外界事物或其他手段来实现自己合乎理性的目的②。价值理性行为的判断

---

① "社会发展综合研究"课题组：《我国转型时期社会发展展开的综合分析》，《社会学研究》1991年第4期，第77页。
② 韦伯：《经济与社会》，商务印书馆1997年版，第56页。韦伯写道："谁若根据目的、手段和附带后果来作他的行为的取向，而且同时既把手段与目的，也把目的与附带后果，以及最后把各种目的相比较，作为合乎理性的权衡，这就是目的合乎理性的行为。……行为的合乎理性的取向，可能与目的合乎理性的取向处于形形色色的不同关系中。然而，从目的合乎理性的立场出发，价值合乎理性总是非理性的，而且它越是把行为以之为取向的价值上升为绝对的价值，它就越是非理性的，因为对它来说，越是无条件地仅仅考虑行为的固有价值（纯粹思想意识、美、绝对的善、绝对的义务），它就越不顾行为的后果。"

标准则在于价值的优先性,目的理性对行为判断的根据是目的的实现。现代社会发展趋向一方面是价值理性的衰落,另一方面则是目的理性的日益盛行。用哲学家泰勒简明扼要的说法就是:工具(目的)理性指的是一种我们在计算最经济地将手段应用于目的时所凭靠的合理性。最大的效益、最佳的支出收获比例,是工具理性成功的度量尺度[1]。韦伯特别强调,这两种理性本质上是彼此对立的,因为从价值理性角度来看,工具理性是有问题的;反之,从工具理性立场看,价值理性也值得疑问,所以,两种理性在现代性条件下是彼此对立的。韦伯的结论是基于19世纪末20世纪初的社会发展状况做出的,经过一个多世纪的发展,工具理性几乎成为现代人普遍的行为和思维取向。然而,需要我们特别注意的是,这种越来越显著的工具理性取向与技术的装置范式主导有无关联?我想答案是显而易见的。

以下我们从伯格曼的"装置范式"(device paradigm)概念入手,来探究这一问题。技术哲学家伯格曼认为,技术发明的种种装置正在所塑造的当代生活的特征,并日益成为人们行为和思维的范式。在他看来,技术是通过各种装置为人们提供了便捷的服务。从一家人劈柴生火的传统范式,到通过购买和使用商品的方式采用各种暖气装置,技术进步在给人们带来方便快捷的服务同时,也改变了生活方式和观念。工具理性的原则,即最小的投入获取最大的回报,成为技术开发和装置流行的基本逻辑。伯格曼特别指出,新的技术装置的出现,消解了物品之间的固有关联性和人的参与性,而装置本身却隐含在背景中使人无从察觉。他明确指出装置范式有两个特征,其一是手段的可变性与目的的恒定性,比如取暖的目的是恒定不变的,但各种用于取暖的新装置却是层出不穷的;其二是手段的隐蔽性与目的显著性,各种装置在给人带来便捷时,其使用目的总是显而易见的,而装置范式本身则退居在背景中隐而不现了。更重要的是,各种装置会越来越趋向于"人性化"或"友好型",越是方便上手,使用者与装置的复杂构造间的鸿沟就会越来越大,但使用者却往往对此无从察觉。[2] 眼下流行的苹果智能手机就是一例,越是好用或越是人性化,使用者对其技术复杂性就越是无法了解,而技术的装置范式也就越隐蔽地躲在背景里使人无从察觉。

---

[1] 泰勒:《现代性之隐忧》,中央编译出版社2001年版,第5页。
[2] Albert Borgmann, *Technology and the Character of Contemporary Life* (Chicago: University of Chicago Press, 1987).

如果我们把工具理性的内涵稍加拓展,即把工具理性视为一种思维方式和行为方式,那么,工具理性便与技术导向型社会中普遍存在的从众性有所关联。表面上看,当代新技术所发展出来的装置五花八门,林林总总。但是隐含在丰富多彩的技术装置后面的往往是某种同一性范式,它隐而不露地逼促多样化个体就范于同一、同质和同化的思维和行为模式。各种技术新发明的装置都具有大同小异的标准化范式,它或隐或现地将其使用者变成为技术思维或机器工具理性的规训者。根据伯格曼的看法,装置范式就指技术导向型社会中人们使用技术装置的行为方式。我想进一步指出的是,装置范式实际上包括"硬件"和"软件"两个方面,"硬件"的功能比较容易发现,而"软件"功能则不易察觉。这些"软件"就是技术装置所要求的思维及行为方式。技术的装置范式的典型特征是其系统化和标准化,范式意味着统一(同一性思维),范式就是规范(强制性),范式由专家制定(少数人确定标准),范式是一个分层的复杂系统(分为不同层次)。标准一旦确立,就会形成对任何偏离、超常和异端的排斥,掌握标准的同时也就是被标准所习性化①。更重要的是,所谓的"标准"或"规范"不但是指那些看得见的游戏规则,而且深蕴在许多看不见的事物之中,恰如伯格曼所特别指出的,技术的装置范式总是隐藏在背景中看不见摸不着。

　　历史的经验一再表明,装置范式的标准强制规范性,很容易与各式各样的权力运作形成共谋共生关系,成为权威推行既定意识形态的工具,或成为权力监视社会的手段,"斯诺顿事件"就是一个典型例证。当下电脑、手机、上网本等移动终端装置五花八门,但其中操作系统却只有少数几种,且大都是美国的发明;各种网站、主页、数据库和信息表面上看极为多样化,但它们的内容往往是同质性的,所依赖的操作系统和操作界面也有明显的趋同。所以,装置范式不但意味着特定的物质性设置,更重要的是某种同一性的思维、情感和行为方式的设置。无论你生活在全球的哪个角落,也不论你个人喜好是什么,标准化的游戏规则像"看不见的手"在操纵着装置的使用者。同一种玩法的背后,蕴含了某种隐蔽的价值观、审美观和

---

① 斯蒂格勒指出:"技术物体的具体化和一体化限制了不同类型的数量。具体、聚合的技术物体是标准化的物体,正是标准化的倾向——即生产越来越完备的类型的倾向——为工业化提供了可能:因为技术进化论的一般过程具有这种标准化的趋势,所以大工业才得以产生,而不是相反,由于大工业的出现带来了标准化的倾向。"见斯蒂格勒:《技术与时间·艾比米修斯的过失》,译林出版社2000年版,第82页。

意识形态的趋同要求。这里，我想特别讨论一下数字代沟问题，今天中国的"80"后以下，基本上可以称为"装置范式的一代""数字原住民""M一代"（"媒体一代"），他们打小就在全方位的数字化样态中生存，处于各种各样的技术装置的包围中。他们一方面热衷于各种装置的使用，对他们来说这些装置既易上手，又易上瘾，这就使得这一群体成为装置范式的深度介入群体；另一方面，他们对高度数字化的装置范式及其文化，"不识庐山真面目，只缘身在此山中"。他们往往缺少深入的反思和批判，这就使得青年人在思维、行为和情感的习性是高度数字化的，深受装置范式的影响。"装置范式的一代"对非数字化的传统的知识生活和认知方式不熟悉、不喜欢也不践行，形成了斯蒂格勒所说的与过去的"短路"。因此，在青少年中提倡对装置范式的反思和批判，强调自觉地抵制装置范式的规训，就显得尤为必要。

如果说标准化偏重于技术的形式层面的话，那么，信息则偏重于技术的内容层面。符合规范化标准的信息，或者说刻意炮制出来适合技术范式的信息，会有效地加以传播和接受，反过来又强化了其装置的种种范式。但问题是，这些信息会不会潜移默化地造成人们思维、情感、价值和文化取向的趋同呢？比如每天海量炮制出来的各种微信、网络信息、短信，在天文数字的用户中辗转传递，稍加分析归类就不难发现，这些信息是高度同质化的（比如一些社会新闻，或是节庆贺辞的短信或图片或表情符号等）。长期耳濡目染于这样高度同质化的信息，造成受众思维方式、情感方式和行为方式的趋同是完全可能的，进而使人失去独立的反思批判能力也是可以想见的。技术所提供的便捷装置和手段，有助于形成实时传播的碎片化的海量同质信息，同时也提供了广泛参与信息传递和表达诉求的通道（网络、终端或各种界面）。这就开启了一个人们虚拟参与的新格局，涌现出许许多多的社交媒体和话语权。这里有两个问题值得注意，第一个问题是高度碎片化的信息导致了总体性和复杂性理解结构的消解，使信息方式日趋碎片化和平面化。一方面，助长了海尔斯所说"超级注意力"模式的形成，其特征是迅速转移焦点，缺乏耐心和长时关注，寻求多样性和刺激性信息，这种认知模式构成了"媒体一代"与前代人"深度注意力"（deep-attention）之间的巨大的认知代沟。比较来说，"深度注意力"模式有助于培育人们理性的批判的和反思的主体性的话，那么，"超级注意力"则有可能消解了这一主体性的建构。另一方面，碎片化的认知习性的形成，必然会导致人们认知的总体性判断和把握能力的退化。沉溺于碎片化、无关联和真假难辨的信息流之中，马克思所构想的那种历史唯物主义的社会认知总体性就会变得越来越微弱。第二个问题是社交媒体中广泛存在的"螺旋上升的沉默效应"，参与社交媒体的人越多，形成效果却是不断扩大的沉默现象，由此构成了社交媒体上普遍存在的"从众"趋向。在当下中国，这种"螺旋上升的沉默效应"更为显著，一些所谓的大咖或大V一类的舆论领袖操纵和把玩着网民的情绪反应，由此衍生出中国社交媒体特有的"间歇性歇斯底里现象"，每当一个突发事件出现时，总会在短时间内吸引海量网民，煽动起大量网民高度情绪化的反应，形成一边倒的舆论取向，不同意见和独立思考很快被拍砖而湮没。吊诡的是，这种对事件的高度情绪化的反应往往是暂时性的，一旦突发事件过去，人们便很快忘却而变得冷淡，很难形成持续的讨论和探究。这种忽热忽冷式的歇斯底里的情绪化反应，既加剧了"螺旋上升的沉默效应"，更导致了网民非理性的公共参与，削弱了公民批判理性的持续养成。据官方统计，截至2014年12月，我国网民以10—39岁年龄段为主要群体，比例合计达到78.1%。其中20—29岁年龄段的网民占比最高，达31.5%。网民中具备中等教育程度的群体规模最大，初中、高中/中专/技校学历的网民占比分别为36.8%与30.6%。网民中学生群体的占比最高，为23.8%[①]。照此统计数据情况来看，网民主体为中等以上的受教育者群体构成，但如此歇斯底里的忽冷忽热的情绪化反应表明，在这一受教育群体中，其社会公民成熟的、独立的批判理性的养成，仍有很长的路要走。对中国的现代化建设而言，物质的、技术的层面的现代化固然重要，但我以为更重要的是人的现代化。换言之，中国走向现代化更需要的是具有批判理性的公民，如果缺乏这样的公民性，实现中国的彻底现代化是完全无法想象的。

从中国日益融入全球化的历史进程来看，技术的装置范式的流行还带来某种技术的地缘政治学问题。技术强势国家在技术输出的同时也造成其文化"搭车式"的强势输出，比如美国文化的全球化，就造就了美国价值或意识形态的主导性，很难设想没有高新技术的支撑，美国文化会有如此影响。技术输入与文化植入已经成为一枚硬币的两面了，某种新技术及其

---

[①] 《第35次CNNIC报告：中国网民规模与结构分析》，<http://www.askci.com/news/chanye/2015/02/03/151359b9x0_all.shtml>。

新装置的引进，在其热门的看得见的物质性技术装置后面，隐含复杂的意识形态或价值观乘虚而入。当我们在使用某种技术标准和相关装置时，那些隐藏在背景中的范式和意识形态正在悄悄地影响我们，这是我们应予重视的问题。在全球日益走向技术导向型社会的时代，技术优势与文化领导权日益珠联璧合，这就改变了全球的文化生态的多样性。可以断言，随着美国技术领先的优势的扩大，全球文化的支配及其不平等会越来越严重。

## 超越装置范式的策略何在？

以上我们提出了技术的装置范式对主体性建构的深刻影响，当然我们关注的是装置范式的消极层面，而对其积极层面未予讨论。那么，接着需要回答的问题是，如何抵御装置范式的消极影响呢？历史上，深谙主体性危机的当代思想家们都提出过不同的解决方案。

海德格尔在其《技术的追问》中，借用荷尔德林的诗句来表述——"但哪里有危险／哪里也有救"。他认为对技术的沉思要在另一个领域里进行，那就是艺术。"此领域一方面与技术之本质有亲缘关系，另一方面却又与技术之本质有根本的不同。"[①] 这一说法颇为有趣，他曾指出艺术的本源是真理的自行显现，亦即去蔽并开启真理。但是，艺术能拯救技术的支配吗？这是不是一个过于理想主义的乌托邦方案呢？法兰克福学派也沿着这条路来思考，阿多诺和马尔库塞都充满激情地宣布：艺术的新感性是主体解放的必由之路。这种浪漫的或审美的现代性可以追溯到许多人，韦伯也是一个不得不提及的人物，他发现新教国家出现的现代化，乃是宗教与世俗分离的产物，所以现代性就体现为政治、经济、科技、审美等价值领域的分化。他还得出了一个更为激进的结论：审美是将人们从刻板的认知理性和实践理性中救赎出来的唯一路径。他写道：

> 生活的理智化和理性化的发展改变了这一情境。因为在这些状况下，艺术变成了一个越来越自觉把握到的有独立价值的世界，这些价值本身就是存在的。不论怎么来解释，艺术都承担了一种世俗救赎功

---

[①] 海德格尔：《技术的追问》，孙周兴主编：《海德格尔选集》下卷，上海三联书店1996年版，第954页。

能。它提供了一种从日常生活的千篇一律中解脱出来的救赎，尤其是从理论的和实践的理性主义那不断增长的压力中解脱出来的救赎。[1]

以艺术来疗救技术的装置范式也许有效，但效果有限，所以另一些抵抗策略也陆续被提出来。

在分析技术的"装置范式"的同时，伯格曼也提出了一个对应策略，所谓"凝神物实践"（focal things and practices）。伯格曼的策略是，技术装置范式造成了现代人与传统生活方式的断裂，一个明显的弊端在于各种装置的使用导致了人们对生活的分心和漠不关心，进而趋向于一种"恶（或坏）"的生活。为了恢复一种"善（或好）"的生活，他提出用"凝神物实践"来改变这一状况。所谓"凝神物实践"就是集中注意力，使人沉浸在某些事物的制作、创造和体验之中，感受到其中的情感愉悦和创造性，体认到自我的存在及其意义，由此改变装置范式对人的分心和干扰。"凝神物实践"包括许多活动，他特别提到的有音乐、园艺、长跑、驯马、手工艺、制作小提琴等。在他看来，凝神物实践可以造就某种"聚焦化的现实"，它"吸引了我们的身心，成为我们生活的中心。聚焦物的标志就是某种令人瞩目的在场，与这个世界连通，它是一种中心化的力量。"[2] 其实，伯格曼的策略就是让主体从技术文化那种使人分心的状态中摆脱出来，通过一些收视返听的凝神活动，专注于某个生命存在的中心。由此我想到一个重要的哲学概念——静观（contemplation），保持独立的反思主体性也就是要保持某种"静观"的思考，就像瑜伽、禅思或宗教冥想状态一样，使人聚焦于那些深刻之物的长考，进入独立思考和反思的精神状态，这就改变了前面所说的装置所导致的超级注意力状态，而转向了与之相对的深度注意力状态。作为一种抵制策略，它可以和哲学或美学上的游戏论相贯通。席勒早说过人只有在游戏时才成为人，胡伊金加、列斐弗尔、德波、德赛托等当代思想家，也非常青睐审美游戏性，他们都认为游戏可以有效抵御工具理性，进而彰显出价值理性。但是，这一理路显然是一种逃离策略，与海德格尔的思路如出一辙，似乎并不能从根本上解决技术的装置范式的

---

[1] H. H. Gerth and C. W. Mills, eds., *From Max Weber: Essays in Sociology* (New York: Oxford University Press, 1946), 342.

[2] Albert Borgmann, *Crossing the Postmodern Divide* (Chicago: University of Chicago Press, 1992), 119–120.

宰制。

　　斯蒂格勒以"反（去）精神贫乏"（de-proletarianisation）的策略来抵抗技术所造成的精神贫困化，"就是似乎重新获取各种知识的过程"，其策略是画出某种"逃离的线路图"。比如，他提出了人们的文化活动不能被动接受，而应努力转向"参与型"或"实践型"，比如欣赏者一边读着乐谱一边欣赏音乐，或在临摹绘画作品同时欣赏画作等，这就改变了人们被动消费和知识贫乏的状态，转向了更加主动和更富创造性的行为。斯蒂格勒还有一个重要的发现，技术在导致人们知识"贫困化"的同时，又伴随着技术进步产生了"工具的非专业化"："各种工具、设备和手段正在摆脱专业技术人员的垄断，流向非专业人员的手中，公众和业余爱好者手中再次拥有了属于自己的工具。正所谓'耳随眼新，眼随手新'，电子媒体正在重新组织感知，由此导致观众和公众的知识形式正在发生翻天覆地的结构变化。新先锋定将出乎是，新公众亦将由是乎成，那将是具有先锋性的一代新公众。"① 这是一个很乐观的愿景。不过我仍然怀疑：技术导向型社会中高新技术的门槛会有所降低吗？我更相信伯格曼的预言，技术装置越是人性化或友好型，其使用者与装置的复杂构造之间的鸿沟就会越大。越来越多的新装置的面世，就意味着越来越多使用者成为装置的奴仆；而使用的装置越多，使用者的知识、思想和情感会不会愈加"贫困化"？明摆的事实是，普罗大众在现代技术体系中总是处于"无知"的低端，而那些控制着元数据或装置构造设计的技术专家才是真正的控制者，当他们与大企业高管或政府合谋时，技术的装置变成为社会控制的手段。技术官僚阶层在技术导向型社会中，与权力的合作是不可避免的。

　　在我看来，海德格尔等人的批判理路是在技术之外去寻找抵抗技术的策略，而斯蒂格勒则转向在技术系统内部来选择反抗策略。这是一个非常重要的策略差异，但如何找到在技术内部以技术手段来颠覆技术的工具理性对人们宰制，似乎还没有非常明确的答案。毫无疑问，以技术之长来治技术之短显然是一个不错的思路，这也许不是他所说的技术门槛降低所能实施的。我们需要注意的是，一方面是在每一次技术革新初始就充分注意到其局限和弊端，并把它限制在最低范围，另一方面则是同时设计出可以

---

① 斯蒂格勒：《反精神贫困时代：后消费主义文化中的艺术与艺术教育》，周宪主编：《艺术理论基本文献·西方当代卷》，三联书店2014年版，第364—365页。

有效对抗和疗救这些局限和弊端的反技术的技术手段。我完全赞同斯蒂格勒的一个想法：所有医治人类病痛的药方（如技术）反过来又会产生毒害，甚至有可能威胁到人类的存在。所以每次技术革命都会带来社会失调，然后要进行规范的重新调适。在这个重新调适过程中，需要一些思想家通过批判性的反思来提出改革方案。正因为如此，在当今中国，技术哲学和批判理论的发展显得尤为重要。更进一步的问题在于，谁来发展和推助技术批判理论呢？今天我们有太多的技术专家，如福柯所言，他从来没有见过知识分子，他所见的皆是各式各样的专家。萨义德也认为，真正的知识分子是"业余的"，他们正是通过这种业余性来抵抗来自专业领域的种种压力。在晚近越来越科层化和体制化的知识生产领域，挣脱专业的束缚来反思技术的装置范式之弊，似乎是一个很麻烦的工作。如何以非专业来反思批判专业？如何既享用技术之长又克服技术之弊？这已成为一个无可回避的现实难题！

在我看来，在一个技术宰制越来越强势的社会，在一个工具理性日益居于支配地位的文化中，重建并坚持韦伯所提出的价值理性也许显得更为重要。因为抵御技术的工具理性最有效的莫过于价值理性了。依照韦伯的界定，价值理性就是某种伦理的、美学的、宗教的"无条件的固有价值的纯粹信仰，不管是否取得成就"。今天，价值理性变得越来越微弱，人们沉溺于技术装置范式的工具理性中难以自拔。我们必须看到，一个缺乏价值理性指导的社会和文化，一定处在危险和危机之中。所以，让我们每个人在使用各式各样的技术装置时，内心虔信并坚守某种"无条件的固有价值的纯粹信仰"。惟其如此，在一个日益呈现技术导向型的社会中，努力建构主体的批判理性，乃是一个迫切的、艰巨的历史任务！

原载《南海学刊》2016第3期

# 从异面看同相：关于艺术与科学

在人类文化中，也许没有什么比艺术和科学最具创造性了。每个时代，艺术和科学都在有力地推动社会，塑造主体，改变生活。虽然从历史的角度看，艺术和科学皆起源于原始宗教，它们有共同的源头，然而，随着人类文化的进步，艺术和科学逐渐从原始宗教中分离出来，各自形成了独立的王国。艺术与科学毕竟是两个迥然意趣的领域，甚至有心理学家认为，艺术家和科学家是两类完全相反的人，艺术与科学乃是人类的两种截然不同的文化。① 本文拟就艺术与科学的话题展开讨论，以期揭示艺术与科学的复杂关系。

## 美与真的统一与分立

考察艺术与科学的关系，一个传统的美学命题是美与真的关系，就像讨论艺术与伦理的关系集中于美与善一样。

在西方美学传统中，美与真的关系一直是论证艺术合法化的一个尺度。古希腊哲学家们努力论证艺术的模仿功能时，其中要旨就在于确证艺术具有真理性。柏拉图诟病诗歌会说谎，所以在他的哲学体系中诗歌的地位并不高，因此诗人也被驱逐出理想国。亚里士多德反其道而行之，明确指出"写诗这种活动比写历史更富于哲学意味，更被严肃地对待"，这就突出了艺术的真理性功能。在他看来，历史只是叙述"个别的事"，而诗则叙述"普遍性的事"。所以他得出一个重要结论：诗人不只是描述已经发生的事，而且要描述可能发生的事，"即按照可然律和必然律可能发生的事。"② 率先直接讨论美与真关系的是中世纪的神学家普洛丁，他明确提出：真实

---

① 斯诺：《两种文化》，上海科学技术出版社2003年版。
② 亚里士多德：《诗学》，人民文学出版社1962年版，第28—29页。

就是美，与真实对立的东西就是丑。丑就是原始的恶。真善美统一于上帝。[1] 到了17世纪的古典主义，波瓦洛明确了美与真的统一，他写道："只有真才美，只有真可爱，……因为诗的真实，毫无谎言，能感动人心，并且一目了然。"[2] 到了18世纪美学创立时，真善美的关系是德国古典哲学的基本构架。鲍姆加通就是要为哲学创立一个新的哲学分支，把希腊意义上的"可理解的知识"与"可感觉的知识"区分开来，前者亦即逻辑学，后者亦即美学。康德的三大批判从知、意、情的区分确立了古典哲学的三分天下，新康德主义者文德尔班概括说："正如心理活动中表现形式区分为思想、意志和情感，同样理性批判必然要遵循既定的分法，分写检验认识原则、伦理原则和情感原则——情感独立于前两者，作为事物影响于理性的（媒介）。据此，康德学说分为理论、实践和审美三部分，他的主要著作为纯粹理性、实践理性和判断力三大批判。"[3]

一般认为美与真是高度统一的，这一观念集中地表现在济慈著名的诗句"美即是真、真即是美"之中。但是，从人类文化的历史发展来看，美与真的关系是相当复杂的。现代性的出现，美与真的关系从古典的统一迈向了彼此分立。这种分立的论证在韦伯对现代价值领域分化的经典分析彰显出来。依据他对宗教社会学的考察，现代性就是世俗与宗教的分化，因此形而上学—宗教世界观的一统天下逐步消解了，经济、政治、审美、性爱和科学领域逐渐独立，且各自分离。经济的法则有别于政治，审美的游戏规则也迥异于科学。[4] 其实，从康德的三大批判体系来看，尽管他努力论证三大批判的内在逻辑统一，但是三者的差异是显而易见的。越来越多的哲学家和美学家发现，现代性越来越显著地呈现为科学、道德和艺术三大领域的分立。哈贝马斯关于现代性的如下表述最为经典：

> 韦伯认为，文化现代性的特征是，原先在宗教和形而上学世界观中所表现的本质理性，被分离成三个自律的领域。它们是：科学、道德和艺术。由于统一的宗教和形而上学世界观瓦解了，这些领域逐渐

---

[1] 《西方美学家论美和美感》，商务印书馆1980年版，第58页。
[2] 同上书，第81页。
[3] 文德尔班：《哲学史教程》下卷，商务印书馆1993年版，第732—733页。
[4] See H. H. Gerth and W. Mills, eds., *From Max Weber: Essays in Sociology* (New York: Oxford University Press, 1946), 323—357.

被区分开来。18世纪以降,古老世界观所遗留下来的这些问题被安排在有效性的各个特殊层面上,这些层面是:真理、规范性的正义、本真性和美,它们因此而被当作知识问题、公正性和道德问题或趣味问题。科学话语、道德理论、法理学以及艺术的生产和批评依次被体制化了。文化的每一个领域都和文化的职业相对应,其中专家们所关心的是对这些问题的处理。这种专业化地对待文化传统彰显出文化这三个层面的每一个所具有的内在结构。它们分别呈现为认知—工具理性结构、道德—实践理性结构和审美—表现理性结构。[1]

在这种三分天下的格局中,美与真的关系变得极为复杂了。

那么,如何来处理美与真的复杂关系呢?换言之,从何种路径来阐释两者的关联呢?

## 从美看真

美与真的关系首先涉及艺术与科学相似性、接近性或同一性关系,确证艺术具有科学的真理、认知、再现或指涉功能,就是说,艺术和科学一样具有某种表述或揭橥真理的功能。在这一路径上,也有几种不同的思考路径。

第一种思考的路径是从艺术所再现的世界与现实世界的相似关系上来界定。真(truth)是一个含义很丰富的概念。从词义上说,真就是"与事实相符",好比说"太阳原东边升起",它与事实相符所以是一个真陈述。传统的模仿论或再现论指出,艺术说到底乃是对实在世界的模仿与再现,因此,它自然具有真理性。《诗经》中《皇矣》篇描绘了从太王、太伯、王季叙到文王伐密伐崇的历程,《大明》篇则记叙了从文王诞生到武王伐纣的历史。这些远古的历史记录在文学作品中,所以有美学家称,文学艺术乃是一个民族的"备忘录",是其民族的见证,缺少了文学艺术,历史便显得枯燥单薄。这么来看,艺术在追求美的同时也具有真的功能。这种功能一方面规定了艺术与现实世界的模仿或再现关系,另一方面又揭示了艺术

---

[1] 哈贝马斯:《现代性对后现代性》,周宪主编:《文化现代性读本》,南京大学出版社2013年版,第182页。

本身所具有的认知功能。更重要的是，从人类文明史来看，艺术往往最早也最敏锐地揭示了社会文化的转变，感悟到历史转变的风向，并深刻地揭露了人们主观精神世界的变化。

把握美与真关系的第二种思路，是探讨艺术的虚构性与真的关系。艺术的重要审美特性就在于它的虚构性（fiction）。因此，美与真的复杂关系往往在解释艺术的虚构性与真的关系时，显得尤其复杂和难解。从字面上说，虚构就是超越了现实事物的本然局限进入想象的世界。那么，虚构与真的关系何在呢？亚里士多德在论及写诗与写历史的区别时就说到，历史叙述已经发生的事情，而诗则可以按照可然律和必然律来叙事；但柏拉图曾经指责诗人会说谎，此类看法看来与真无关。这师徒两人关于艺术的本性看法代表了两种对立的见解。柏拉图彻底否定了艺术的真理性，因为艺术是谎言，这一见解突出了艺术虚构与现实的游离关系。而亚里士多德的看法则彰显出艺术不同于历史的独特性，同时又强调了艺术虚构与真实紧密联系。显然，虚构性的提出，比起简单的模仿论和再现论更加深刻地触及艺术的某种审美特性。毕加索的说法最为传神和辩证，他写道："我们知道，艺术不是真理。艺术是一种谎言，它使我们认识到真理。"（We know that art is not truth. Art is a lie that makes us realize truth.）[1] 毕加索说得很巧妙，一方面承认艺术虚构有"谎言"性质，另一方面又指出了这"谎言"旨在使人认识真理。这就是说，艺术并不是像科学那样直接追求真陈述，它是一种虚构的拟陈述（瑞恰慈）[2]。或者说，艺术的虚构使得艺术不再拘泥于直接的经验材料和实在世界，它为艺术家的想象和创造提供了广阔的空间。这就涉及美与真的另一些层面。在美学上有这样一种看法，较之于纯粹的科学理性思维，艺术的审美思维往往能更加敏锐和深刻地把握到某种本质性的东西。比如，在人类历史上，常有这样的情况，那就是艺术家先于思想家和科学家感悟到时代的变化和社会的发展。甚至有的美学家坚信，审美的感性悟解能体验到技术性的理性思维所难以接近的某种深刻之物。

第三种思路则反对上述符合论的真理观，主张把真理视为一种解蔽的开启过程。海德格尔在考察艺术作品的本源时指出，符合论的真理观并不能深刻地触及艺术的本质。在他看来，"真理乃是存在者之解蔽，通过这种

---

[1] Pablo Picasso, "Statement on Art", in W. J. Bate ed., *Criticism: The Major Text* (New York: Harcourt Brace Jovanovich, 1970), 657.

[2] See I. A. Richards, *Principle of Literary Criticism* (London: Routledge, 2001), 250.

解蔽，一种敞开状态才成其本质。一切人类行为和姿态都在它的敞开之境中展开。"由真理的本质便进入了艺术的本质的思考，海德格尔强调，艺术的本质就是"存在者的真理自行设置入作品"。① 他分析了梵高的作品《农鞋》，认为这幅看似平常的画，揭示了农鞋是什么，使其存在者进入是自己存在的无蔽状态，从而达到了一种开启或敞开。

海德格尔强调所谓开启或敞开，不是对个别存在者的再现，而是对其普遍本质的再现。我们也许可以把这种看法稍作发挥，这种开启就是一种"虚构"，一种对表面的个别的事物外在形态的穿透，最终进入了它的本质存在。在这个意义上说，艺术不是被动地描摹已存在的事实，而是发现和想象世界，是以艺术家独特的眼光，向人们敞开了一个独特的世界。符合论是一种流俗的观念，它把艺术看作类似于镜子那样的被动照射生活；而开启论则突出了艺术的建构和发现意义，突出了艺术所揭示的世界是比表象世界更为真实的。因为它把那种对既成的、业已完成了的东西的被动记录，转变为对正在生成和变化的过程的开启，它关心的不是给予，而是发现。就像卡西尔所指出的那样：把艺术看作是单纯的复制品是有问题的，"只有把艺术理解为是我们的思想、想象、情感的一种特殊的倾向、一种新的态度，我们才能把握它的真正意义和功能。造型艺术使我们看见了感性世界的全部丰富性和多样性。要是没有伟大的画家和雕塑家的作品，我们能知道事物的外表上的无数细微的差别吗？与此相似，诗则是我们个人生活的展示。我们所具有但却只是朦胧模糊地预感到的无限可能性，被抒情诗人、小说家、戏剧作家们揭示了出来。这样的艺术品绝不是单纯的仿造品或摹本，而是我们内在生命的真正显现。"②

第四种路径更加独特，它把美与真关系的讨论转向对艺术语言符号的分析。如前所说，模仿说和再现说都强调艺术对现实的表征，那么，这种理论如果转移到艺术的语言符号角度来看，就是确认这样一个原则，那就是艺术的符号具有某种指涉性，或者说，艺术符号，无论是文学语言，抑或造型符号，或是音乐语言，或是戏剧形式，种种复杂的艺术符号都有某种指涉外部现实世界或主体精神世界的功能。从符号学视角看，任何符号都包含三个要素，首先是能指，亦即符号本身的声音和印刷符号，也就是

---

① 孙周兴选编：《海德格尔选集》，上卷，上海三联书店1996年版，第225、256页。
② 卡西尔：《人论》，上海译文出版社1985年版，第215页。

符号的外在物质形式；其次是所指，亦即符号的内容或抽象概念。除了有这两个要素之外，符号还有一个指涉性。所谓指涉性在符号学的意义上说，就是指的符号与符号之外实在世界的关系。从传统的理论角度看，指涉就是一个概念与其所意指的对象之间的关系。"树"这个概念代表了生长在实在世界中的某种植物。杜甫诗云："两个黄鹂鸣翠柳，一行白鹭上青天。"生动的诗句描绘了一幅春天的景象，黄鹂与翠柳、白鹭与青天形成了强烈的色彩对比；而黄鹂和白鹭的动感又与翠柳和青天的静止构成动静有致的图景。如果我们把能指—所指与指涉的关系看作是符号与世界的关系，那么，这个关系也就是艺术品与世界的关系。因此，对符号的外部指涉性的确认，也就是对艺术品与世界关系的确认。所以孔子说，君子通过学诗，可以达到"多识于草木鸟兽之名"的目的。回到再现说上来看，如果模仿说或再现说强调的是艺术品表征世界的真实性就体现为两者之间的相似性，那么，从符号的指涉性角度说，也就是能指—所指与指涉物之间的相似性。承认这种相似性，也就承认了艺术符号可以真实地表达外部世界。如果艺术的符号是一种审美的符号，那么，它同时也具有传达真实的功能，这样一来，美与真便在艺术的种种表现中趋向一致了。①

以上四种路径可谓殊途同归，从不同的角度出发，最终到达美与真的统一。尽管在现实世界中，艺术和科学已相去甚远，且科学家不通艺术或艺术家不懂科学的情况随处可见，但艺术的美却是内在地保有一种真理功能，由此我们说，真与美的统一仍是艺术家所努力追求的崇高境界。

## 从真看美

当我们讨论美与真的关系时，一个着眼点是从艺术来看它所具有的真理性功能。如果我们反过来讨论真与美的关系，那么，思考的重心就从艺术落到科学上来。换言之，是从科学方面来论证它所具有的审美或美的特

---

① 但是，现代美学中也有相反的观念，这在形式主义美学、结构主义和后结构主义中体现得最为突出。依据这种观念，艺术的符号虽然具有指涉性，但是这种指涉性并不与外部世界有对应性或相似性。符号的自我指涉性决定了艺术品是一个自我封闭的独立自足的世界，艺术符号突出的是自身的审美意味，而它所指涉的实在世界则是无关紧要的，甚至是可有可无的。这种观念被称之为美学中的"反真论"，亦即只承认艺术的审美特性，否认其认知性和真实性。

性。如果我们承认艺术具有科学的真的品格，诸如认知功能、发现功能、再现功能和指涉功能等。这里，我们转向科学活动本身，从科学活动的某些描述中寻找真与美的相关性、接近性，甚至同一性。

科学本是一个求真的过程，显然不同于审美活动。卡西尔在其符号哲学中，对科学和艺术的差异作了精彩论述，他写道：有一种概念的深层，同样，也有一种纯形象的深层。前者靠科学来发现，后者则在艺术中展现。前者帮助我们理解事物的理由，后者则帮助我们洞见事物的形式。在科学中，我们力图把各种形象追溯到它们的终极因，追溯到它们的一般规律和原理。在艺术中，我们专注于现象的直接外观，并且最充分地欣赏着这种外观的全部丰富性和多样性。① 依据这一理路，科学和艺术只是追问的问题和所用的媒介有所不同，它们都指向实在世界的深层。但是，进一步的问题是，科学活动是否也具有审美性质或类似的特点呢？或者换一种表述：审美标准、美感等因素在科学发现中是否具有重要作用？这些难题在科学哲学中充满了争议。英国学者麦卡里斯特指出了这一难题的两种极端见解：

科学共同体估价理论有两种方式：一种致力于确定理论的可能的经验效绩，另一种则运用审美鉴赏的方法。

这两种估价方式之间有什么关系呢？对这一问题实际存在一系列可能的答案，而其中每种答案分别以不同程度宣称审美判断可以归结为经验判断。在这些答案中，处在一个极端的答案主张，科学家所做的审美估价与理论的经验效绩无涉，因此科学家对理论所做的审美的和经验的估价是相互独立的。如果这一主张正确，人们就可以指望在历史记载中见到，科学家就理论实际做出的审美的和经验的判断之间不存在任何系统的关联。处在另一极的答案则认为，科学家的审美判断和他们的经验判断二者不过互为表现形式，或者说是不同方面。我们可以看到这一观点的两种形式：第一种形式把审美判断看成是经验判断的一种表现；而第二种形式则把经验判断归结成审美判断。在这两种情况下，科学家对理论所作的审美的和经验的判断就必然永远相互一致。②

---

① 卡西尔：《人论》，上海译文出版社1985年版，第215页。
② 麦卡里斯特：《美与科学革命》，吉林人民出版社2000年版，第4—5页。

在这一段表述中，后一种看法突出了审美判断与科学理论之间的一致性与相关性。也就是说，科学发现中审美判断具有重要功能。其实，科学史上许多伟大的科学家都谈到过这样的体验，那就是审美判断或美感对他们科学发现所起的至关重要的作用。

物理学家海森堡曾回忆到他在1926年向爱因斯坦提出过如下命题："如果自然引导我们达到了具有伟大简单性和美的数学形式——这里的形式指的是由假说、公理等等组成的协调一致的系统……我们就不得不认为这些数学形式是'真的'，不得不认为它们揭示了自然的真正特性。"① 海森堡的看法强调的是自然本身的形式和解释这些自然形式的科学理论的形式都具有某种美学特质，那就是简单性和美。在许多科学家看来，简单性就是美。这也就是说，科学研究的对象（自然）与科学研究的成果（理论）本身都具有审美特性，因此，审美必然作为科学发现的重要一环而起作用。所以海森堡接着对爱因斯坦说道："你也许反对我凭借谈论简单性和美引发出对真理的审美标准，我要坦率地承认我为大自然呈现给我们的数学方案的简单性和美深深吸引，你必定也已经感觉到了这一点。"② 他还谈到过自己科学研究发现的体会，它与艺术家发现美何其相似："一天晚上，我就要确定能量表（能量矩阵）中的各项……计算出来的第一项与能量守恒原理相当吻合，我很兴奋，尔后我犯了许多计算错误。当最后一个计算结果出现在我面前时，已是凌晨三点了。所有各项均能满足能量守恒原理，于是，我不再怀疑我所有计算的那种量子力学了，因为它具有数学上的连贯性与一致性。刚开始，我很惊讶。我感到，透过原子现象的外表，我看到了异常美丽的内部结构；当想到大自然如此慷慨地将珍贵的数学结构展现在我眼前时，我几乎陶醉了。"③

从海森堡的经验之谈中，我们可以看出美感判断在科学发现中所具有的重要功能，也就是说，符合真的科学理论往往是美的。也正是因为这样，所以不少科学家主张，审美判断有助于检验科学理论的真伪。科学家狄拉克就坚信，不符合审美愉悦的理论很可能离真理相去甚远："任何一位欣赏把自然的运动方式和一般数学原理联系起来的那种根本和谐的人，都必定会认为任何具有爱因斯坦理论所具有的那种美和优雅的理论实质上不能不

---

① 麦卡里斯特：《美与科学革命》，吉林人民出版社2000年版，第108—109页。
② 同上书，第111页。
③ 钱德拉塞卡：《莎士比亚、牛顿和贝多芬》，湖南科学技术出版社1996年版，第74页。

是正确的。"① 因此，在这个意义上看，科学家的审美经验和判断力也许对于科学发现是不可或缺的。所以科学家和艺术家的创造具有某种相似性或接近性。爱因斯坦的儿子也是一位物理学家，他形象地描绘了自己的父亲：

> 他的性格，与其说是我们通常认为的科学家性格，还不如说更像是一个艺术家的性格。例如，对于一个好的理论或者一项好的工作的最高赞赏不是它是正确的，或者它是精确的，而是它是美的。②

据记载，在1955年莫斯科的一个讨论会上，听众请英国物理学家狄拉克总结一下他自己的哲学，于是，狄拉克在黑板上用大写字母写下了一句经典的话："RHYSICAL LAWS SHOULD HAVE MATHEMETICAL BEAUTY"（"物理学定律应该有数学的美"）。③ 这一表述已经成为许多论述科学特性的书名或短语。虽然"数学的美"这种表述也许和艺术家所说的艺术的美有所不同，但是，如果我们仔细地辨析科学家们所讨论的科学的美，就会发现，科学（数学）的美究其根本与艺术的美完全一致，它们都涉及一些美的最基本的特征：简单、平衡、对称、和谐。回到美学上来，历史上美学家们对美的特征的诸多规定，都适合说明科学发现和理论的特性。

更有趣的是，也许正是因为科学和艺术的相同之处，一些伟大的科学家也钟情于艺术。据有关文献记载，爱因斯坦6岁开始学习小提琴，13岁开始懂音乐并爱上了莫扎特。他不但会演奏小提琴，而且还会演奏钢琴。除了古典音乐，爱因斯坦还热爱文学，常和友人一起高声朗诵海涅的诗歌。所以他有一个重要的结论：科学的成就就是"思想领域中最高的音乐神韵"。爱因斯坦经常和量子论的创始人普朗克一起演奏音乐，普朗克弹奏钢琴，他演奏小提琴。有人认为这是一对科学伟人的完美合作：量子论和相对论共同构成了20世纪物理科学的两大支柱。在科学上，它们共同描绘了物理学的一幅优美和壮丽的图景，在音乐艺术中，它们同样能奏出动人心弦的乐曲。在这两位理论物理学大师的心目中，科学的美和艺术的美是相同的，互补的，是精神世界最高美的两个侧面。只有科学美，没有艺术

---

① 麦卡里斯特：《美与科学革命》，吉林人民出版社2000年版，第113页。
② 同上书，第116页。
③ Quoted in Sian Ede, *Art and Science* (New York: I. B. Tauris, 2005), 15.

的美,是残缺的;反之亦然。①

从本质上说,科学家和艺术家一样,他们的创造性劳动乃是一种发现过程。值得注意的是,两种发现过程其实有许多相似或相近之处。首先,科学和艺术的发现都起源于某种好奇的冲动。科学的发现除了特定的功利目标(如解决某个特定难题或源于实际需要)之外,也内涵了某种美学上的理由。数学家彭加勒就曾说过,科学研究自然并不是因为研究有用,而是因为他们从研究中得到了乐趣。这种乐趣在我们看来,其实和艺术创造过程中的美感愉悦非常相近。更重要的是,彭加勒指出,这种乐趣的原因是因为美,"如果自然不美,它就不值得去探索,生命也不值得存在……我指的本质上的美,它根源于自然各部分和谐的秩序,并且纯理智能够领悟它。"②从科学家的这一发自内心的经验之谈来看,这种创造性发现的冲动与艺术家的创作特性别无二致。恰如罗丹所说:"在艺术家看来,一切都是美的,因为在任何人与任何事物上,他锐利的眼光能够发现'性格',换句话说,能够发现外形下透露出内在真理;而这个真理就是美的本身。"③

科学和艺术的发现不仅追求美的冲动,而且两种创造性的发现都需要热情。艺术创造需要激情自不待言,因为艺术本身就是一个强烈的情感表现过程。一般人认为,科学创造并不需要情感的介入,因为科学发现依赖于科学家的客观冷静的观察。其实不然,前引彭加勒的经验之谈便说明了创造性的热情。另一位著名的科学家和科学哲学家波兰尼也有精彩论说。他认为,科学的热情绝不是心理上的副产品,而且具有逻辑功能,因此对于科学的发现来说是不可或缺的。"积极的热情肯定某种东西是宝贵的。科学家取得一个发现时激动之情是一种求知热情,它表明某种东西在求知方面是宝贵的,更具体地说对科学是宝贵的。""科学价值的评赏力与发现科学价值的能力融合在一起,甚至就像艺术家的敏锐观察力与创造力融汇起来一样,这就是科学热情的启发性功能。"④

从根本上说,科学发现和艺术发现都追求事物的美,从外观形态到内在结构,这便涉及和谐范畴。美是和谐乃西方美学和中国美学的传统观念,艺术追求和谐的美,科学亦以此为目标。早在毕达哥拉斯学派那里,美是

---

① 赵鑫珊:《科学·艺术·哲学断想》,三联书店1986年版,第171页。
② 钱德拉塞卡:《莎士比亚、牛顿和贝多芬》,湖南科学技术出版社1996年版,第68页。
③ 《罗丹谈艺录》,人民美术出版社1978年版,第2页。
④ 波兰尼:《个人知识》,贵州人民出版社2000年版,第204、217页。

和谐的思想就得到了充分的阐述；今天，科学家也重视这样的观念，并把和谐视为科学发现和自然规律的表征。物理学家海森堡对美做了极其精辟的界定："美是各部分之间以及各部分与整体之间固有的和谐。"① 艺术心理学揭示了一个规律，在艺术创造过程中，艺术家的形式感或美感内在地制约着艺术家对结构和谐、形式完美的把握。格式塔心理学提出，在艺术创造过程中，艺术家会依据一种"优格式塔性"的原则来对艺术创造的各种要素组合、调整和安排，进而创造出形式完美和结构完整的艺术作品。中国书法创作最典型地说明了这一原则的存在，如王羲之深有体会地描述的："若欲学草书，又有别法。须缓前急后。字体形式，状如龙蛇，相勾连不断，仍须棱侧起伏，用笔亦不得使齐平大小一等。"② 这些微妙的处理，就是书法艺术形式美的和谐表现。不但书法，任何艺术都有自己的这种"优格式塔原则"。小说有自己的写法，绘画有内在的形式要求，雕塑亦有形式和谐的规律，音乐更是如此。这就意味着，在艺术创作中，艺术家的直觉或形式感始终左右着他们对当下作品创作形态和结构的理解，他们知道什么样的形式是完美的，什么样的形式是有缺陷的，需要怎样的改进，朝什么方向努力等等。这种看似神秘的和谐规则一方面制约着艺术家对作品的理解和判断，另一方面又左右着作品的内在结构和外部形态。所以，心理学家称之为"艺术的潜在秩序"。如果我们以同样的观点来看科学创造活动，似乎也存在着同样的美学形式感与和谐感，它制约着科学家的科学发现。更有趣的是，科学发现的结果也往往是符合这些形式感的。有人说爱因斯坦的质能守恒定律 $E=mc^2$ 公式是完美的诗歌。德国物理学家玻恩赞叹道：它是一件伟大的艺术品，是哲学领悟、物理直觉和数学技巧最惊人的结合。英国物理学家狄拉克则认为："方程式中所具有的优美要比它们符合实验更为重要。""如果一个人从寻求他的方程式的优美这种观点出发，而且如果他确实具有深刻的洞察力，那么，他必然就是在一条可靠的发展路线上。"③

至此，我们可以得出一个可靠的结论，那就是科学和艺术之间有许多相似和一致之处，它们都是人类创造力的有力体现，具体表现为美与真的

---

① 钱德拉塞卡：《莎士比亚、牛顿和贝多芬》，湖南科学技术出版社1996年版，第60页。
② 王羲之：《题卫夫人〈阵笔图〉后》，《中国书法理论经典》，河北人民出版社1998年版，第15页。
③ 转引自赵鑫珊：《科学·艺术·哲学断想》，三联书店1985年版，第58页。

统一。虽然今天科学家和艺术家分属于两个彼此独立的领域，虽然艺术创造和科学发现各有自身的诸多规律和原理，但是，往更深层次看，艺术和科学是内在地相通的，它们都是人类创造性和想象力的卓越表现。比如毕加索《亚维农少女》和爱因斯坦的相对论就有异曲同工之妙，他们的创造性活动亦有共同之处，"艺术和科学长久以来追寻的目标，就是对表象之外现象的新的揭示。创造性活动的初始阶段聚精会神，此时学科的边界烟消云散了，美学观念占据主导地位，接踵而来的对该现象的把握要浸润在创造性思维之中。"[1] 这就是说，艺术和科学的创造性活动是相同的。尽管在现代社会，艺术求美和科学求真似乎彼此分立，但其内在的逻辑关联却始终存在。在这个意义上，艺术家不但追求美，也同时向往真；同理，科学家不但追索真，同时也渴望美。无论艺术创造还是科学发现，当其达到最高境界时，艺术和科学彼此的隔阂就烟消云散了，科学家看起来有点像艺术家，而艺术家看起来又有点像科学家。在这样的境界里，美与真或真与美乃是同一事物的两面。还是济慈的著名诗句说得好：

"美即是真，真即是美"，这就是包括你们所知道，和该知道的一切。

原载《学术界》2014 年第 3 期

---

[1] Arthur Miller, *Eistein, Picasso: Space, Time and the Beauty That Cause Havoc* (New York: Basic, 2001), 6–7.

# 图像技术与美学观念

历史研究表明，文化的发展总是和技术的进步联系在一起。因尼斯（Harold Innis）发现，传播手段的发展变革对文化的影响十分深刻，不同时代的文明是根据不同传播手段来建构的。在古希腊时代，口传文化的传统及其多样性，塑造了希腊文化的基本面貌，并以一种垄断教育的方式阻碍了神职的发展。罗马帝国发展出一种书写的文化，基于这种文化，罗马帝国的法律—官僚体制建立起来，它可以有效地控制遥远的地区。中世纪以后，出现了印刷文化，这种文化挑战官僚体制的控制，既激发了理性主义又促进了个性主义。自文艺复兴到启蒙运动，我们都可以清晰地看见印刷文化的深刻影响。[1]技术进步对文化的影响在当代看得更加清楚，恰如波斯特所指出的："从延伸和代替手臂的棍棒演变到赛博空间中的虚拟现实，技术发展到今天，已经对现实进行模仿、倍增、多重使用和改进。[2]

我们把焦点集中在视觉文化问题上，考察人类图像技术发展对文化的深刻影响。就视觉文化来说，所强调的是视觉技术。所谓视觉技术，包括两层含义：第一是图像制作技术，从原始社会的洞穴壁画，到今天的电脑图像制作，其间技术的发展变化非常明显；第二是观看技术或图像呈现的技术，比如看画与看电影不同，看平面电影又与看立体电影有别，等等。两者相辅相成，它们构成了视觉的观念、历史与文化。

## 镜子　相机　电脑

从视觉技术的角度看，对视觉文化发展具有深刻影响的发明有许多，但在我看来，其中镜子、摄影和电脑或许是最值得关注的"三大发明"，

---

[1] See Harold Innis, *Empire and Communication* (Oxford: Clarendon, 1950).
[2] 波斯特：《第二媒介时代》，南京大学出版社2000年版，第53页。

它们分别标示了文化的三种不同视觉文化形态。也许我们可以不那么严格地概括成传统视觉文化、近代视觉文化和当代视觉文化；或者采用另一套术语来描述即模仿的视觉文化、复制的视觉文化和虚拟的视觉文化。

镜子的历史非常久远，其源于何时无从考据。在西方，最早出现的是手镜，到了公元1世纪已经有了可以照见全身的大镜子，中世纪镜子的使用已经非常普遍。[①]中国古代镜子的出现或许比西方还要早。镜子虽然是一个极为普通的日常生活用具，但是它对视觉文化的意义却非同小可。在人类视觉技术比较低下的时期，镜子也许是人类用来看待世界和人自身的最早的视觉工具，它的出现对艺术乃至观念影响深远。在文艺复兴阶段，美学上的"镜子说"曾经风行一时。达·芬奇说道："画家的心应该像一面镜子，永远把它所反映事物的色彩摄进来，前面摆着多少事物，就摄取多少形象。""画家应该研究普遍的自然，就眼睛所看到的东西多加思索，要运用组成每一事物的类型的那些优美的部分。用这种办法，他的心就会像一面镜子真实地反映面前的一切，就会变成好像是第二自然。"[②]在这种描述中，我们可以清楚地看到，镜子这种比喻性的说法表明了画家要画的图像必须和自然本身一致，镜子的功能只是反射出大千世界的万物形态。更进一步，从物理学角度看，镜子所以成为镜子是需要一定的条件的，而这些条件本身又暗示了人所创造的图像与现实之间的某种逻辑关系。

> 当光线落于某一物体时，一部分光线被反射，一部分光线被吸收，还有一部分穿过该物体。要使一个光滑的表面成为镜子，必须使其尽可能多地反射光线，并尽可能少地穿过和吸收光线。为了使镜子在反射光线时不散射或漫射，镜子表面必须绝对平滑，或者其不均匀度必须小于被反射光的波长。[③]

镜子要成其为镜子，首先是既不能吸收光线或让光线穿过，那么这就要求镜子表面的光滑；但是仅有光滑还不够，因为散射和漫射都会导致镜子变成扭曲变形的"哈哈镜"，所以，还必须有一个条件，那就是表面必须绝对的平滑，既平整又光滑。如果我们把这些要求转向制作形象的画家，那么

---

① 《大英百科全书》第11卷，中国大百科全书出版社1999年版，第250页。
② 伍蠡甫主编：《西方文论选》上卷，上海译文出版社1979年版，第183页。
③ 《大英百科全书》第11卷，中国大百科全书出版社1999年版，第250页。

显而易见，画家的心灵必须具备这样两个条件："光滑"而"平整"。或许我们可以象征性地理解这两个条件，那就是作为图像的制作者的画家，内心应该没有什么导致客观事物变形、扭曲的东西，它应该是澄明的、透明的，完整而逼真地再现所反射的事物。这其实正是传统的模仿说的核心，一种认识论上的"相似论"观念和"符合论"的真理观。

镜子的出现不仅为艺术家找到了反映现实的理想工具或模式，还使自画像成为可能。它使画家不但是观者，他同时也是被观者。于是，看的反身性或反观性特征便呈现出来。自己看见自己的在看，正在注视的眼睛注视着它自身。自画像使得画家既是绘画的创造者，又是画的描绘对象。梅洛－庞蒂指出："镜子的出现，是由于我是能见—被见的，是因为有一种感觉的自反性，镜子把它解释和重复出来了。……镜子的幽灵从外面拽住我的身体。……人是人的镜子。……于是画家们时常喜欢在正在作画的时候想到他们自己。"[1]

视觉技术的第二个重大发明是摄影，照相机的出现深刻地改变了视觉文化的面貌。与镜子不同，照相机不再是临时性的形象呈现，它可以永久地记录外部世界的影像。同时，照片洗印技术的完善，开启了形象复制的新时代，将传统的手工描摹的技艺彻底去魅了。诚如桑塔格所言：

> 受照片教化与受更古老、更艺术化的图像的启蒙截然不同。原因就在于我们周围有着更多的物像在吸引着我们的注意力。据记录，这项工作开始于1839年。从那以后，几乎万事万物都被摄制下来，或者说似乎是被摄制下来。这种吸纳一切的摄影眼光改变了洞穴——我们所居住的世界中限定的关系。在教给我们一种新的视觉规则的过程中，摄影改变并扩展了我们对于什么东西值得一看以及我们有权注意什么的观念。它们是一种基本原理，尤为重要的是，它们是一种观看的标准。最后，摄影业最为辉煌的成果便是赋予我们一种感觉，使我们觉得自己可以将世间万物尽收胸臆——犹如物像的汇编。[2]

从图像技术的角度说，摄影带来的变化是深刻的。第一，照相机把客观的

---

[1] 梅洛－庞蒂：《眼与心》，中国社会科学出版社1992年版，第137—138页。
[2] 桑塔格：《论摄影》，湖南美术出版社2005年版，第13页。

记录功能彻底简化了，过去被视为艺术家天分的那种写实能力，在照相机出现以后大幅度地贬值了。照相机向画家提出了严峻的挑战，要么是摄影战胜绘画，要么是绘画另辟蹊径，另找谋生之路。于是，我们看到诸如原始主义、抽象绘画、表现主义等诸多流派在模仿再现之外发展起来。第二，照相术的出现，又为现代画家提供了理解世界的新的手段和工具。摄影新技术的采用（比如连续摄影和多次曝光，特殊效果的镜头，多画面合成等），为画家探索空间及其视觉表现开辟了广阔的道路。现代主义画家有许多作品就是对照片的模仿和变形。从模仿现实到模仿照片，一方面给画家提供了更加自由的不在场的可能性，另一方面又为画家重新审视传统的空间观念创造了契机。[①] 比如马雷的连续摄影为杜桑《下楼的裸女》的创造提供了灵感。传统绘画中难以想象的视觉试验，在照相术的刺激下被空前地激发起来了。第三，照相机的发明使得机械复制成为可能，这就带来了本雅明所预言的"传统的大崩溃"。较之于镜子的反射功能，摄影术的出现微妙地改变了"真实"的含义，它把亦步亦趋的逼真模仿，简化为瞬间的机械记录，同时又为艺术家变形现实创造了契机。在这个意义上说，摄影既是写实的去魅和否定，又是对它的赞美和简化。伯格认为，摄影首先改变了人们看的方式。传统讲究透视的绘画，不但把画家同时也把观众置于绘画的中心地位，摄影，特别是电影，无情地打碎了这种中心。这样也就改变了人们看待绘画的方式。传统绘画作品往往是特定建筑（如教堂或其他公共建筑）的一部分，而摄影使复制成为可能，于是，原作的独一无二地位动摇了。[②]

视觉技术的第三个重大发明是电脑，较之于镜子与相机，电脑所带来的变化更加深刻，它导致视觉观念和经验的深刻转变。如果说镜子是模仿再现的象征，相机是复制的象征的话，那么，在比较的意义上说，电脑则是虚拟的代表。借助于电脑，人的视觉想象力和空间探索范围极大地拓展了，不再拘泥于笨拙有形物质的世界，而是进入了光的轻盈的世界，视觉图像的组合、变异和翻新的可能性极大地提高了。各种电脑软件或程序，为视觉创新提供了更多的契机。从电脑合成图像，到虚拟各种场景，电脑无所不能，尤其在营造虚拟现实方面。如果说摄影仍是对原本的逼真模仿和客观记录的话，那么，电脑化的图像则把我们的视觉经验带入一个全新

---

[①] See Paul C. Vitz and Arnold B. Glimcher, *Modern Art and Modern Science* (New York: Praeger, 1984), 127–30.

[②] See John Berger, *Ways of Seeing* (London: Penguin, 1972).

的领域——虚拟现实（超现实）的世界。假如说镜子的功能有赖于实在的物像，而摄影既依赖又改变实在的物像的话，那么，电脑所营造的虚拟空间里，这种依赖关系被彻底动摇了。好莱坞高科技电影的实践已经清楚地证明了这一点，虚拟的非真实的影像比比皆是，但这些影像又总是以逼真的面目呈现，这恰恰印证了一句格言，在虚拟的文化中，假的东西比真的东西更真实！根据波斯特的研究，电脑的虚拟现实导致了以电话为代表的"第一媒介时代"，向以电脑为代表的"第二媒介时代"的转型。在这个转型过程中，不但信息的传递方式发生了变化，而且中心化的主体也渐趋消失。他写道："在诸如电脑这样的表征性机器中，界面问题尤为突出，因为人/机分野的这一边是牛顿式的物理空间，而那一边则是赛博空间。高品质的界面容许人们毫无痕迹地穿梭于两个世界，因此有助于促成这两个世界间差异的消失，同时也改变了这两个世界的联系类型。界面是人类与机器之间进行协商的敏感边界区域，同时也是一套新兴的人/机新关系的枢纽。"[①]

从镜子到照相再到电脑，人们借以把握实在的技术手段的不同，这就区分出视觉文化的三种不同历史类型：再现的文化、复制的文化和虚拟的文化。每一种文化都包含了前面文化的因素，却又深刻地改变了前者的性质。镜子象征着模仿和再现，美学上的"镜子说"即如是。莎士比亚说过，戏剧家就是用镜子来照照人间各种人物和情态。摄影代表了复制的文化，恰如可以从一张底片上洗印出无穷多的照片一样。电脑则表征了另一种全新文化的到来——虚拟的文化。电脑对形象的处理和塑造完全可以在没有原本的情况下进行，虽然电脑也是复制，但这种复制已与摄影有质的区别。它把视觉文化的虚拟性发展到了极致。据报道，英国一家电视台塑造了一个虚拟的电视新闻主持人，她和真人一样地播报新闻，有名有姓，只不过她并不存在我们的实在世界里，只存在于电视光速传递的虚拟的赛博空间中。好莱坞的许多"大片"越来越依赖于电脑数字影像技术来创造新的形象，从《侏罗纪公园》中惟妙惟肖的恐龙，到《星球大战》中的太空场景，不一而足。这就带来形象与现实关系的深刻变迁。

从镜子到照相再到电脑，也就是从模仿到复制再到虚拟，是和相应的理论范式对应的。这里，我们不妨选择一些思想家及其理论作为三种文化的典范来进一步思考。显然，亚里士多德称得上是模仿的文化的理论家，

---

[①] 波斯特：《第二媒介时代》，南京大学出版社2000年版，第25页。

本雅明则是复制的文化的预言家，而鲍德里亚显然是虚拟的文化的先知。从模仿到复制再到虚拟，文化的演变其实是符号（形象或影像）与实在（现实）关系的变化。关于这一点，波德里亚有一个颇有启发的历史描述，他写道：

> 再现是从符号与现实对等这一原则出发的（即使这一对等是乌托邦，那仍是一个基本的公理）。相反，模拟则是从这一对等原则的乌托邦出发的，亦即始于对符号价值的断然否定，始于作为任一指涉颠倒和死亡判决的符号。而再现力图通过把模拟解释成为虚假的再现来吸收模拟，模拟则把再现的整个宏大建筑作为一个仿像包围起来。
>
> 以下是形象前后相继的几个阶段：
> 1. 形象是基本现实的反映。
> 2. 形象掩盖和歪曲了基本现实。
> 3. 形象掩盖基本现实的不在场。
> 4. 形象与任何现实无关：它是自己纯粹的仿像。①

在鲍德里亚的这一描述中，形象与现实的关系由对等反映，到完全无关，恰恰是我们以上用镜子、照相和电脑三个技术手段要表明的发展逻辑。即是说，从镜子到电脑，虽然不能完全对应于鲍德里亚的四阶段，② 但是其中发展的逻辑是一样的，那就是形象随着各种视觉技术的出现，导致了从追求形象与现实的一致或相似，向两者距离越来越远进而使形象成为自身仿像的转变。

## 模仿论与亚里士多德

模仿说是古希腊美学基本原则和信念之一，它关心的是艺术的真理性问题。虽然亚里士多德的时代尚无镜子的比喻，但有一点可以肯定，那就

---

① Mark Poster, ed., *Jean Baudrillard: Selected Writings* (Stanford: Stanford University Press, 1988), 170.
② 鲍德里亚的四阶段具体界定是，第一阶段是早期社会，第二阶段是文艺复兴，第三阶段是工业革命，第四阶段是当代世界。See Sean Cubitt, *Simulation and Social Theory* (London: Sage, 2001), 44.

是亚里士多德的模仿论代表了镜子说的基本内涵。

在希腊哲学家那里,模仿被视为艺术的起源甚至知识的来源。亚里士多德对悲剧著名的定义——"悲剧是对一个完整而具有一定长度的行动的模仿"道出了模仿在艺术创造中的重要性。不仅是悲剧,甚至一切艺术均有赖于模仿;不仅是艺术,甚至一切知识也都是如此。亚里士多德相信,诗(一切艺术)所以起源的两个根源都和模仿有关:一是模仿乃人类之天性,模仿的本能使得人有别于动物,知识来源于模仿;二是模仿引起快感,"我们看见那些图像所以感到快感,就因为我们一面在看,一面在求知,断定每一事物是某一事物。"[①] 这种朴素实在论支配下的模仿观念,所关心的是艺术如何保持其真理性,如何真实地再现实在世界。它表明,哲学家和艺术家对艺术的符号和实在世界以及两者的模仿关系都坚信不疑。只要看一看希腊艺术家们追求什么就很清楚了。据载,画家宙克西斯一次同巴尔哈修斯比赛看谁画得逼真。宙氏画的葡萄十分逼真,引得鸟儿飞来啄食;而当宙氏自鸣得意时,他想揭开巴氏画作的帘布,才发现这帘布竟是巴氏画上去的,逼真地骗过了画家。这个传说道出了模仿说的核心所在,那就是一方面如何通过逼真的幻觉营造达到画作与现实的一致,没有这种一致和接近,艺术便失去其真理性,所以亚里士多德才说到模仿的认知快感。另一方面,骗过鸟儿的画作显然不如骗过画家的画作更具价值,因为人的视觉是更高级的,它具有探索性和认知性。亚里士多德反复强调,诗人安排情节不仅要用言辞写出情节,更重要的是"应竭力把剧中情景摆在眼前,惟有这样,看得清清楚楚——仿佛置身于发生的事件的现场中——才能做出适当的处理"。意思是说,戏剧必须营造与真实场景和事件相似或一致的效果,使人身临其境,模仿才具有美学意味。这个原则就是鲍德里亚所说的第一阶段的基本原则——形象反映了基本现实。

亚里士多德的模仿说有几个要点:第一,艺术的符号可以而且必须真实地再现实在世界;第二,模仿依赖于艺术家的技艺;第三,模仿关系首先确立了被模仿物(实在世界)的根基地位,它是本原和中心,艺术则是它的摹本,模仿的优劣高下取决于后者接近前者的程度;第四,模仿论肯定了人对客观世界和艺术及其模仿(认识及其表现)关系的信赖。毋庸置疑,模仿论是一种理性主义的美学观,它一方面肯定了实在世界的可信和

---

① 亚里士多德:《诗学》,人民文学出版社1962年版,第11页。

中心地位，同时也肯定了艺术家的艺术表现以及艺术符号可以真实地再现实在世界。这种对客体和主体以及作为关联环节的艺术符号的确信，奠定了模仿论的根据。所以卢卡奇自信地说道："一切伟大的艺术的目标都是提供一幅有关现实的图画"，艺术作品必须准确无误和恰如其分地反映客观地决定着它所再现的生活领域的全部重要因素。[①]

## 机械复制论与本雅明

从模仿论到复制论，人类文化经历了两千多年的漫长历程，其间的变化非常之大。复制亦即机械复制，它与手工仿制不同，有赖于技术的发展。本雅明在20世纪30年代就对技术对文化的影响作了深入的思考。从传统社会向现代社会转变，乃是生产方式的转变，这又导致了技术的进步。如果说传统社会的生产方式是手工形态的话，那么，现代社会的生产方式则是大规模的工业化或机械化。不同的生产方式导致了不同的艺术形态或形象构成方式。传统文化中艺术品由于其生产的此时此地唯一性，便获得某种膜拜的宗教神秘化特征。而现代社会的大工业导致了机械复制方式的出现，艺术便从过去那种少数人特权的局限中被解放出来，转而成为一种大批量复制的产品。他考察了复制技术的发展，从印刷术作为文字复制技术的出现，到石印术的复制，再到照相的复制，一直到电影的出现，复制技术极大地改变了传统和文化的面貌。从手工制作的独一无二的艺术品，向大批量复制的艺术品的转变，必然导致艺术与现实关系理解的变化。本雅明认为，欣赏复制品要比欣赏原作容易得多，这是因为"技术复制比手工复制更独立于原作"，"技术复制把原作的摹本带到原作本身无法达到的境界"。[②] 原因很简单，传统艺术品囿于其时间和空间的限制，以及原作的独一无二性存在，其传播受到许多客观的限制。而复制品则越出这些障碍，变成为人们在时空上随时可以接近的对象。比如柴可夫斯基的交响乐或米芾的书法杰作《研山铭》，本来都是人们难以接近的对象，但是由于复制品，或是CD，或是印刷物，其传播范围大大地拓展了。更进一步，本雅明坚信：由于复制技术的训练，人们对许多大作品感受和理解方式有了巨大

---

① 拉塞尔：《文学批评理论——从柏拉图到现在》，北京大学出版社2000年版，第57、59页。
② 本雅明：《机械复制时代的艺术作品》，浙江摄影出版社1993年版，第10页。

的改变。[1]

在本雅明看来，机械复制所以成为当代文化的一个重要趋向，其原因来自两个方面。首先，技术的发展导致机械复制的出现。他讨论了摄影技术的出现及其发展过程对图像制作带来的深刻变化，分析了特写镜头在延伸空间、慢镜头在延伸空间中运动的功能，显然，没有技术手段，摄影和电影便无从谈起。其次，技术复制还来自现代大众及其心理动机。"现代大众具有着要使物更易'接近'的强烈愿望，就像他们具有着通过对每件实物的复制品以克服其独一无二性的强烈倾向一样。这种通过占有一个对象的酷似物、摹本或占有它的复制品来占有这个对象的愿望与日俱增。"[2]

从手工制作向机械复制的转型，传播方式的变革导致了古典艺术"韵味"的终结，现代艺术以一种"震惊"的方式出现。形象"变成了一枚射出的子弹，它击中了观赏者"。视觉效果转向了触觉特质，久久回味的体验，转变成当下即刻的视觉刺激。这就进一步导致了"传统的大崩溃"。本雅明指出了四个重要的转变：第一，大规模的复制使得原作或原本的权威性丧失殆尽，无差别的复制使得大规模、大范围的传播成为可能；第二，随着原本权威性的丧失，传统艺术的膜拜功能便让位于现代艺术的展示功能，艺术摆脱了宗教神秘性而演变成为大众商品；第三，韵味式的静观让位于震惊式的直接性和即时性，个人品位的行为被集体观赏（如电影、流行音乐会等）所取代；第四，艺术从永恒价值的留存，转向了可复制的、可修正的和短暂的价值形态。我以为，这些转变究其根源，重要原因之一乃是图像生产和传播技术的革新和发展所致，这一点可从光学相机到数码相机，从黑白电影到彩色甚至立体电影，从模拟电视到高清数字电视等发展中看到。

机械复制论揭橥了原作核心地位的瓦解，复制品取代原作的必然趋势。值得注意的是，在本雅明的思想中，我们似乎读出了更多的意味。首先，较之于模仿，复制改变了复制品与原作的依赖关系，不再有中心和非中心之分，不再有首要和次要之分。这个观念的出现，似乎预示了实在作为艺术不可撼动中心的至上性面临严峻挑战。不但在摹本与原本之间不存在依赖关系，艺术对实在的依赖关系也随之消解了。既然没有什么中心，没有

---

[1] 本雅明：《机械复制时代的艺术作品》，浙江摄影出版社1993年版，第46页。
[2] 同上，第10页。

什么第一性与第二性之分,实在世界的首要性也就不复存在,复制品也就越俎代庖地成为当然的可信之物。这个发展过程可以用前引鲍德里亚关于形象与现实关系的变化逻辑来说明。其次,由于复制论的不再强调实在的核心地位,于是,艺术的真理性意义也就随之消解了。复制功能在将模仿技艺去魅的同时,不可避免地抛弃了传统的追求主体与对象的统一,卢卡奇所强调的那种"一切伟大艺术的目标"也变得不再重要。在某种意义上说,机械复制削平了传统美学观中的一切等级和依赖关系,将模仿物与被模仿物置于同一的无差别地位。这些观念变化对于艺术和传播来说影响是深刻的,所以现代主义以一种全然有别于传统现实主义的形态出现。至此,我们有理由说,艺术与现实、主体与客观世界之间原本确立的坚实牢固的关系,在机械复制的冲击下变得不再那么牢不可破了。这就彻底动摇了古典美学原则对艺术创作的束缚,为艺术重新确立与现实的不稳定关系提供了可能,也为新的传播方式的出现提供了广泛的可能性。

## 虚拟论与鲍德里亚

从本雅明到鲍德里亚,复制型的文化转向了虚拟型的文化。或者说,在虚拟型的文化中,复制不但进一步扩大了,而且呈现为更加复杂的状态。

何为虚拟型的文化?首先我们来看鲍德里亚关于模拟和仿像(simulation and simulacrum)的理论。按照他的历史分期概念,在传统的模仿文化中,一个形象的创造是和特定的原本(模特、风景等)密切相关的,这是一种写实主义;在近代生产性的文化阶段,先锋派的艺术虽然不再拘泥于特定的原本,但形象的创造仍反映出艺术家的理想和情感;到了当代虚拟文化时代,形象由于具有的不断被复制的机能,它不再依循某种原本来复制,而是自我复制。换言之,在模拟的状态下,形象是为了形象自身并依照形象的逻辑广为复制和传播,这就是前引他关于形象与现实无关的描述。模拟的结果是一种独特的仿像的出现,所谓仿像就是模拟符号的超现实之产物。"今天,整个系统在不确定性中摇摆,现实的一切均已被符号的超现实性和模拟的超现实性所吸纳了。如今,控制着社会生活的不是现实原则,而是模拟原则。"[①]

---

[①] Mark Poster, ed., *Jean Baudrillard: Selected Writings* (Stanford: Stanford University Press, 1988), 120.

在鲍德里亚看来，媒介技术的高度发展导致了许多传统的边界消失了。符号经济学的法则控制着社会，而符号的运作方式也改变了，整个社会被抽象了。传统的模仿方式和当代的模拟方式有着本质的区别。前者依据的是"地域在先原则"即先有特定的"地域"（原本），然后才有相应的"地图"（摹本），恰似古典的模仿理论或镜子说所陈述的原则，绘画是对一个真实模特的模仿；后者则相反，是先有"地图"（某种人为的模型和范本），然后依样画葫芦地大规模复制。古典的模仿原则在模拟中被彻底颠倒了，一如诗人王尔德所言的：如今的法则不是艺术模仿生活，而是生活模仿艺术。各种各样的虚拟形象被逼真地炮制出来，各种虚拟的影像侵入到我们的日常生活中来，互联网、卫星电视、通信网络将世界融合成一个巨大的虚拟空间。鲍德里亚甚至提出，海湾战争说到底是一个"电视事件"，是模拟的产物，因为早在战争开始前，一切均已在美国军方的电脑系统上被精确地模拟过了，后来的实战不过是再次模拟的仿像呈现而已。有人注意到战争期间美国航母飞行员的反应，一位飞行员轰炸返航后兴奋地说，整个轰炸过程"就像是一场电影"，他急不可待地等待第二次轰炸，以便更完美地体验电影的效果。[①]

鲍德里亚指出：模仿是再现存在的东西，而模拟则是臆造尚不存在的东西。前者意味着对真实的再现，后者意味着虚拟的事物；模仿是确证现实原则，因为真假之间的差异很明显，模拟则相反，它"威胁到真与假、真实与想象物之间的区别。"[②] 在鲍德里亚的符号发展二元结构中，前者是表征或再现（representation），后者是模拟或仿真（simulation）。"再现来自于符号与现实之间的对等原则（即使这种对等的是乌托邦，它也是一个基本原则）。相反，模拟则来自这一对等原则的乌托邦，来自对作为价值符号的激进否定，来自任何指涉的颠倒和死亡之宣判。再现力图通过把模拟解释为虚假的再现而吸纳模拟，而模拟则是把再现作为一个仿像而包围再现的整个系统。"[③]

那么，什么才是模拟性的仿像呢？鲍德里亚认为，仿像就是没有原本的可以无限复制的形象，它没有模仿的特定所指，纯然是一个自我指涉的

---

① John Jervis, *Exploring the Modern* (Oxford: Blackwell, 1998), 299.
② Mark Poster, ed., *Jean Baudrillard: Selected Writings* (Stanford: Stanford University Press, 1988), 167–68.
③ Ibid., 180.

自足符号世界。典型的仿像就是迪士尼乐园。迪士尼乐园呈现为一个想象的世界，旨在使我们确信它以外的世界才是真实的；然而，当人们面对迪士尼以外的世界时，一切却又会变得不再真实，它们都将处于一个"超现实"的状态中。"问题不再是真实的虚假再现（意识形态），而是遮蔽了真实因而不再真实这一事实，所以这是一个挽救现实原则的问题。"[①] 由于我们越来越依赖于媒介（报纸、电视、电影、广告、因特网、电脑等），人为的形象符号成为我们接触世界的主要方式，表征比现实本身更为重要。这就导致了更加严峻的问题：形象和形象所表现的真实之间的界限断裂了。一个由仿像所构成的社会，人们生活于其中，其典型特征就是"假的比真的更真实"。当人们习惯于在这个虚拟的世界里生存之后，反倒对他们真实的生活世界显得不再适应。一些研究已经指出，热衷于因特网的"网虫"们，每当上网时便异常兴奋，而回到现实生活中时则显得陌生和乏味。

依据鲍德里亚的看法，这样的状况并不是德波所说的奇观社会，也不是麦克卢汉所说的媒介社会，而是一个模拟（虚拟）的社会。在这个社会中，历史将终结，主体也将消失，艺术作为人类文化的一个领域面临终结的结局。他所描述的是虚拟文化，虽有过激之嫌，却也道出了当代真实情境。韦伯曾断言，人是悬浮于自己编织的符号之网中的动物，卡西尔坚信人是符号的动物。这种说法都肯定了同一个事实，那就是，所谓文化便是人的符号的世界。结合鲍德里亚的看法，模仿的文化乃是接近现实的文化，复制的文化与现实拉开了距离，而虚拟的文化则与现实的关系断裂了。换言之，符号不再作为实在世界的再现和表征，其指涉物与实在世界无关或相距甚远。这就意味着，当代艺术家不同于传统和复制时代的艺术家，他们更多地遭遇一个虚拟的世界，它是由电视、电影、广告、互联网、电脑、超文本、多媒体等新的技术手段构成的世界。如果说传统画家要"外师造化（直面自然），方才"中得心源"的话，那么，复制时代的艺术家可以面对照片（中介）来创作，而在虚拟文化中，艺术家则可以完全在虚拟的世界里依据虚拟的事物来创作。科幻小说家吉布森在1984年提出了"赛博空间（cyberspace）的概念，在他看来，未来世界将是有多重虚拟现实（multiple virtual reality）构成的，随着电脑业的发展，这种虚拟的

---

[①] Mark Poster, ed., *Jean Baudrillard: Selected Writings* (Stanford: Stanford University Press, 1988), 172.

现实日益侵入我们的日常生活，左右着我们的观念和意识形态。另一位法国思想家魏瑞里奥注意到，技术的进步一是导致了时间对空间的征服，二是空前地提高了速度。通讯传播的发展说到底就是实时（real time）对延时（deferred time）的胜利。在一个讲求效率的时代，视觉凌越听觉，图像统治文字，因而电子媒介的图像实时（实况时间）传播具有不可比拟的优越性和诱惑力。他进一步认为，视觉图形的实时传递，对写作是一个很大的威胁，这个威胁并不是直接来自形象，而是来自电视屏幕和电脑监视器。他认为对写作构成威胁的是实时，因为写作总是在一种延时的时间中进行的。实时与延时的矛盾构成了当代文化的一个基本冲突。由于速度的提高，图像传输优于文字阅读，这便导致了深刻的文化转变。电视直播改变了电影将过去延时记录下来的做法，把远处发生的事情同时呈现出来，使写作这种古老的方式变得过时了。于是，在一个由镜头把握到物像的现实，与其实时惊异地把握到的在场的虚拟之间，便出现了某种一致性。

魏瑞里奥坚信，真实的速度会导致一种虚拟的速度出现，因而时间被都市化（与空间的都市化不同）了，这种都市化进一步产生了个体身体的"都市化"，个体的社会交往可以进入各种界面，从电脑键盘、屏幕，到数据手套和数据服等。恰如 19 世纪交通方式的变革见证了自动交通工具的出现和发展一样，当前的电子革命乃是某种终极的载体——静态的视听载体的蓝图。它有一个从虚拟的视网膜悬搁到"插入人类"的"身体的悬搁"。整个世界在瞬间被远程地呈现出来，而关于这个世界的幻想也毫无限制地迅速传播开来。呈现在我们面前的是一幅灾难性的图景：个体的命运在某种程度上被接收器、传感器和其他远距探测器所控制。不同于哈贝马斯交往理性的乐观主义，魏瑞里奥所描绘的是一幅悲观的图景。他戏仿哈姆雷特口吻："是成为一个主体？还是被控制？这是一个问题。"[①] 试想一下当代网络文学写作的情境，便可看出当代作家与传统作家所面对的艺术与现实关系是多么不同。电脑在线写作，把写作主体带入一个及时互动的虚拟情境，作家与读者的互动反馈摆脱了传统写作的面壁静思特征；电子文本的超文本性质，决定了任何电子文本都是更大的虚拟赛博空间大文本的一部分，瞬间链接把无数文本关联起来，并可无限复制，这就改变了传统阅读的专注于单一作品的做法，将读者带入更大的阅读空间；同时，多媒体技

---

① James der Derian, ed., *The Virilio Reader* (Oxford: Blackwell, 1998), 138.

术的普遍采用，亦使传统的文字解读与图像、声音相结合，丰富了阅读的体验。本雅明的机械复制将使"韵味"散失殆尽的预言，在虚拟文化中呈现得异常显明。

那么，较之于模仿的和复制的文化，虚拟的文化究竟发生了哪些深刻变化？艺术与现实的关系有何新的特征？

我以为，关于虚拟文化对艺术与现实之关系的影响，可以从以下几个层面加以思考。第一，就虚拟与真实的关系而言，虚拟空间的形成，消解了虚拟与真实的界限，使得实在本身不过是诸多可能性之一。于是，真假难辨导致了现实本身不再是绝对可信的本原。第二，就主体的认知层面来说，虚拟文化将艺术家的写实能力彻底去魅了，其结果是极大地提升了想象力，使之超越了传统模仿原则（现实原则）的局限。值得注意的是，这种超越是在复制文化对模仿原则的消解基础上进一步发展的，可以说，虚拟文化打碎了模仿和复制文化的种种禁忌，继而导致了一种虚无主义。第三，就连接主体与实在世界中介环节的艺术符号而言，由于以上两方面的深刻变化，符号本身不再是沟通虚拟世界与现实世界之间的桥梁，毋宁说，符号自身的再现功能已日益让位于模拟和仿像功能，无原本的摹本广为传播大量复制，符号的真实指涉功能衰落了，它越来越依赖于符号自身的能指规则。换言之，在虚拟文化中，符号自身也出现了断裂，所指、能指和指涉物的传统关联破裂了。

## 结　语

模仿、复制和虚拟，是文化的三种形态，它们大致对应于亚里士多德的模仿论、本雅明的机械复制论、鲍德里亚的虚拟论（模拟和仿像）。社会学家拉什提出了一个符号经济学的历史解释。他从表意机制方面分析了现实主义、现代主义和后现代主义：

> 现代主义认为，种种表征（representations，或再现）是成问题的，而后现代主义则认为现实本身才是成问题的。让我来具体解释这一看法。依据"现实主义"的理想型，文化形式无疑是能指，它们被认为毫无疑义地再现了现实。所以，现实主义既不质疑再现，亦不怀疑现实本身。恰如我上面提到的，现代主义的自主化，也是文化形式脱离

现实的自主化。因此，随着表征变得自身合法化了，表征本身也就呈现为某种暧昧不清的形态。……后现代主义在对位中视为成问题的东西并不是表意过程，不是"画面"，即是说，不是表征，而是现实本身。①

拉什的这段话颇有启发，如果我们把模仿、复制和虚拟对应于古典（现实）主义、现代主义和后现代主义，那么，从拉什的论述中我们可以引申出一个颇有启迪的结论：现实主义的古典表意方式，反映出对表征（再现）和现实的高度信赖，恰如模仿说或镜子说所表达的观念，艺术的表征可以真实地反映现实世界，因而艺术具有真理性；现代主义阶段出现了机械复制，这必然导致一种表征的危机，而这一危机从根本上说乃是"对表征本身的怀疑"（杰姆逊语）。由于各种艺术表达方式逐渐背离了现实本身而获得了自身的合法化，艺术的判断根据不再需要依据是否相似或真实来进行，因此现代主义充满了种种"非人化"倾向（奥尔特加）。后现代主义则呈现为另一种形态，它既没有现实主义对表征和现实的关系信赖，又不是对表征形式本身的怀疑，而是更加激进地怀疑现实本身了。在虚拟文化中，现实被消解了。

从以上描述中可以看出，艺术与现实的关系的确发生了深刻变化，但是，文化的发展是积累性的，而不是排他性的。即是说，虚拟文化的出现导致了艺术与现实关系的变化，不过这并不意味着模仿的文化和复制的文化已荡然无存，而是说虚拟的文化逐渐占据了文化"主因"的地位，使模仿和复制退居次席了。更重要的是，虚拟文化的出现，迫使我们思考新的问题，调整我们的写作策略，建构新的美学范式来面对这些深刻的文化变迁。

---

① Scott Lash, *Sociology of Postmodernism* (London: Routledge, 1990), 13–14.

# 审美是日常的

一般认为，日常生活审美化是当代消费社会或后现代社会的某种表征。换言之，时至今日，日常生活才被审美化了，好像过去不曾有过。这个判断有其合理的一面，但也有其值得深省的一面。的确，作为一个话题，日常生活的审美化是20世纪80年代以来随着西方消费社会的发展，随着后现代文化以及各种"后……思潮"的征兆日趋明显，才被引进中国学术界并提上了理论的议事日程。从西方的文化来说，艺术作为一种独立的人类文化活动领域的分化，是现代性的产物。

韦伯认为，审美作为一个独立的价值领域完全是现代的事，是宗教衰落之后文化世俗化的结果。所以他说：宗教伦理与审美感性形式之间的紧张关系到了现代终于断裂，审美不再拘泥于道德判断，而是将趣味（鉴赏力）判断当作主旨，这便形成了现代意义上的审美领域的自立。后来，哈贝马斯进一步发展了韦伯命题，他断言现代性就是18世纪以来真、善、美三个不同价值领域的相对区分和自治，形成了现代三大结构：认知—工具理性结构、道德—实践理性结构和审美—表现理性结构。照此理解，今天意义上的审美或艺术不过是18世纪以来西方启蒙运动的产物而已，它们并非古已有之。

由此我们可以得出一个简单的判断：艺术与生活的分家是一个"现代事件"，是现代性分化的必然后果。在18世纪之前，艺术并没有像现代那样和生活实践泾渭分明地区分开来，当然也没有今天这样成熟的、封闭的各种专门的艺术体制和艺术公共领域，诸如博物馆、美术馆、展览馆、音乐厅、出版社、图书馆、歌剧院、电影院等。换言之，前现代的实际状况是艺术与生活本是"一家"，这就涉及前面我们所说的"值得深省的一面"，即是说，在现代性分化出现之前，日常生活是包容艺术的，审美活动并不是现代美学所说的"日常意识的中断""无功利的趣味判断"或与现实生活的"距离"，它就融汇在我们日常生活之中的感性的、愉悦的和内涵复杂的体验和实践中。那种把沉浸在虚构小说中、迷人音乐中、逼真画面中的隔离性体验称之为审美体验，这不过是现代性美学家的人为的规定而已。随着现代主义的衰微，随着站在局外（即鲍曼所说的后现代立场）来反思现代性，我们看到，重新提出日常生活审美化的问题，显然是有相当积极意义的，它是克服现代性局限和审美纯粹化局限的一种正当的努力。当然，今天的日常生活审美化并不能简单等同于传统社会艺术与生活不分家的状况，今天全球化、城市化、工业化、市场化、商品化等诸多现代性的发展，合力地建构了日常生活审美化。

从西方的情况来看，由于对日常生活本身看法不一，形成了不同的立场和判断。一些学者认为，由于日常生活具有平庸、惰性和保守性等特征，而艺术及其审美活动才带有创造性、个性化和自由等特征，所以艺术与生活本质上是截然对立的。无论是波德莱尔还是王尔德，无论是尼采、海德格尔、福柯还是韦伯、阿多诺或马尔库塞，都把审美作为拯救人在日常生活沉沦的良方。沿着这一思路，否定日常生活审美化的结论在所难免，因为艺术的审美精神与日常生活的平庸特性完全是水火不容的。但问题在于，这种理路多半陷于审美乌托邦，很难在日常生活实践中得到切实有效的贯彻。列费弗尔、德·塞托等法国思想家一方面改变了轻蔑日常生活的传统做派，另一方面又发展出一些激进的理论主张来改变日常生活，种种尝试虽然有一定积极意义，但也只限于某种短暂的游戏和消极的抵抗。所以说，日常生活与审美在现有的各种理论方案中并没有得到彻底解决。

当学者们忙于寻找审美改造生活的种种规划和方案时，生活实践本身却表现出种种审美化的迹象或端倪。20世纪60年代以来的西方社会以及20世纪90年代以来的中国社会，日常生活越来越带有审美化趋势是一个不争的事实。当今日常生活审美化最直观的事实是所谓的表层审美化，也就是在我们的日常生活物质性的各个层面，从衣食起居到城市规划，审美的要求和维度已不同程度地渗透到其中。生活质量的提升必然伴随一个广泛的审美过程，今天的相当一部分民众已经享受到了这一审美化带来的益处，消费并体验着审美化的成果。深层的审美化有不同理解，有人把当代虚拟现实的虚拟性看作是审美化的深层维度，我则认为审美的基本精神向社会生活的介入就是深层的审美化，显然这个规划远未完成。从历史角度说，也许我们可以把当代日常生活审美化视为艺术在经历了与日常生活实践分家的现代性遭遇之后，再次返归日常生活的发展动向。

今天，抵制、批判和否定日常生活审美化的说法常常表现得很有说服力，这些说法不外乎援引如下一些看似可信的理由。首先，今天的日常生活审美化是消费社会市场经济的产物或商品交换逻辑的体现，本质上与审美精神或特性背道而驰。这种看法有一定道理。但是，这个问题需要辩证地加以理解。必须承认，消费社会中市场化和商品化为审美活动走出小圈子分工格局起到了相当重要的作用，在推进艺术民主化和大众化的进程中扮演了相当积极的角色。当然，它带来的许多问题也不可小觑。借助市场这只"看不见的手"，各种艺术活动和产品越出了艺术家工作室和展览空间的封闭性限制，而进入越来越多的民众生活，进而导致了审美观念在新的语境中的民主化和广泛传播。当然，这并不意味着对日常生活审美化进程中复杂的问题不予关注，诸如资本和技术的影响，全球化进程中发达资本主义强势国家及其文化的影响，商品化带来的拜物教倾向等。

抵制、批判和否定日常生活审美化的第二个常见的理由是，在一个存在社会分层和资源分配不平等的社会中，日常生活审美化只有利于拥有特权的少数人，因此它加剧了社会的分化和不公正。这个看法表面的平等主义伦理学值得肯定，但我们需要的是对日常生活审美化现实状况的客观分析。这里要作的一个简单比较是，究竟是让艺术只限于艺术家的活动或艺术界，还是让艺术更广泛地进入人们日常生活？两方案相较，孰优孰劣不言自明。其实，不管学者精英们如何为艺术与生活分界的合法性摇旗呐喊，艺术进入生活的步伐是不可阻挡的。我想说的是，尽管我们今天的日常生活审美化也许还只是一部分人士优先享受的生活惠泽，但随着这个阶层的壮大，会有更多的人加入到这个历史进程中来。有胜于无，多胜于少，这是一个朴素的道理。当然，在艺术进入日常生活实践的各个层面时，艺术家究竟该如何选择，是屈从市场压力和公众趣味，还是努力引领健康向上的审美风尚，的确也是一个需要认真面对的课题。

第三个抵制、批判和否定日常生活审美化的理由，是所谓日常生活审美化抹杀了艺术和审美的个性自由，通过机械复制和大批量生产，培养了人们审美趣味和体验的标准化、平均化或模式化，因此背离了审美的基本精神。这个理论曾经是许多德国思想家的基本理念。无可否认，机械复制时代的艺术品的确有别于充满了"韵味"的手工艺时代的艺术品，但回到手工艺时代显然是不现实的。我们注意到，从现代主义设计到后现代主义设计，其间出现了许多重要的转向，比如今天的设计越来越强调人性化、小批量或分众化，强调产品的多元化等等。经过冷峻、机械和非人性的现代主义阶段之后，这些新的设计和审美理念已经成为艺术界和设计界的共识。注意到这一点，就不会把日常生活审美化简单地等同于平均化、标准化和模式化的强制。同时，我们还应考虑到另一个重要事实，那就是公众的审美修养随着日常生活审美化而不断提升，人们的审美趣味也显现出日益多元化和个性化的样态。

至此，我想说，日常生活审美化也许压根儿就不是一个单纯的美学问题，而是一个文化社会学问题。或者更准确地说，是一个生活伦理问题。拘泥于传统美学的理路，难免对它持消极甚至否定的立场。实际上，只要我们站在日常生活实践的现实主体而非书斋学界的思辨主体的立场上来看，日常生活审美化不过是一个简单的事实判断。

原载《光明日报》2007年12月4日

# 阿恩海姆与格式塔心理美学

在谈论20世纪的西方美学时，有一个人是不能不提及的，他就是蜚声世界、成就卓著的美学家、心理学家、教育家鲁道夫·阿恩海姆（Rudolf Arnheim）。他在西方现代美学，尤其是审美心理学或艺术心理学研究方面，做出了许多贡献。他的研究领域十分广阔，从绘画、雕塑等视觉艺术，到电影、舞蹈、文学、音乐、建筑等各种艺术，几乎都有所涉及，对视觉心理学、心理哲学乃至认识论的研究，也颇有建树。在某种意义上说，他是西方学者中从心理学方面切入美学领域的最有成就的心理学家之一。

## 学者剪影

阿恩海姆1904年7月15日出生在德国柏林。作为一位美学家，他在德国这个美学故乡接受了深厚的思想文化传统的熏陶。正像这种传统曾造就了康德、黑格尔、叔本华、尼采等哲学家，以及冯特、弗洛伊德、荣格等心理学家一样，阿恩海姆的学术思想也是这种文化传统的产物。在他孜孜不倦的长期研究中，我们可以清楚地看到德国文化所刻下的烙印。

1928年阿恩海姆从柏林大学毕业，获哲学博士学位。当时，在德国这个现代心理学的发源地，出现了一个新的心理学派别——格式塔心理学（又译完形心理学）。这个学派的创始人韦特墨（M. Wertheimer）、克勒（W. Koler）和考夫卡（K. Koffka），继承了康德的先验论和胡塞尔的现象学，吸收了现代物理学的"场"理论，反对心理学中以冯特、铁钦纳等人为代表的构造主义和元素主义倾向，主张物理——生理——心理三者之间的同形关系，强调人的心理完形功能。阿恩海姆曾师从韦特墨，在这位格式塔心理学创始人的指导下研究过人格心理学。这使他漫长的学术生涯深受格式塔心理学的影响。

希特勒上台后，纳粹的专制暴政使许多正直的德国知识分子深受其害。

阿恩海姆也随大批知识分子一起出国流亡,于1940年移居美国。有的美学家曾指出,西方美学的中心在第二次世界大战后,已从德国转移到美国,在这块良好的学术土壤上,阿恩海姆开始了他雄心勃勃的美学研究。在他身上,我们不仅能看到德国理性主义的思辨传统,又可以辨出英美经验主义的某些痕迹。1946年,阿恩海姆加入了美国籍。1953年4月11日与玛莉·伊丽莎白·弗莱姆结婚,育有一女玛格利特。1943—1968年间,曾任教于纽约市社会研究院新校、沙拉·劳伦斯学院等,担任过讲师、访问教授等职,1968年以来一直任哈佛大学视觉与环境研究系的艺术心理学教授。从哈佛大学退休后,曾获名誉教授头衔。1974年至今,一直任密歇根大学艺术史系的访问教授,现住美国密歇根州安·阿伯镇,在那里的密歇根大学从事研究工作。阿恩海姆移居美国后,曾参加过不少学术组织并出任要职:1941—1942年任美国著名的古根海姆基金会成员,富布赖特研究会的兼职讲师,1959—1960年任日本东京Ochanomizu大学访问教授。他是美国心理学会的成员,并三度出任过该学会的心理学与艺术分会的主席(1957—1958年,1965—1966年,1970—1971年)。他也是美国美学学会的成员,出任过1959—1960年度该学会的主席。他还是全美艺术协会的成员。1976年,阿恩海姆因其卓越的学术研究成就,获"全美艺术教育协会突出贡献奖"。

在长达60年的学术生涯中,阿恩海姆广泛地研究了许多与美学有关的心理学课题,从各门具体的艺术种类到一般美学原理,从艺术史、艺术教育到艺术的心理治疗等。他著述颇丰,散见于报纸杂志和文集中的论文不计其数,主要的理论专著有:《艺术与视知觉》(1954),《作为艺术的电影》(1957),《一幅画的诞生:毕加索的〈格尔尼卡〉》(1962),《走向艺术心理学》(1966),《视觉思维》(1969),《熵与艺术》(1971),《无线电广播:声音的艺术》(1971),《建筑形式动力学》(1977),《中心力》(1982),《艺术心理学新论》(1986),等等。几乎是每隔三年就有一本新著面世。

阿恩海姆对审美心理学的研究十分谨严,坚决反对那种说大话空话的"研究",主张实证地考察艺术的诸方面。他不但注重理论思考,而且还重视亲手参与艺术实践,如他所言:"就我的记忆所及,我的一生从未间断过对艺术的关注——研究它的本质和它的历史,欣赏它甚至亲手创造它,与艺术家、艺术理论家和艺术教育家接触和讨论。我对艺术的兴趣随着我对心理学的研究而变得更加浓厚了。"① 除了学风谨严外，阿恩海姆还十分强调研究者自身的感性直观能力和艺术修养，他认为这是美学研究者必不可少的素质。正是由于他具备了这种良好的素质，所以他能在别人司空见惯之处提出许多睿智的见解。

纵览阿恩海姆的学术生涯，以下几个特征是彰明昭著的：第一，他十分强调格式塔心理学的基本原理，并力求将这些原理推广和应用到美学研究的各个领域，如他直言："这些原理到处适用，当我把各种材料聚集在一起并把它们当作一个整体来考察时，这些原理无处不在使我感到惊讶。"② 总的来看，阿恩海姆的美学思想一以贯之，几十年中没有太大的变化和发展，甚至可以说，在他的第一部著作《艺术与视知觉》中，就已奠定了后来的整个理论体系的基本思想，后来的研究大都是这些基本思想的拓展和延伸。第二，尽管阿恩海姆的研究视野十分开阔，涉猎的领域极其广泛，但始终环绕着一个明确的中心——视知觉现象。无论是艺术形式、风格、艺术史，还是艺术教育、艺术创造和欣赏，乃至哲学认识论的研究，都可以说始于视知觉，又归于视知觉，这个概念可谓是阿恩海姆所建构的理论大厦的奠基石，是一个最重要的核心范畴。正像他晚年对自己一生研究总结时所概括的那样："从一开始我就坚信，人们处理实在世界的支配性机制是感性知觉，尤其是视知觉。"③ 这也许同格式塔心理学的特征相关，诚如一些心理学史家所概括的，这一学派的基本研究领域是作为整体心理过程的知觉现象。第三，从方法论上看，阿恩海姆的审美心理学研究，兼有思辨和实证两种倾向，既有先验的逻辑假定（如同形律的假说），又有经验研究（如大量实验考察）。他与许多心理学家不同之处在于，并不囿于纯粹的形而下的经验描述，而是力求上升到哲学认识论的高度来思考；同理，他与许多传统的思辨美学家也不同，并不在纯粹思辨的王国里游弋，而是力图以大量经验性的实证研究来佐证自己的理论假说。这也许是他深受德国哲学的理性主义和英美哲学的经验主义双重影响之故。西方美学自费希纳以来，自下而上与自上而下的研究往往相互冲突，抵牾不和，阿恩海姆独树一帜的研究也许做到了一定程度的融合。最后，阿恩海姆的研究实践

---

① 阿恩海姆：《艺术与知觉》，中国社会科学出版社1984年版，第4页。
② Rudolf Arnheim, *New Esaays on the Psychology of Art* (Berkeley: University of California Press, 1986), x.
③ Ibid.

还有一个鲜明的特色,那就是在恪守格式塔心理学基本原理的同时,决不使自己僵化,避免成为刻板教条的奴仆,他十分关注艺术和其他学科包括自然科学的发展,注意吸收有益的理论成就来丰富自己的体系,诸如现代认知科学、精神分析、结构主义、符号学、信息论、文化史,乃至生物学等,都有所取舍地融入他自己的思考之中。

以下拟就以阿恩海姆的几本重要理论著作,提纲挈领地勾画出他学术思想的轮廓及其发展。

## 《艺术与视知觉》：开创性的研究

1954 年,阿恩海姆出版了他的第一部重要著作《艺术与视知觉》。这部书的问世在西方现代美学特别是审美心理学中具有相当重要的意义,因为这是第一部将格式塔心理学原理用于美学或视觉艺术领域的论著。英国著名美学家里德（Herbert Read）曾这样评价道：该书是系统地将格式塔心理学应用于视觉艺术的一部极为重要的著作,艺术心理学的各个课题在该书中第一次获得了科学基础,它势必会产生极其深远的影响。虽然格式塔心理学的创始人之一考夫卡曾写过一本《艺术心理学问题》（1940）,但真正将这一学派的理论原则应用于艺术领域,并产生广泛影响,非阿恩海姆莫属。

早在 20 世纪 40 年代初,阿恩海姆就萌动了写这样一本书的念头,但限于当时的心理学研究尚未达到完满解释视觉现象的水平,所以他不得不暂时搁置起来,转向一些专题性（如空间性、运动、表现性等）的研究。以后十年间,一方面知觉心理学的研究取得了若干重要进展,另一方面阿恩海姆本人也在自己的不少实验中验证了格式塔心理学的基本原理。到了 20 世纪 50 年代初,他感到完成这样一部著作的时机已成熟。于是,1951 年在洛克菲勒基金会的赞助下,他请了一年学术假,一气呵成地完成了这部重要的美学论著。

该书深入广泛地探讨了视觉艺术的诸多方面：平衡、形状、形式、空间、光线、色彩运动等。总括起来,它在下列问题上提出了颇有新意的美学思想。

美学史上,关于审美对象的情感表现性历来有不同看法。一种认为这种表现性导源于对象自身的固有性质,如乔托的画《哀悼》表现了耶稣从死到复活的过程中人们的悲恸心绪。这种观点在解释直接描绘人的情绪的艺术作品时是行得通，但在解释诸如风景画或抽象画方面则缺少说服力。与此相对的观点认为，任何审美对象的情感表现性都是主体投射或赋予的，这最典型地反映在"移情说"中。一组线条，一根石柱，其表现性来源于主体的"感情移入"。在阿恩海姆看来，这两种看法都不正确，前者忽略了主体的知觉能动性和组织作用，后者则对客体的固有属性视而不见。他依据格式塔心理学的一个重要原理——同形律——对此作了新的解释。在格式塔心理学看来，物理——生理——心理之间存在着某种同形（isomorphic）的对应关系，一定的物理属性或刺激会激起相应的生理反应，从而进一步达到相应的心理效应。如悲哀的情绪表现性，在舞蹈中多呈现为缓慢的小幅度的动作，其造型多为曲线性和方向变化不定等。这种动作的物理特性给观赏者生理上造成一种相应的反应，而这种反应传递到心理上的效应是使人体验到悲哀。阿恩海姆在陈述这种看法时，引入了物理学中"力"的概念。"这些'力'被假定真正存在于两个领域里——即存在于心理领域里和物理领域里。"[1] 这些力由于其方向、强度和位置等方面的差异，构成了一定的力的型式（pattern），其中包含了多种力（如推力和拉力）的交互作用，因而它是某种张力结构。对象中物理力构成了一定的型式或张力结构，它刺激主体，经由知觉的组织作用或完形功能，便造成主体相应的生理力的型式，再进一步唤起主体心理力的型式。所以，"每个视觉式样都是一个力的式样。"[2] 换言之，审美的过程，其表现性不过是物理力——生理力——心理力之间的一种内在的契合，一种型式上的同构反应，本质上不过"是大脑在对知觉刺激进行组织时激起的生理活动的心理对应物"。[3] 这样一来，阿恩海姆便在一个全新的理论参照系中对审美的特征作了新的规定，以下这段著名的文字集中反映了他的这个美学思想：

  表现性的唯一基础就是张力。这就是说，表现性取决于我们在知觉某种特定的形象时所经验到的知觉力的基本性质——扩张和收缩、冲突和一致、上升和下降、前进和后退等等。当我们认识到这些能动性质象征着某种人类命运时，表现性就会呈现出一种更为深刻的意义；

---

[1] 阿恩海姆：《艺术与视知觉》，中国社会科学出版社 1986 年版，第 9 页。
[2] 同上书，第 8 页。
[3] 同上书，第 11 页。

而且，在涉及任何一件个别艺术品时，我们也都会不可避免地涉及这种深刻意义。①

值得注意的是，对客体表现性的把握，并不是一种理智的功能，而恰恰就是知觉的功能。因为"这种感应现象绝不是理智的活动，所得到的结果也不是基于预先积累的知识推断出来的，而是直接感知到的整体事物中不可分割的部分"。②这就意味着，知觉并不像构造心理学所描述的那样是诸感觉的相加或集合，它的本性就是一种整体性的结构把握。这种整体的先在性使知觉与思维别无二致，它使知觉也具有思维的抽象、整合与判断等诸机能。这里，阿恩海姆的思想是开创性的，他反对古典哲学把感性与理性相对立相分离，而是强调知觉与思维的同一性。唯其如此，他才得出这样的结论："视觉形象永远不是对感性材料的机械复制，而是对现实的一种创造性把握，它把握到的形象是含有丰富的想象性、创造性、敏锐性的美的形象。"③这个观点是阿恩海姆长期的美学研究中一再鸣响的主旋律。它对于我们深入理解审美直观能力的本质是有所启迪的，也可以说这是对康德的"审美判断力"范畴的心理学规定和描述。

阿恩海姆系统地把格式塔心理学原理贯彻到美学领域，并不限于同形律这一基本原理，他还把完形律、平衡律、简化律、图—基关系等原理引入美学。从许多方面细致入微地揭示了审美知觉过程的内在规律。从理论构架上看，所有这些原理都是环绕着同形律的，是后者的进一步补充和完善。

毋庸置疑，在西方现代美学中，阿恩海姆的理论是很独特的，对于解释审美主客体之间的复杂关系也颇具说服力。它不同于美学史上种种"原子论"，也不同于将感性和理性相互分离的种种倾向，首次在美学（甚至哲学）上把知觉标举到包容思维诸功能的高度。有些学者认为，他的理论的主要局限在于忽略以往经验或文化习得的作用，强调同形、完形诸机能是人先天所得。我以为这种看法不尽公允，因为阿恩海姆并不完全摒除过去经验的影响。在我看来，他的理论的基本点——同形律——还是一种先验的假说，还缺乏经验实证。当然，我们不能因此而否定他的整个美学理

---

① 阿恩海姆：《艺术与视知觉》，中国社会科学出版社1986年版，第640页。
② 同上书，第4页。
③ 同上书，第4页。

论，也不能武断地说同形律毫无道理，但它仍是值得怀疑或有待进一步验证的。晚近的认知心理学向同形律提出了严峻的挑战，英国著名的认知心理学家克劳泽尔（W. R. Crozier）和查普曼（A. J. Chapman）就曾指出："这种理论的主要弱点在于，优格式塔和同形律所依赖的大脑组织化理论，迄今尚未得到经验研究的支持。"[1]

## 《走向艺术心理学》：科学金字塔的建构

《艺术与视知觉》的出版，给阿恩海姆带来了世界性的声誉，但他没有停步，不满足于已取得的成就，力图从视觉艺术心理研究进一步拓展，建构一门包容各门艺术的艺术心理学。他认为，每一门科学都像是一座金字塔，它最终将能通过一些规律来涵盖一切事物。他正是追求着这种理想不断扩大自己的研究视野，将自己认定的格式塔心理学原理推广到更多的领域。1957年他出版了《作为艺术的电影》，把美学思考的触角伸向这一最新的艺术领域；1962年又出版了《一幅画的诞生：毕加索的〈格尔尼卡〉》，通过毕加索一幅画的复杂创作过程，探讨了创造心理学的有关问题。这两部著作都以经典作品进入了现代美学的文献。1962年阿恩海姆的《走向艺术心理学》问世，这标志着他的研究又步入了一个新的阶段。这是一本文集性质的著作，涉猎范围极其广阔，它从一个侧面反映了作者新的思考和拓展的勃勃雄心。该书除少数几篇写于1951年以前（即《艺术与视知觉》之前的专题性研究），大部分文章写于1953—1964年。这些文章分别刊于美国的几个重要学术刊物，如《美学与艺术批评杂志》《心理学评论》《人格杂志》《大学艺术杂志》等。这部著作虽不如前三本书那样论题集中，但研究的课题却很丰富，有一般心理学原理、视觉艺术、文学、艺术符号、艺术教育、艺术史、艺术创造和欣赏、现代艺术等，其出发点在于建构一门包括美学各个方面的格式塔艺术心理学，并实现对心理的哲学、诗学解释与对生理诸方面解释的融合统一。他的基本信念反映在该书导言的一段文字中："本书所选的各篇是建立在下述假设基础之上的：同任何别的精神活动一样，艺术也受制于心理学，并能够为人们所理解，须求助于对内心

---

[1] W. R. Crozier & A. J. Chapman, eds., *Cognitive Processes in the Perception of Art* (Amsterdam: North-Holland, 1984), 9.

机能的广泛考察。"①

在这本书中，有不少论述是作者此前思想的继续和深化，这里无须赘述。有必要注意的是阿恩海姆在一些篇章中对美学的某些基本问题所作的探索。在美学史上，审美的无功利性是一个颇有争议的问题，阿恩海姆从建筑这一应用艺术入手，研究了这一课题。他认为，合适（即功能性）、美和表现性这三个范畴有着密切的内在联系，历史上的一些错误就在于把三者人为地割裂开来，以及把美狭隘地看作是平衡、对称、和谐诸因素。这里，最关键的是表现这个范畴。从表现入手，便可以看到这三个概念的内在统一性。实用对象之所以会使人感到"美"，真正原因就在于它本身富有表现性。建筑也好，工艺也好，作为一个审美对象，其本质属性就在于其功能性向表现性的转化，"功能性外观应归因于一种其物理力向视觉语言的转化。"②也就是构成具有特定型式的动力学结构，与视觉动力学型式相匹配，并唤醒后者，进而使人们感受到某种体验。"知觉的对应物必定是设计者为各种有意味的物理特征和关系而创造出来的，美原本就是优秀的工业设计的一个本质特征，因为由形的和谐和完美的比例所造成的秩序和明晰性，对于构成某种可理解的型式是必不可少的。美不过是一种明确地加以表现的方式。"③阿恩海姆强调，一般被美学家们所忽略的功能性（有用、合适）在审美领域实际上是有作用的，它通过富有意味的表现性型式而进入审美。因此，从表现方面来看，阿恩海姆认为所谓的实用艺术与美的艺术并无本质区别："在日常生活中，范围广大的表现性器具，从切面包的刀，到刻画思想家的雕像，都反映和构成了人的存在。"④"一个其功能转化为对应的视觉行为型式的对象，将会提高我们存在的精神性，引导我们的人性。"⑤阿恩海姆这种强调美不过是表现性、反对那种无功利的自足美的思想，在后来的研究中进一步得到弘扬。

情感或情绪也是美学中谈论得最多的问题，也是最混乱最有纷争的问题。许多美学家都主张，审美的本质就在于它是一种特殊的情感活动，它涉及一种特别的情感——审美情感。阿恩海姆对这种传统看法提出了质

---

① Rudolf Ainheim. *Toward A Psychology of Art* (Berkeley: University of California Press, 1966), 3.
② Ibid., 204.
③ Ibid., 206-207.
④ Ibid., 210.
⑤ Ibid., 211.

疑。首先，他认为并不存在一种审美所特有的情感或情绪："从'艺术情感'是对某种结构的反应来说，它不过是一种普通的知觉，是一种基本上与杂技演员甚至嘴里衔着棍子以保持平衡的狗所表现出来的能力别无二致的能力。"① 因此，我们不能说审美情感有别于其他情感，至多只能说引起这种情感反应的对象有别于其他。说到底，情绪不过是某种由心理力交互作用而产生的张力或兴奋水平。在心理机制中，情绪是由构成内心活动的牵引力和压力所导致的紧张。这样，阿恩海姆便把传统的对情感的讨论，纳入了格式塔心理学的知觉范畴。他进一步用"脑外感知"（extracerebral percepts）和"脑内感知"（intracerebral percepts）来解释审美情感的同形效应。前者指外在事件的直接刺激或主体的生理反应，后者指内心产生的事件过程（包括思想、愿望、表象等），这两者是同构的。这种同构正是审美情感得以产生的动力学特征。阿恩海姆的目的就在于要把古典美学乃至哲学所割裂的"脑外感知"和"脑内感知"统一起来，廓清那些对审美情感的种种神秘解释。然而，在我看来，这种观点也是有局限的。尽管从生理水平上看，任何情感过程都不过是紧张或兴奋，但能从生理与心理的同形律上推知，在心理层次上任何情感都别无二致。美食与审美在生理也许有共同之处，但在心理水平上却大相径庭。正像阿恩海姆自己所说的，引起审美情感的对象有别于其他，他所轻视的情感发生源我以为正是需要重视的。这里，阿恩海姆把心理反应一律依同形论还原到生理乃至物理水平上，似不足取。

关于艺术创造问题，也是阿恩海姆很关注的课题之一。他不同意许多学者所说的，艺术创造是一种个别化具体化的操作，而坚信这是一个抽象与概括的过程。因为知觉或直觉本身就是一种抽象，是一种抽象概括在先的组织过程。用格式塔心理学的术语来说，就是一种力的型式的把握，一种"优格式塔"的建构。一旦把握到这种结构，艺术家便会自动地向最佳艺术表现努力。"在成功的作品中，构成型式的那些力是平衡的；但是，假如某个作品是不完整不成功的，那么，该型式中的推力和拉力不仅表明什么东西没弄好，而且表明哪里应该修改以及应在什么方向上修改。"② 这是一种典型的完形解释，与韦特墨早期对数学思维中问题解决的完形律完全

---

① Rudolf Ainheim. *Toward A Psychology of Art* (Berkeley: University of California Press, 1966), 314.

② Ibid., 314.

一脉相承。很明显，在这种理论参照系中，艺术家的卓越创造力就必然被解说成一种趋向于"优格式塔"的完形能力。就艺术创造的这种抽象和概括而言，与其说艺术传达个别性，毋宁说是概括普遍意义："二流作品不是以超越它所呈现的特定情状，而杰作则涵盖从感官知觉到经过提炼的思想这一人类经验的整个范围。事实上，杰作常常通过最基本的刺激作用表现了最抽象的意义。"[1]这个看法无疑是很精辟的。对艺术创造中的灵感现象，阿恩海姆也作了格式塔心理学的界说。首先，他指出两种错误观念，即早期的祈求神灵相助观念，和精神分析乞灵于梦幻的观念。他坚决主张灵感不能到艺术家之外去寻找说明，也不能到无法说明的人的神秘能力中寻找原因。精神分析的无意识学说充其量不过是描述了一种心理活动层次，而不是对某种能力的说明。在此基础上，阿恩海姆对灵感现象做了三种解释。第一，"意识推理倾向于将自身更严格地置于某种型式之中，这些型式排斥了对解决特定问题来说所必须的特殊组合与分离。由于一些我们尚不清楚的原因，这些先在的型式在意识阈限以下松动了，并由此允许该问题情境因素中吸引和排斥较为自由的活动"。[2]这正是无意识水平上容易出现灵感的原因所在。第二，艺术家不可能始终有意识地规定创作中的"动作和激情"，确实有某些力操纵着艺术家："这些冲动的起因处在意识水平以下，它们很可能来源于某些物理定律，这些定律控制着大脑场的平衡，并藉此而巧妙地加以运用，有意识的心理则没有与此相对应的东西。"[3]这就进一步用格式塔心理学原理来规定无意识活动。第三，无意识过程依赖的是一种"原始推理"，它使"知觉水平以下的创造性思维活动保持了思维与意象的原始统一，舍此艺术活动便绝无可能"。[4]

在艺术的本体论上，阿恩海姆也提出了一些很值得思考的看法。他不同意"为艺术而艺术"的唯美主义，也反对极端的外在功利论。在对艺术自律性充分研究的基础上他指出：艺术的直接意义就在于使世界变得可见和可以理解，"当艺术像茫茫大海中可见的岛屿一样飘移时，它从来不是它

---

[1] Rudolf Ainheim. *Toward A Psychology of Art* (Berkeley: University of California Press, 1966), 270.
[2] Rudolf Ainheim. *Toward A Psychology of Art* (Berkeley: University of California Press, 1966), 288.
[3] Ibid., 288.
[4] Ibid., 288.

自身"。① 更深一层地看，艺术存在的更深刻根源在于，它通过色彩、乐音和文字，做出了理解我们存在意义的种种探索，以下这段话说得极为透辟：

> 艺术是如此令人惊叹地存在着，这因为它提出了每个时代我们全部存在的各种问题。艺术家并不是什么专家，他越是真诚地专注于自己的画笔和雕刻刀，其形与色便越直接地使他面临这样的问题：我们是谁？我们在哪儿？艺术的劳作就是使世界变得可见，人类对智慧的探求就存于其中。②

## 《视觉思维》：认识论的挑战

在西方美学的漫长历程中，美学在许多哲学家那里，大都是作为其宏大哲学体系的一部分而构筑的，这在德国古典美学中最为突出，无论是"美学之父"鲍姆加通，还是康德、黑格尔、谢林等哲学巨擘，都是从非审美的一般哲学研究进入美学。阿恩海姆则反其道而行之，他的研究路线是从审美现象的心理学考察开始，然后再拓展到哲学认识论领域。如果说以前的几本著作反映了前一方面的努力的话，那么，《视觉思维》(1969)则代表了后一方面的探索。诚如他在该书卷首开宗明义所言："本书的写作宗旨是从早期的艺术理论转向一个更广泛的研究领域，即作为一般性的认识活动的视知觉领域。"③ 因为阿恩海姆深切地感到，对美学基本问题的阐发，受制于哲学认识论，而当代思想界对审美和艺术的诸多偏见，又是囿于传统认识论局限性的必然产物。因此，要全面深入地阐发自己的美学思想，要从根本上转变当代思想界对审美的种种谬见，必须上升到哲学高度加以反思。在我看来，《视觉思维》也就有了双重含义，它既是一本美学论著，又是一部哲学专论，美学的思考在哲学高度加以陈述。特别重要的是，阿恩海姆在这本书中对统治了西方哲学、美学几千年的认识论传统进行了大胆的挑战，提出了一系列批判性的见解。这本著作标志着他美学思想的体系化和哲学化，这在那些从心理方面研究美学的心理学家中实不多见。

---

① Rudolf Ainheim. *Toward A Psychology of Art* (Berkeley: University of California Press, 1966), 148.
② Ibid., 149.
③ 阿恩海姆：《视觉思维》，光明日报出版社1986年版，第37页。

在西方哲学中，传统的认识论历来有一种把感性与理性对立二分的倾向，自启蒙运动以来，崇尚理性贬斥感性一直是哲学主流。这种将感性与理性割裂开来、扬理性而贬感性的倾向，正是阿恩海姆所极力反对的。他在《视觉思维》中提出了一个新的看法：

> 被称为"思维"的认识活动并不是那些比知觉更高级的其他心理能力的特权，而是知觉本身的基本构成成分。我所说的这些认识活动是指积极的探索、选择、对本质的把握、简化、抽象、分析、综合、补足、纠正、比较、问题解决，还有结合、分离、在某种背景或上下文关系中作出识别等等。这样一些活动并不是哪一种心理作用特有的，它们是动物与人的意识对任何一个等级上的认识材料的处理方式。在这方面（处理认识材料的方式），一个人直接观看世界时发生的事情，与他坐在那儿闭上眼睛"思考"时发生的事情，并没有本质的区别。[1]

这就是说，知觉（尤其是视知觉）本身具有思维的一切机能，它并不是一种不可信赖的认识方式，而是具有理性的完全可信赖的认识方式。正是在这个意义上，他提出了作为该书标题的重要范畴——视觉思维。这个看法早在十几年前就形成了，但直接提出视觉思维概念，还只是在1966年出版的《走向艺术心理学》中提出的。把视觉同思维概念直接组合，这从传统认识论来看是不可思议的，然而正是在这里见出了阿恩海姆对传统观念的批判和大胆的创新。在他看来，视觉之所以有思维的一切功能，根本原因就在于它有一种抽象概括整体把握的组织功能，尽管它以意象而非语言为媒介，但意象本身在知觉水平上已不是外物的被动摹写，而是抽象概括。这里，阿恩海姆修正了两个传统观念：第一，抽象概括并不是知觉之外才有，知觉本身就具有这种特征；第二，思维活动并不像传统认识论所认为的那样，必以语言为媒介，意象也是重要的思维媒介。这与当代认知心理学的重要发现——意象思维相一致。不仅如此，阿恩海姆还进一步指出："在任何一个认识领域中，真正的创造性思维活动都是通过'意象'进行的。"[2] 不论是科学创造，还是艺术创造，都是如此。经过反复论证和大量实例的说

---

[1] 阿恩海姆：《视觉思维》，光明日报出版社1986年版，第37页。
[2] 同上书，第37页。

明，阿恩海姆确证了知觉与思维的同一性，因而弥合了被传统认识论所分离的感性与理性。所谓的感性知觉并非不可靠，而是相反，它是我们进行创造性思维的主要方式，这不但肯定了知觉的重要性，而且把它标举到理性思维同样水平来认识。历史地看，阿恩海姆的这个看法与现代哲学的某些趋向是合拍的。早在尼采那里，感性的重要性就被突出出来了。马尔库塞反对理性至上和技术强暴，主张恢复人的"新感性"；海德格尔、雅斯贝斯、加达默尔等人关注"体验""理解"，强调直观（审美）的重要功能，都反映了这种认识论的转向。以往，我们往往冠之以反理性主义的这些思想，在阿恩海姆从心理学角度令人信服地揭示了知觉的思维机能后，是很值得重新思考和重新认识的。所以，艺术与其说是感性活动，不如说是理性活动，如阿恩海姆直言："艺术活动是理性活动的一种形式，其中知觉与思维错综交织，结为一体。"①

自鲍姆加通提出审美的感性活动可以把握事物的本质以来，不少哲学家对此作出了种种不同界说。康德认为是想象力与知解力的和谐运作，黑格尔认为是从个别性中对普遍性理念的辩证把握，而柏格森等人则认为直觉本身就是对事物本质的洞察。相比之下，阿恩海姆在心理学实证基础上所作的界说，似更有说服力。这就是说，知觉（审美直觉）是一种抽象过程，一种整体性结构的把握，它依赖于物理力——生理力——心理力的同形反应，尽管主体很少自觉到这种同形效应，但认识的最终成果都可以进入意识。这种格式塔的"场过程"正是知觉所以能把握事物内在本质的根由所在。阿恩海姆还区别了两种不同的认识方式：直觉认识和推理认识，前者指各种力交互作用的整体把握，"这种思维机制的本质是'场'力间的相互作用"。② 后者是从特定的目的出发，先分解地部分把握，然后再综合成一个整体。"构成直觉思维过程的各组成部分的相互作用，是在一个整一连续的领域内进行的，而推理认知过程中各组成部分的相互作用则是沿一条直线依次进行的。"③ 这正是我们通常所说的感性直观与逻辑思考的差异所在。

《视觉思维》的出发点是确证知觉与思维的同一性，确证任何认识活动中知觉与思维相互交织，那么，我们也许会追问：传统上认为是思维唯一媒介的语言会怎样呢？是否参与其中？这方面，阿恩海姆也提出了一些极

---

① 阿恩海姆：《视觉思维》，光明日报出版社1986年版，第37页。
② 同上书，第344页。
③ 同上书，第345页。

有意思的看法。他认为，视觉思维的主要媒介是意象，但词语也会介入其中，因此而构成了意象与词语的复杂关系。在视觉思维中，语言的一个主要功能就在于它有一种把意象明确固定下来并加以"编目""分类"的功能。意象的灵活性、变动性、丰富性和空间性，同词语的强制性、保守性、贫乏性和线性排列互相配合，"正是通过两者之间对对方不足的相互补偿，才使得这两种媒介——语言和意象——配合得相当成功"。[1] 进而，阿恩海姆提出了一个有悖于传统观念的看法："有必要认识到，语言只不过是思维的主要工具（意象）的辅助者，因为只有清晰的意象才能使思维更好地再现有关的物体和关系。"[2]

既然知觉思维或创造性思维的主要媒介是意象，所以，阿恩海姆用大量篇幅讨论了意象的性质、功能和形态等诸多方面。概而言之，以下几个观点在认识论意义上是值得注意的：第一，意象不是对物理对象的机械复制，而是"对其总体结构特征的主动把握"。[3] 第二，"意象是由记忆机制提供的，记忆机制完全可以把事物从它们所在的环境（或前后联系）中抽取出来，加以独立地展示"。[4] 第三，意象不是具体个别的，它具有一般性和普遍性，是主体能动选择、简化和组合的产物，它展现了事物的整体结构和关键部位，因而是一种抽象和概括。抽象在这里有两个尺度，即意象自身的抽象和经验的抽象，按抽象由低到高的不同程度，意象可区分出复制性意象——风格化物象——到模仿形式三个梯次，而经验则可区分出个别—类—符号性媒介—力的概念四个梯次。对艺术来说，我们必须用两个尺度加以衡量，即：一幅完全抽象（非模仿性）的画，"也应具有一幅写实主义作品描绘丰富具体人生经验时使用的那些形式的'复杂性'；反之，对于一幅完全写实的画来说，为了使自己具有'意味'，具有广泛的代表性和较强烈的情感表现力，就必须使这种绘画再现的形式向'纯形式'靠拢，使之更接近非模仿艺术中那种较直接的体现方式"。[5] 这个看法很精辟，它抓住了再现与表现之间的内在联系，从意象构成角度作了新的阐发。

正是在对视觉思维深入研讨的基础上，阿恩海姆实现了由审美向非审

---

[1] 阿恩海姆：《视觉思维》，光明日报出版社1986年版，第359页。
[2] 同上书，第357页。
[3] 同上书，第163页。
[4] 同上书，第173页。
[5] 同上书，第236页。

美一般领域的过渡和延伸，构筑了格式塔心理美学的认识论基础，完成了对传统认识论的批判和新的建构。在这个意义上说，《视觉思维》可说是阿恩海姆全部美学思想在哲学上的反思和概括。

## 《艺术心理学新论》：格式塔心理美学的总结

《视觉思维》出版时，阿恩海姆已年近七旬，然而，这位老骥伏枥壮心不已的学者，仍没有停止科学的探求，以后若干年，他又陆续出版了《熵与艺术》《建筑形式动力学》《中心力》等著作。1986年，在他82岁高龄时，又出版了一部文集性的著作：《艺术心理学新论》。这部书可看作是《走向艺术心理学》的续篇，然而，无论在研究的深度还是广度上，都有不少变化和发展。我们不妨将此书视为阿恩海姆格式塔心理美学的全面总结。

在这部著作中，作者以其睿智的洞见和广阔的视野，勾画出了自己几十年辛勤耕耘的轮廓。他在前言中写到，他之所以持之以恒地研究某些感兴趣并存有争议的课题，旨在明确某些基本原则并探讨它们的适用范围，并建立一门新的专门学科——艺术心理学。当他回首几十年的艰苦探索后，自信地说道，多年的努力已使这门学科建立起来了。就像一个长途跋涉到达终点的人不免要回顾一下自己的经历，重温一下自己的体会一样，阿恩海姆对自己长达半个多世纪的美学研究作了总结：

> 我主要关心的问题一直是认识论；即是说，我要探讨心灵处理实在世界的认知问题。从一开始我就坚信，这些处理的主导机制是感性知觉，特别是视知觉。知觉并不是作用于人和动物器官的刺激的机械记录，而完全是对结构主动和创造性的把握。这种结构把握是通过格式塔心理学所分析的、某种场过程而实现的。它不仅用来为有机体提供诸多对象的归档系统，更重要的是提供了形状、色彩、音调的动力学表现。正是这种普遍的知觉表现性才使艺术成为可能。①

那么，阿恩海姆长期研究所发现和确证的认知基本原则有哪些呢？他

---

① Rudolf Arnheim, *New Esaays on the Psychology of Art* (Berkeley: University of California Press, 1986), x.

概括了三条：第一是"控制神经系统中知觉以及意识中反思的组织化原则"。[1] 这条原则把同形律、完形律、简化律等格式塔心理学诸原理都囊括其内。第二是"通过感官传达给内心的物理实在的客观结构"。[2] 这条原则意在强调实在世界的客观性，并由此而批判了哲学中相对主义反结构的倾向，突出了审美过程或知觉的结构把握特征，是组织化原则的补充。第三是"认知经验只有借助媒介特性才得以实现"。[3] 这条原则特别适用于艺术，阿恩海姆提出这条原则意在强调："视觉表象不是对自然物的操作，而是由媒介的便利所提供的对应物。"[4]

这里，我想抓住几个问题来透视一下阿恩海姆晚年的美学思想。首先，我们来看看艺术的多样性（差异）与统一性（一致）问题。这个问题早在古希腊已有所涉及，亚里士多德就曾论述过不同艺术的种差，后来莱辛区分了空间艺术（绘画）与时间艺术（诗）的差别。自然，现代美学对这个问题也在艺术门类研究中有所强调，一般认为，艺术的差异性是由不同媒介的特性造成的。但是，阿恩海姆指出，不同的艺术媒介可以造成同样的风格，各门艺术也彼此融合，这里便有艺术的统一性问题。有些心理学家不从客体方面，而是从主体感官统一性（亦即联觉）来解释艺术的统一性。阿恩海姆则另辟蹊径，从时间与空间的内在联系上来探讨这一问题。历史上关于时间艺术和空间艺术的划分，在他看来只抓住了某种艺术的单一维向，但任何一门艺术实际上都是多维向的。这就是说，时间艺术（他称之为"承续艺术"）中有空间性，或者说有一种从时间承续向空间并列的转化，而空间艺术（他称之为"概要艺术"）也有从空间并列向时间承续的转递。这就是他所说的"承续性向同时性的必要转化"。在聆听音乐时，且不说舞台、演奏者动作等空间因素，我们要"把握一部完整的音乐作品，常常不得不把它们构想为一个视觉形象"。[5] 而"一幅画也只有通过扫视才能被理解，因此，承续的知觉便揭示了一切审美媒介的经验特征，它既是空间的又是时间的。"[6] 因而，各门艺术的统一性恰恰就在于多种因素在时

---

[1] Rudolf Arnheim, *New Esaays on the Psychology of Art* (Berkeley: University of California Press, 1986), xi.

[2] Ibid., xi.

[3] Ibid., xi.

[4] Ibid., xi.

[5] Ibid., 69.

[6] Ibid., 70.

空联系中所构成的动力学结构或审美结构。他由此写道:"当人们意识到信息的连续传递将导向实现结构而不限于线性排列时,承续艺术与概要艺术之间的区别也就显得毫无重要性了。"①

风格问题也是美学中的一个重要课题,一种风格的形成或向另一种风格的嬗变,可以从不同的角度来探究。阿恩海姆把风格当作一个格式塔问题加以考察,提出了一些颇有新意的看法。首先,他反对那种以时间和地点来命名风格的传统做法,诸如巴洛克风格之类。他认为风格具有多重性和交相渗透,要把握这多种因素的复杂关系,就有必要作为一个格式塔来进行整体把握。"格式塔理论为对结构的动力学研究提供了方法论……一个格式塔并不是诸自足要素的排列,而是一个场中交互作用的诸种力的完形……因此,格式塔理论可以研究一个结构保持恒常性的条件,尽管它经历变化。这种理论还可以预测某些条件,在这些条件下,关联域的变化将改变一系列特定因素所构成的结构。"② 而风格研究的主要课题正是它的恒常不变与演变转化。在阿恩海姆看来,坚持格式塔基本原理,就可以避免在风格研究中简单演绎和归纳的线性因果论。在此基础上,他把生物学中"显型"(phenotype)和"基因型"(genotype)的概念引入风格研究。前者用以描述风格的外在可辨识特征,后者用来剖析风格的内在结构特征。他认为,任何一种特定风格都不可能是独立自足的,而是包容了其他风格因素,但从"显型"上却难以辨识,有必要转向"基因型"深入剖析。阿恩海姆根据艺术史的大量实例,从多重性或多因交互关系方面归纳了风格形成的两种基本情形:一种是糅合两种或两种以上风格而形成新的风格形态,他名之为"要素集合"或"结构综合";另一种是"形成体",亦即导源于某种决定整体特征的结构控制物,形成一种全新的风格。至于是什么导致的风格的变化,阿恩海姆认为是主体观看特定结构的方式的演变。

有趣的是,阿恩海姆还在该书中专文论述了艺术的治疗功能,这也是广义的审美功能之一。在他看来,艺术的治疗功能是艺术的固有本性之一,它与西方美学中的艺术民主化和快乐论传统密切相关。阿恩海姆历来反对那种把艺术的审美功能狭隘化的倾向,他既不赞同为艺术而艺术,也不赞同快乐

---

① Rudolf Arnheim, *New Esaays on the Psychology of Art* (Berkeley: University of California Press, 1986), 71.
② Ibid., 297.

论,依照他的想法:"艺术的首要目的是实现认知功能。"[1] 由此出发,他具体讨论了艺术的治疗功能。艺术作品是经由知觉把握而创造出来的,是一种整体性的结构组织过程,不论是艺术家还是观众或患者,都是如此。因此,艺术品的"'抽象'外观本身也就可以从符号上解释相关的行为。这就使得治疗学家不仅可以发现其患者在艺术品所描绘的可辨识对象中所反映出来的基本态度,而且可以发现他们在抽象型式中所表现出来的基本态度。"[2] 这正是艺术可以治疗心理病症的前提。更进一步,阿恩海姆指出,构成人类经验的基本方式要受到另一种能力的补充,这就是以替代物来把握或取代现实情境,艺术正是一种理想的替代物。但是,他坚决反对弗洛伊德艺术是本能欲望的满足的观点。艺术的治疗功能并不在于它使患者在想象或白日梦中得到满足,因而缓解了内心焦虑,而是通过参与艺术操作,经由这种替代物的操演,使患者能够正视现实。"我们应更进一步地承认,当我们试图使一个人适应现实原则时,我们并不是把他从'纯粹的'内心现实中分离出来,转向物理现实的'真实'情形,而是使他的内心意象适合于某些情况,即为他储存未来很可能会碰到的经验。"[3] 当患者在艺术治疗室里面对凶狠的父亲形象或敢于在想象中获得心爱的对象时,这种艺术的操作和创作便会产生一种实际效果,"患者会勇敢地面对他专横的父亲,得到美丽的女子或男人"。[4] 不仅于此,更重要的是,在患者介入艺术活动时,"心理病症的破坏力可以把患者的想象力从传统规范中解放出来,某些疯狂的定型化的幻象会以严酷的率直照亮人类经验。"[5] 艺术的内在本性恰恰就是这种对有害的强制性的超越和摆脱,它使艺术的参与者依照自己的内在本性来塑造现实,而不管个人的喜恶是什么。他的结论是:"艺术治疗决不应看作是艺术中无足轻重的东西,它是一种有助于把艺术引向更多产途径的方式。"[6]

原载阎国忠主编:《西方著名美学家评传》,安徽教育出版社 1991 年版

---

[1] Rudolf Arnheim, *New Esaays on the Psychology of Art* (Berkeley: University of California Press, 1986), 253.
[2] Ibid., 254.
[3] Ibid., 255.
[4] Ibid., 254.
[5] Ibid., 256.
[6] Ibid., 257.

# 附录
## 对话二则

# 一、现代性与艺术

## ——与法国诺贝尔文学奖得主勒克莱齐奥的对话

2013年秋季学期，法国著名作家、诺贝尔文学奖得主勒克莱奇奥受聘于南京大学，为南京大学学生开设了一门名为"艺术与文化的多元阐释"的通识课程，深受南大学子的欢迎。授课之余，勒克莱齐奥先生作为南京大学人文社会科学高级研究院学者，与该院院长周宪教授就文学与艺术创作、文化交流等问题进行了交流对话。

**周宪**：首先再次欢迎勒克莱齐奥先生来到南京大学授课。南大学子听了您的课后受益匪浅，网上的评论非常热烈。我也记得我第一次去主持课程时，走廊、过道、讲台旁都挤满了学生。您去过一些地方，如武汉、广州等，也做了一些演讲，对中国和中国的大学有了更深入的了解。

**勒克莱齐奥**：我也非常感谢你们邀请我来到南京大学，这里的课程很有趣，学生也非常出色，在课上我准备了很多问题，也回答了学生的许多提问。

**周宪**：这是您第几次来中国？请谈一谈您对当代中国的印象。

**勒克莱齐奥**：这次已经是第七次了。我第一次来中国是1967年，我去了广东，但是只待了一个晚上。之后来过中国几次，最长的一次待了一个月，游历了几个重要城市。去广东是四十六年以前，之后的几次旅行也是三十多年前，所以我确确实实看到了中国的变化。首先中国从农业转向工业化和现代化，整个面貌上发生了改变。其次是精神上的变化。中国是世界舞台上最重要的国家之一。还有中国的大学教育现状也发生了改变。不仅仅是南京大学，还有武汉、广东、上海的大学学生素养都非常高，知识储备量很大。在人文科学方面，尤其是外语方面，学生不仅聪明，而且具有很高的学识。

另外我还要感谢您和从丛教授、许钧教授，我在南京感受到的是一种家庭的味道，非常惬意。我觉得南京大学的氛围非常好，各个院系之间非常和谐，交流很多。但是我在法国和美国的大学里都感受到各系之间的竞争，让我很有压力。我觉得中国不过分强调个人野心的这种精神，是维系大学和谐氛围的核心。

**周宪**：我注意到您的办公室里有一本关于博物馆的书，在中国的传统中有句话叫作"诗画一律"。您对造型艺术也非常感兴趣，法国历史上也有很多重要作家对造型艺术发表过自己的看法。我最近在研究印象派画家马奈，看了波德莱尔、左拉、马拉美对马奈作品的评价，因此我想问，在您的文学生涯中，造型艺术的修养是否影响了您的文学创作？

**勒克莱齐奥**：这是自然的。我对艺术特别感兴趣，但是当代的艺术已经不再像马拉美时代那样受人推崇了，我觉得非常遗憾。但我个人非常重视艺术，包括抽象艺术和一些很前卫的艺术，比如在瑞士当代造型艺术家丹尼尔·斯波利（Daniel Spoerri）的创作中，我们看到的不光是艺术，还有哲学构思。这也是我对中国绘画感兴趣的地方，中国绘画展现的不仅是画，还有其中的哲学思想。我在南京参观了画家杨小明的画室，从他的画作中看到了他的哲学思想。

**周宪**：可以再详述一下绘画对您文学写作的影响吗？

**勒克莱齐奥**：其实我在南京的经历给我上了很好的一课。在接触中国古典艺术和中国当代的艺术时，我明白了写作与艺术之间是有一种联系的。二者之间的相互影响可能是无意识的，在写作的某些时期，读者可能会发现作品的某些描写和改变是与艺术作品相关的，我本人或许没有意识到。南京大学的通识课给了我一个契机，开始写一本关于艺术的书，并在其中思考艺术在何种程度上可以影响写作，影响我的作品，正是这门课让我发现了这一点。

**周宪**：在法国巴黎，法兰西诗歌协会的会长曾告诉我协会里很多会员既是诗人又是画家，协会展厅里展出的都是会员的画作。在中国，诗人兼画家也有很多，比如唐代大诗人王维。诗人作画在法国也是一个传统吗？

**勒克莱齐奥**：法国的确有不少作画的诗人，也有作诗的画家，但我不敢肯定这是否是法国的传统。不过，尤其是在当今的时代，越是诗人就越具有艺术敏感性,越对艺术感兴趣。我比较了解的是诗人亨利·米修,他非常喜欢中国书法,也会作画,与中国有着深厚的联系。他曾说过一句话:"我作画时,就关上了文字的大门。"意思是一旦开始作画,主体就与文字隔离开,进入纯粹图像的世界。雨果也是喜欢作画的。因此我觉得西方与中国的不同在于,中国的绘画与诗歌是相融的。之前参观杨小明画室时,杨小明介绍说中国画中一定要在画的一角配有短诗或其他文字。

**周宪:** 自启蒙运动以来,在整个现代化的进程中,我们看到两股力量:一股叫作社会的现代化,追求科学、技术、社会、革命和国家等,对社会进行有效的管理。另一股力量是相当一部分哲学家、作家、诗人抵抗现代化,卢梭就是最早的代表性作家。这两股力量一直在较劲。我认为现代哲学家、文学家和诗人都有一种职责——提出与我们现代化常识截然不同的观点,比如卢梭提出了尊重天性、回归质朴教育的观点等。您的作品中也充满了对现代社会的折射、反思与批判。作为作家,您是怎么看待这个问题的?您的作品与现代社会这种进步的趋势有何关系?

**勒克莱齐奥:** 我本人并非浪漫主义派的。我认为现代化的进程是不可避免的。我非常青睐新的发明,无论是医药、通讯还是信息技术方面的,比如我小的时候,很少有人的家里有电话,在那样的社会中,人对世界的了解过于贫乏,所以技术发展是令人钦佩的。但是,每个人在本性里都具有自然的一面和浪漫的一面。

现在中国的工业化发展非常迅速,受世界瞩目。不久前中国刚刚发射了嫦娥三号,已经开始进行探月工程,但在许多年前,我看到的还是中国农民在用双手干农活。前后差距是非常大的。我相信中国尊重人和尊重自然的古老传统。尽管今天面临着雾霾治理的问题,但这是世界各国都无法避免的一个过程。我不是生态主义者,所以我认为只有在发展之后,才有能力去治理污染。其实现在巴西等很多国家也都存在相同的问题。但我相信中国,因为中国人是最具有活力和力量的人民,发展又如此迅速,中国的古老传统就是要在发展中寻求平衡,我们也应该相信中国人能在发展中找到这种平衡。生态和污染问题其实是世界范围的问题。中国有能力影响其他国家,解决生态问题。另外与其他国家相比,中国从未侵略过其他国家,也不是霸权国家,甚至可以帮助第三世界国家。

**周宪:** 今天,人文学科和文学的学者面临着两个压力,一个是技术压力,例如作家写作的习惯发生了变化,开始用电脑写作。您比较容易接受新事物,但有一批作家是抗拒新事物的,仍然用传统的方式写作。另一方面,我们在一个高度消费化的社会中,文学也在技术和消费的双重压力下,不断改变着自己的面貌和特性,比如对文学的神圣性或敬仰已荡然无存,文学成了一种文字游戏、一种商品。一些青年作家就直接表明写作就是为了挣钱。您如何应对来自技术和商业的压力呢?

**勒克莱齐奥:** 的确,我也意识到了作家的角色发生了变化,社会也发生了变化。其他学校的一些学生曾向我寻求过帮助,他们以后想当作家,但是父母对他们说,当作家会很穷,挣不到钱。我告诉他们当作家可能会很贫穷,生活可能会非常艰苦,不仅有经济上的困难,还有精神上的困难,在人际关系中也会遇到各种困难。但如果写作是你的真爱,就放手一搏,因为人只有一辈子。我很遗憾的是在中国有如此漂亮的纸张却没有人写。在这么好的纸张上写东西是非常愉快的事情。我和南京大学的许钧教授在合作写一本对话集,我们两人都用手写,许教授用中文写作,我用法语。尽管在科技如此发达的今天,我们还是能看到有人在实践过去的艺术,这多多少少能给我们些信心。

**周宪:** 您的阅历非常丰富,在英国攻读本科,也在很多地方生活过。今天,文化的交往日益频繁,亨廷顿曾断言文明的分界线就是战争的边界线,认为基督教和儒教、伊斯兰教之间的冲突是不可避免的。以您在各种文化中生活的经历,您认为跨文化的理解和共识是否是可能的?我们有没有可能克服我们原先的文化偏见,去接纳和理解另一种文化?文化交往到底会以和平还是冲突的方式作为结局?

**勒克莱齐奥:** 我个人非常抵触亨廷顿的所有言论,我认为他在作品中写的所有观点都是错误的。特别是他预言说伊斯兰和中国会组成联军向西方发动战争。这完全是他的个人幻想。跨文化交流的困难是肯定存在的,但困难是经济上的,而不是文化上的。正是经济的差异造就了所有的不平等。如果所有国家、所有民族的经济水平相当,且人民都能接受很好的教育,拥有同等的生活水平,那就不会存在这种不平等。

中国就是一个很好的例证。中国在当今世界扮演的角色非常重要,因为中国在三十年里让许多人脱离了饥荒和贫困,从不平等中走出来,变身成为一个公正平等的社会。我并不是说中国已经达到了一种完美的状态,而是可以作为一个很好的例证。中国首先获得了经济和政治独立。至于目前所面临的空气污染问题，治理并不是一天两天可以完成的，必须在能源上也独立起来。我在中国非常惊喜地看到了法国没有的景象，每个居民楼的房顶上都有太阳能热水器，用清洁能源代替污染空气的能源。虽然一两天无法治理污染问题，但是十年、二十年后，还是很有希望的。我一直想去三峡大坝，有人告诉我，大坝很好地运转起来之后，应该会解决很多能源和污染问题。

此外，在文化交往的过程中，文学扮演着重要角色。我非常钦佩中国翻译了大量外国文学作品，不同语种的作品，甚至是一些小语种的作品。许钧教授告诉我，甚至有乌兹别克语、亚美尼亚语、阿尔巴尼亚语的作品翻译到中国。中国在介绍外国文化方面做了很大努力。我希望我们的未来是文化的相遇融合而不是战争。

**周宪**：我们通常会把作家归为各种气质的作家，比如有哲学气质的作家，有诗人气质的作家，有些是更加写实的，当然还有浪漫派的、寓言派的等等。网上对勒克莱齐奥先生的评价也很多。我想知道勒克莱齐奥先生将自己定位为什么类型的作家。

**勒克莱齐奥**：我希望自己属于不可归类的作家。

**周宪**：批评家哈罗德·布鲁姆提出"影响的焦虑"论，说后代诗人总是受到前辈大师的影响；诗人艾略特也说过，每个欧洲作家都有两个同时性的存在，一个是自荷马以来的整个欧洲文学传统，另一个是本国文学的民族传统。这两个文学传统会同时影响欧洲作家的写作，即作家写作反映了历史的存在，一种同时性的历史存在。布鲁姆认为，每个作家之前都有很多伟大的作家，他需要超越前辈作家。翻过前面的"文学大山"非常难，这使后辈作家产生了各种焦虑，他们需要一些策略翻过文学大山，克服影响的焦虑。您是否有这种焦虑，采用什么策略克服这些焦虑呢？

**勒克莱齐奥**：对作家而言，区分对其文学创作的主要影响与次要影响是不容易的事。就我而言，我从小在法国文学中长大，同时家庭文化中受非常强的英国文化影响。就我接受的教育而言，英国作家、法国作家的书我都读，受莎士比亚作品的影响比较大。在我的文学创作中，我试图平衡、协调英国作家与法国作家的影响。除此之外，因为我的家族来自毛里求斯岛，那里的岛民说英语、法语、印度语、中文和其他地方方言，每个岛民每天可能会说三到四种语言。我的祖父会说克里奥尔方言，那是一种由法语和英语混合而成的地方语言。我父亲着迷于英国文化，母亲着迷于法国文学，父母对我都有影响，但我更关注的是协调两种文化影响。实际上影响我第一部出版的法文小说创作的是几位美国犹太作家。在我二十来岁的时候，我选择接受英语文学的影响，并力图用法语传递和表达这种影响。就像艾略特一样，我致力于用现代化方式再现自己所接受的文化传统影响。

（南京大学外国语学院张璐博士翻译整理）

### 附：勒克莱齐奥简介

勒克莱齐奥，法国作家、文学家，1940年生于法国尼斯。1963年，小说《诉讼笔录》获法国雷诺多文学奖。此后不断发表长篇小说、短篇小说、散文、诗歌、评论、翻译等作品共四十余部，先后多次获得法国及国际文学大奖，2008年获诺贝尔文学奖，被评说为"一个集背叛、诗意冒险和感性迷狂于一身的作家"、"探索文明支配下的边缘人性"。代表作还有《战争》《寻金者》《革命》等，在中国翻译出版的译作有《诉讼笔录》《战争》《巨人》《沙漠》《飙车》《奥尼恰》《寻金者》《燃烧的心》《饥饿间奏曲》《乌拉尼亚》《脚的故事》等。

# 二、全球化与空间正义
## ——与哈维教授的对话

国际知名的马克思主义者、美国纽约市立大学讲座教授戴维·哈维（David Harvey）应邀访问了南京大学，并被授予"南京大学薛君度讲座教授"。在南京大学访问期间，哈维教授做了题为《价值实现、危机与日常生活》的公开演讲，并在"全球化时代的中国空间生产"工作坊上发表主旨演讲。其间，南京大学高研院周宪、何成洲、尹晓煌三位教授与哈维教授做了简短的访谈，议题涉及中国的都市化、文化研究的空间转向、全球化和资本流通等话题。

**周宪：** 近几十年来，社会学领域以及人文学科研究中出现了"空间转向"，深刻改变了学术研究和问题意识的范式，促进了跨学科研究。毫无疑问，您在这个转向的过程中做出了重大贡献，提出了一系列很有影响的理论和方法。现在来看，您认为目前空间研究是否已经过了其全盛期？

**哈维：** 所谓的空间转向其实在很大程度上与后现代主义试图摧毁各种宏观理论的尝试是密切相关的。福柯等理论家认为，宏观理论是错误的、误人子弟的，因此人们应该更加关注微观程序，应该返回身体层面，细究规训措施，关注生命政治等等。空间概念一旦被引入社会学理论，通常就会扰乱各种元叙事，而这些叙事通常是某种历史化或者时间化的结果，或者暗合某种目的论。空间概念会破坏理论的统一性，将混乱因素引入普遍性理论框架。以经济学理论为例，所有的经济学理论都建立在针尖上。一旦人们试图将经济理论空间化，均衡就会丧失。事实上，空间竞争就是垄断竞争。我成长于这种垄断竞争理论盛行的时期，市场上总会出现这种状况，但是这并不意味着我们无法拥有一个可以解释这种过程的普遍理论。

很多时候，理论的功能就是用来追踪并解释这种现象。许多学者借用空间概念来攻击普遍理论，试图证明普遍理论行不通。我对这点感到非常困惑，因为这对于我来说就是理论结论，这就是理论应做之事。经济学家对于空间概念制造的混乱非常担忧，因为所有的经济学家都或多或少地坚信均衡价格存在的可能性。如果在一种经济情况中，均衡价格无法达成，那么他们理论的核心就会崩溃，理论也就难以为继。经济学家往往因为无法解决空间性的问题而陷入绝境。如果将空间概念引入社会学领域，同样的状况也会发生。

后现代主义者发现了这一点，他们挪用空间性概念来攻击元理论，试图论证那些元理论的不切实际。我认为这是一个极大的错误。我以为，我们的任务就是要建立普遍性的理论，并且在一开始就要融合对空间性的考虑。因此，我对福柯空间概念非常不满。我认为他关于"异托邦"的文章就是个丑闻，暴露了他对空间概念的严重误解。他与列斐伏尔关于"异托邦"的理解存在着巨大差异。后者的观念相当实用，而福柯的看法则疯狂得令人吃惊。他竟然认为"殖民地"和"海船"是"异托邦"，简直是无稽之谈。我希望人们现在可以超越对于空间以及空间性的争论，意识到一点，即如果没有对时间和空间充分认识，就无法对社会进行有效的理论化。因此，空间和时间在任何我们借以理解世界的理论建构中都扮演着非常重要的角色。我们不能将空间和时间概念当作破坏宏观理论建构的武器。这恰恰是后现代主义者通常的伎俩。他们挪用了我关于空间某些看法，加上地理学家以及空间研究学者的只言片语，用以攻击甚至试图摧毁我们试图建构的东西。这令我非常气愤，所以后来我写了《后现代性的状况》一书，用以抨击所谓"后现代转向"，探讨后现代主义对于空间的运用，同时试图论证后现代境况中充满活力的空间与时间元素，并指出时间—空间压缩等话题的重要性。

**周宪：**为什么您会选择使用"时间—空间压缩"而非"空间—时间压缩"作为您的理论创新术语？我好奇的是，您作为空间研究方面的开拓者，为什么采用时间—空间的顺序，而不是空间—时间。这样的词序安排是否有什么深意呢？

**哈维：**其实没有什么特殊的安排，我也没有任何优先概念的意图。这更多的是一种写作策略，写作的时候考虑到读者更容易接受的方式，人们似乎更容易理解时间性的概念，比如说"加速"以及"日常生活"。此外，社会学理论通常也优先讨论时间因素，我这种命名法也算是对他们的理论的某种习惯反应，但这并不代表我认同他们的看法。我会在别处挑战他们。

**周宪**：在西方，存在着理性与直觉、语言与图像、时间与空间之间种种二元对立。而空间似乎与图像之间联系更为紧密，您认为这一观点可以给文学和文化研究带来什么样的新启示吗？

**哈维**：列斐伏尔认为，人们通常是通过物质实践来理解空间的。空间是如何被概念化的？空间是如何被再现的？比如说通过地图等等。空间是怎样被生活的？也就是人们对某些空间存有的感觉以及个中原因。比如说，当你走在城市中，在某些地方你会感到紧张，而在另外一些地方你会感到放松或开心，等等。很显然，不同的人对同一地方的想象都不一样。例如，在巴尔的摩，很多人都会认为巴尔的摩的市中心是个危险地带，人们随时都有可能受伤，很多人终其一生可能都没有踏足市中心。但实际情况却是，在巴尔的摩郊区比在市中心受到伤害的可能性更大。这一种思维模式的结果就是，人们对于城市的不同地方发生的事情存有各种不同的概念与想象。比如他们会认为有些地方非常的危险与罪恶，而另外一些地方则是资本主义的、美好的。这些感觉会回馈到人们对于这些地方的概念想象中。如果你对某些地方产生某些情感，这些情感就有可能被概念化成一种模式，从而可能引发某种空间上的实践，例如建起一堵墙。例如，当你去爱尔兰贝尔法斯特旅游，你会看到在清教徒聚集区与天主教徒聚居区中间塑有一堵高墙，两边的人群因为迥异生活方式互相不往来。这种物质实践其实就是来源于人们对于生活以及生存方式的不同概念化。因此，我并不十分认为在视觉上，文化与这种空间模式有多大关系。因为在大多时候，视觉文化是关于如何发送各式信号。例如，当你在巴尔的摩一个治安很不好的街区闲逛时，迎面走来三个穿着吊裆裤，手揣在腰包里的黑人小伙子，你怎样行动？你什么时候过街最好？如果不过街，你怎样与他们擦肩而过？如果你过街时间掐得不对，他们立马就能察觉你的敌意。如果你选择不过街，你又怎样应对他们的挑衅。而对于一个熟谙城市各种视觉符号的人来说，这些事情显得轻而易举。

**周宪**：您在《社会正义与城市》提到，列斐伏尔认为，在资本主义社会中，空间成为了一种商品。城市中存在空间分配的不平等，穷人与富人在城市中占据不同的空间。您认为是否有什么策略或方法可以解决空间中的社会不公正？特别是中国城市中存在的很多空间分配上的社会不公现象？你有什么好的建议或意见？

**哈维**：政府的行政决策可以有效地解决某些不公平的现象。例如，同一城市的人口均应享有干净的饮水、有效的地下水系统以及基本的社会保障。诸如教育不公平这一类的问题则很难解决。虽说人人都有接受同等教育的权利，但是我们却不得不承认，教育不仅取决于老师，也取决于同学以及学生所处的社区。在一个人人都不关心教育的街区或社区，接受教育显得尤其困难重重。我不知道中国的情况怎么样，但在美国，部分惊人的不平等状况源自于行政上的决策。例如，美国的地方教育依赖于财产税，这也就意味着富裕的地区拥有更好的教学设施。虽然最高法院强制所有州政府为每位学生提供同等的教育支出，但在过去十年中地方政府总是以预算不足来进行推诿，拒不履行责任。从这一系列事情中我们可以看到，社会不公深深根植于空间结构之中，这些情况亟须解决。人们可以通过一些项目来部分减轻这种不公平的现状，例如通过给一些低收入家庭提供资助，前提是他们将孩子送去上学，但是上学并不意味着接受到教育。另外，人们也绝对不想在追求平等的过程中压抑多样性，这一点需要学校的协作才能得以保障。所以说，教育不公是一个非常有趣但又很难解决的问题。针对这一类问题绝对没有简单易行的方法，人们只有长期持续不断地努力去逐步解决这些问题。

**何成洲**：最近中国国家发改委出台了《长江三角洲城市群发展规划》，将上海以及江苏、浙江、安徽三个省的部分城市纳入了统一规划发展计划。有趣的是，这四个地区有着不平衡的发展程度：上海非常发达，浙江、江苏较为发达，安徽地区的发展（尤其是经济）则相对滞后，国家这一政策却给人们造成一种印象，国家似乎想要建立一个新型空间，创造出一种崭新的空间感。加之，近年来极速发展的城市间交通系统使这些地区的人民被更方便地联结在一起。然而值得注意的是，不同区域的民众还是偏向于认同自己地区身份，对来自其他地区的人抱着审慎怀疑的态度。我们知道，您认为空间、地点和区域三者之间是互相协作的，那么您觉得以这个例子来看，我们应该如何更好地理解他们之间复杂的关系？

**哈维**：这种政府规划项目在世界上并不罕见。例如荷兰政府就曾将阿姆斯特丹与鹿特丹连接起来，形成一个新区域"鹿斯特丹"，其主要目的其实是为了合理分配交通可达性，为不同地区民众之间建立更为便利的交通网络。其实早在四五十年前，人们就试图建立巨型城市区域，例如美国政府的波士顿—华盛顿特区计划等等，不过大部分计划最终都没能成功。英国 20 世纪 60 年代也有过类似的尝试。

我觉得此类计划的重要之处在于，它反映了日新月异的人们对于城市规模的理解与想象（The changing scale at which the urban is being thought）。城市不再是中世纪那种相对密集、被城墙环绕的封闭空间，而是开放的、不断扩大的广阔空间。通常我认为，此类大型的城市规划项目与资本积累的运作紧密相关。传统的城市时空语汇已经无法描绘当今的资本积累模式。城市必须被重新定义，以适应极速增长的资本积累速度，满足为资本寻求投资机遇的需求。而数量级别的资本增长速度并不是狭小固定的空间所能承受的，空间必须被拓展。我认为这些计划背后的决策者应该已经意识到拓宽其空间视野的必要性。中国现在面临巨大的生产力过剩问题。要解决这一问题，中国只能关掉国内三分之一的钢铁厂或者水泥厂，或者必须新建一批设施。如果不能像修建某些小型城市那样新建一批大型设施，就必须创造巨大的市场以吸收过剩的生产力。因此，城市化的规模必须非常巨大。不仅如此，我还注意到中国政府正在重建丝绸之路，这也是我所说的通过"空间修复"来吸收过剩生产力的一种尝试。中国政府资助厄瓜多尔政府修建了一个大型水电站，但前提是厄瓜多尔必须雇佣中国工人，购买中国钢铁。这种策略在世界各地非常常见。英国政府就曾借钱给阿根廷政府修建铁路，前提是该政府要从英国购买钢铁、股票等等。这就是资本运作的常见方式，通过借钱给别人，前提是别人必须购买你的产品。

目前，中国政府面临如何在本土消化富余生产力和资本的问题。目前中国政府通过重组国内空间（例如将北方与南方联合起来，东方与西方合作，高铁计划等等），部分过剩生产力与资本已经被有效地消化。中国政府在拉丁美洲和非洲也在做同样的事情，例如在美洲建立洲际铁路或者所谓新型的巴拿马运河。现在有很多人开始批评中国政府的经济帝国主义，认为中国政府通过输出国内资本，达到消化富余劳动力的目的。但这却是必须的策略，否则中国政府就只能关闭其国内的大量钢铁和水泥工厂，从而造成大规模的失业情况。中国政府显然不想这种情况发生。也就是说，中国政府的举措基本符合资本继续运作的逻辑的。而就我自身的地缘政治观点来看，这是必然要发生的状况。如果资本主义要继续下去，当然最终还是得由民众来决定此种城市是否是其想要生活的地方，建立这种巨型城市有何意义或者人们希望自己的日常生活是何种样貌,是乌托邦式噩梦,还是温馨睦邻、亲近自然的美丽生活。有趣的是,我在中国接触到所有的文化活动,都在倡导人们回归森林,与自然和谐相处,而这些文化运动都与现在的城市发展规划相悖。

**何成洲**:您可否再详细解释一下"空间修复"(spatial fix)这一概念呢?

**哈维**:在英语中"fix"有双重意思。一方面是安置的意思,在空间里装载什么东西。另一方面它指的是解决问题这件事,给问题一个解决办法:我们也说"技术修复"(technological fix)、"政治修复"(political fix);而药品词汇表里,"fix"指的是解决焦虑情绪的注射。我就是在这两种层面上使用"空间修复"这一概念。首先我们要承认资本主义的动力在于资本的增长:在于资本壮大和吞并的必要性。接下来,我需要知道资本在何处增长。观察资本主义的历史,似乎它总是用空间扩张回应增长的需要,也就是说投资新的土地。20世纪70年代危机的解决办法之一(修复之一)就是全球化:全世界,尤其是中国,向资本开放。在此意义上,地理扩张和重组总是成为解决资本吞并问题的办法:这是空间修复(解决)的第一重意义。但是具体而言,似乎资本也"驻扎"在空间里,嵌在空间里,然后重塑空间:人们建高速公路、港口、铁路。我们生活的世界一个越来越明显的特征就是土地上的固定资本。"空间修复"的两种意思明显连起来了。更确切地讲,第一个意义取决于第二个。当中国要向资本积累开放,准备之一就是为集装箱化修建运输、交通线路以及港口基础设施一切——在空间中"就位",也就是固定下来了。大多数时候,如果不对这样的固定资本做初步投资,似乎就找不到解决资本吞并的办法:资本向中国移动曾经是困难的,因为那里没有相应的运输和交通基础设施。这就导致了我所说的"资本主义集装箱崇拜",它就是建设基础设施,与此同时期望产生空间修复的结果。人们在修建新机场的时候下注航空交通的到来,建港口的时候假设随之而至的发展。有时候实现了,有时候没有。

所以"fix"的两个意义之间的关系复杂。但是我们看到了,在历史上,对空间中"固定"基础设施的投资规模如何试图限制和引导资本的运动。因为如果这些载体一直不被使用,驻扎其中的所有资本就失去了价值。所以在这样或那样的空间里让"固定"资本增值有着巨大的政治和经济压力。不管法文的翻译多么有局限,都应该延伸到运动与静止之间张力甚至矛盾:

资本应该在空间中自由移动，但是它越来越被囚禁。

**尹晓煌**：人们认为中国目前正处于发展阶段。您认为中国巨大的国土面积是否会在某种程度上形成某种优势，让其在发展过程中避免其他亚洲发达国家或地区例如日本、韩国，以及中国台湾等在发展中面临过的问题？您认为时间空间理论可以帮助中国克服这些新兴发达国家和地区曾经面临过的困难吗？

**哈维**：我不这样认为。广袤的国土面积可以让中国做成一些其他国家无法做成的事。但在某种程度上所有国家最终都会转向外部，依赖国际贸易，变得极度依赖外贸。中国目前就严重依赖外国贸易。美国目前的 GDP 现在对外贸的依赖少于 14%，而中国的情况则高于这个数值，而且会持续如此。

**尹晓煌**：您认为中国通过向美国学习，利用巨大的国土面积，发展国内贸易，加大对本土贸易的投资，可以避免新兴发达国家的发展模式吗？

**哈维**：中国虽然国土面积大，但其人口也同样巨大。资本积累总是关于需求的生产。如果人们不对产品产生需求，你就无法实现市场中商品的价值。生产新的欲望和需求对于资本的积累非常重要。在中国，我们看到人们通过消费主义生产出新型的个人欲望与需求的形式。然而问题在于，资本主义建构个体欲望与需求的目的其实是为了永久性地挫败它们，否则市场就无法继续。这种永久性的挫败导致了法国的"五月风暴"运动以及美国六十年代的反文化运动。

**尹晓煌**：我在美国居住了多年，很多美国人觉得在全球化进程中中国会是最大的受益者，您怎样看待这种说法呢？

**哈维**：我既赞成也不赞成。首先，我们必须考虑以下几个问题：在美国，哪一部分真正得益于全球化？答案显然是金融家、商业资本家等等。另外，工人阶级是否享受到这些利益？并没有。当然我们可以说人们可以买到更便宜的商品，不过有意义的工作却越来越少。例如，在英国，煤炭工人非常认同自己的工作，认为其工作体现了一种极强的男性气质，是非常高贵的一个工种。这种工作对于男性就非常有意义。然而随着全球化的发展，煤矿工厂越来越少，相应的工作岗位也随着减少，部分男性就失去证明其男性气质的工作。此外，国际劳工的输入造成巨大的就业竞争，人民的生活质量并没有得到相应的提高，工资反而越来越低。下层阶级的人并没有从全球化中获益,反而丧失了很多优势。所以问题关键在于是谁在获利。全球化给人们带来的损失和利益应该依据阶级分开考量,就如同争论谁到底才是帝国主义的获利者一样。

**附:哈维简介**

戴维·哈维(David Harvey),当代美国著名的新马克思主义学者,1935年生于英国,1961年获剑桥大学地理学博士学位,先后任教于英国牛津大学、美国宾州大学、约翰霍普金斯大学等。哈维教授的研究领域涉及人文地理学、城市社会学、建筑与城市规划、政治经济学、社会哲学、文化哲学等,但贯穿上述所有领域的则是他对马克思主义的长期坚持和运用。哈维教授20世纪70年代初完成了从一个正统的地理学家向马克思主义者的转向,随后四十年来,他一直坚持不懈地阅读与讲授马克思的经典原著,并曾多次宣称自己是一个坚定的马克思主义者。哈维认为自己的工作,一是把马克思主义特别是注重生产方式经济分析的历史唯物主义引入对地理空间、城市化等传统地理学的研究中来;二是将空间问题引入马克思主义的研究中去,填补理论空白,发展马克思主义。由此,他开创了地理学中的历史唯物主义流派,同时在马克思主义中发展出了历史地理唯物主义理论。著有《地理学的解释》《社会正义与城市》《资本的限度》《后现代的状况》和《希望的空间》等。

# 参考文献

## 中文文献

[1] 阿多诺.前启蒙辩证法[M].重庆：重庆出版社，1993.

[2] S.阿瑞提.创造的秘密[M].钱岗南，译.沈阳：辽宁人民出版社，1987.

[3] 北京大学哲学系美学教研室.西方美学家论美和美感[M].北京：商务印书馆，1980.

[4] 巴特.罗兰·巴特随笔选[M].怀宇，译.天津：百花文艺出版社，1995.

[5] 巴特.从作品到文本[M]//外国美学：第20辑.南京：江苏教育出版社，2012.

[6] 齐格蒙特·鲍曼.流动的现代性[M].欧阳景根，译.上海：上海人民出版社，2002.

[7] 丹尼尔·贝尔.资本主义文化矛盾[M].蒲隆等，译.北京：生活·读书·新知三联书店，1989.

[8] 马克·波斯特.信息方式[M].范静晔，译.北京：商务印书馆，2000.

[9] 马克·波斯特.第二媒介时代[M].范静晔，译.南京：南京大学出版社，2000.

[10] 瓦尔特·本雅明.德国悲剧的起源[M].陈永国，译.北京：文化艺术出版社，2001.

[11] 瓦尔特·本雅明.机械复制时代的艺术作品[M].王才勇，译.杭州：浙江摄影出版社，1993.

[12] 瓦尔特·本雅明.本雅明文选[M].陈永国等，译.北京：中国社会科学出版社，2011.

［13］哈罗德·布鲁姆.如何读，为什么读［M］.黄灿然，译.南京：译林出版社，2011.

［14］哈罗德·布鲁姆.西方正典：伟大作家和不朽作品［M］.江宁康，译.南京：译林出版社，2005.

［15］波德莱尔.波德莱尔美学论文选［M］.郭宏安，译.北京：人民文学出版社，1987.

［16］迈克尔·波兰尼.个人知识［M］.许泽民，译.贵阳：贵州人民出版社，2000.

［17］韦恩·布斯.小说修辞学［M］.华明等，译.北京：北京大学出版社，1986.

［18］傅拉瑟.摄影的哲学思考［M］.李文吉，译.台北：远流出版事业股份有限公司，1994.

［19］E. H.贡布里希.艺术与错觉［M］.范景中等，译.杭州：浙江摄影出版社，1987.

［20］戴维·哈维.后现代的状况［M］.阎嘉，译.北京：商务印书馆，2003.

［21］尤尔根·哈贝马斯.现代性对后现代性［M］//周宪.文化现代性读本.南京：南京大学出版社，2013.

［22］马丁·海德格尔.技术的追问［M］//孙周兴.海德格尔选集：下卷.上海：上海三联书店，1996.

［23］海尔斯.过度注意力与深度注意力［M］//陶东风，周宪.文化研究：第19辑.北京：社会科学文献出版社，2014.

［24］维尔纳·海森堡.物理学和哲学［M］.范岱年，译.北京：商务印书馆，1984.

［25］黑格尔.美学［M］.朱光潜，译.北京：商务印书馆，1979.

［26］埃德蒙德·胡塞尔.现象学的观念［M］.倪梁康，译.上海：上海译文出版社，1986.

［27］金圣叹.读第五才子书法［M］//叶朗.中国历代美学文库清代卷：上卷.北京：高等教育出版社，2003.

［28］乔纳森·卡勒.文学理论入门［M］.李平，译.南京：译林出版社，2008.

［29］恩特斯·卡西尔.人论［M］.甘阳，译.上海：上海译文出版社，

1985.

[30] 凯里.艺术有什么用[M].刘洪涛等,译.上海:译林出版社,2007.

[31] 康德.历史理性批判文集[M].何兆武,译.北京:商务印书馆,1990.

[32] 李泽厚.美的历程[M].北京:文物出版社,1981.

[33] 马歇尔·麦克卢汉.理解媒介[M].何道宽,译.北京:商务印书馆,2000.

[34] 托马斯·S.库恩.必要的张力[M].纪树立等,译.福州:福建人民出版社,1981.

[35] 托马斯·库恩.科学革命的结构[M].金吾伦等,译.北京:北京大学出版社,2004.

[36] 拉曼·塞尔登.文学批评理论[M].刘象愚等,译.北京:北京大学出版社,2000.

[37] 利科.语言的力量:诗歌与科学[M]//胡经之,张首映.20世纪西方文论选:第3卷.北京:中国社会科学出版社,1989.

[38] 柳鸣九.巴黎对话录[M].长沙:湖南人民出版社,1983.

[39] 大卫·理斯曼.孤独的人群[M].王崑,译.南京:南京大学出版社,2003.

[40] 马尔库塞.现代美学析疑[M].绿原,译.北京:文化艺术出版社,1987.

[41] 赫伯特·马尔库塞.单向度的人[M].刘继,译.上海:上海译文出版社,2006.

[42] 马歇尔·麦克卢汉.理解媒介[M].何道宽,译.北京:商务印书馆,2000.

[43] 詹姆斯·W.麦卡里斯特.美与科学革命[M].李为,译.长春:吉林人民出版社,2000.

[44] 梅洛-庞蒂.眼与心[M].刘韵涵,译.北京:中国社会科学出版社,1992.

[45] 苏布拉马尼安·钱德拉塞卡.莎士比亚、牛顿和贝多芬[M].杨建邺等,译.长沙:湖南科学技术出版社,1996.

[46] 热拉尔·热奈特.叙事话语/新叙事话语[M].王文融等,译.北

京：中国社会科学出版社，1990.

［47］艾·阿·瑞恰慈.文学批评原理［M］.杨自伍，译.南昌：百花洲文艺出版社，1992.

［48］马里奥·巴尔加斯·略萨.给青年小说家的信［M］.赵德明，译.上海：上海译文出版社，2004.

［49］苏珊·桑塔格.论摄影［M］.艾红华，译.长沙：湖南美术出版社，2005.

［50］斯蒂格勒.反精神贫困的时代：后消费主义文化中的艺术与艺术教育［M］//周宪.艺术理论基本文献·西方当代卷.北京：生活·读书·新知三联书店，2014.

［51］贝尔纳·斯蒂格勒.技术与时间：爱比米修斯的过失［M］.南京：译林出版社，2000.

［52］C.P.斯诺.两种文化［M］.纪树立，译.北京：生活·读书·新知三联书店，1995.

［53］王羲之.题卫夫人《阵笔图》后［M］//杨素芳.中国书法理论经典.石家庄：河北人民出版社，1998.

［54］查尔加·泰勒.现代性之隐忧［M］.程炼，译.北京：中央编译出版社，2001.

［55］夏皮罗.视觉艺术符号学的几个问题：图像–符号截面与载体［M］//周宪.艺术理论基本文献·西方当代卷.北京：生活·读书·新知三联书店，2014.

［56］王朝闻.美学概论［M］.北京：人民出版社，1981.

［57］马克斯·韦伯.经济与社会［M］.林荣远，译.北京：商务印书馆，2004.

［58］沃尔夫冈·韦尔施.我们的后现代的现代［M］.洪天富，译.北京：商务印书馆，2004.

［59］R.韦勒克.批评的诸种概念［M］.成都：四川文艺出版社，1988.

［60］文德尔班.哲学史教程·下卷［M］.罗达仁，译.北京：商务印书馆，1997.

［61］伍蠡甫.西方文论选［M］.上海：上海译文出版社，1979.

［62］吴蠡甫，胡经之.西方文艺理论名著选编［M］.北京：北京大学

出版社，1987.

［63］亚里士多德.诗学［M］.罗念生，译.北京：人民文学出版社，1962.

［64］特雷·伊格尔顿.二十世纪西方文学理论［M］.北京：北京大学出版社，2007.

［65］特里·伊格尔顿.后现代的幻象［M］.北京：商务印书馆，2000.

［66］雨果.雨果论文学［M］.上海：上海译文出版社，1980.

［67］张隆溪.二十世纪西方论文评述［M］.北京：生活·读书·新知三联书店，1986.

［68］赵鑫珊.科学·艺术·哲学断想［M］.北京：生活·读书·新知三联书店，1986.

［69］周宪.当代西方艺术文化学［M］.北京：北京大学出版社，1988.

［70］周宪.审美现代性批判［M］.北京：商务印书馆，2005.

［71］中国大百科全书出版社《不列颠百科全书》国际中文版编辑部.大不列颠百科全书［M］.北京：中国大百科全书出版社，1999.

［72］罗丹.罗丹艺术论［M］.葛赛尔，记.北京：人民美术出版社，1978.

［73］欧美古典作家论现实主义和浪漫主义［M］.北京：中国社会科学出版社，1981.

［74］"社会发展综合研究"课题组.我国转型时期社会发展展开的综合分析［J］.社会学研究，1991（4）.

［75］李新祥.阅读行为数字化嬗变的个体影响研究［J］.浙江传媒学院学报，2014.

［76］第35次 CNNIC 报告：中国网民规模与结构分析［N/OL］.中商情报网［2015–02–03］.http://www.askci.com/news/chanye/2015/02/03/151359b9x0_all.shtml

# 英文文献

［1］Aarseth, Espen J. "Nonlinearity and Literary Theory", *in Hyper/Text/Theory*, ed. George P. Landow (Baltimore: The John's Hopkins University Press,

1994).

[2] Arnheim, Rodulf. *New Essays on the Psychology of Art* (Berkeley: University of California Press, 1986).

[3] Adorno, T. W. et al. *The Authoritarian Personality* (New York: Happer & Row, 1950).

[4] Auden, W. H. "The Guilty Vicarage", in *Detective Fiction*, ed. Robin W. Winks (New Haven: Yale University Press, 1980).

[5] Bal, Mieke. *Narratology: Introductin to the Theory of Narrative* (Toronto: University of Toronto Press, 1997).

[6] Baron, Naomi S. "Redefining Reading: the Impact of Digital Communication Media". *PMLA* 128.1 (2013).

[7] Baron, Maomi. *Words Onscreen: The Fate of Reading in the Digital World* (Oxford: Oxford University Press, 2015).

[8] Barry, Peter. *Beginning Theory* (Machanster: Manchester University Press, 2002).

[9] Barthes, Roland. *Image Music Text* (London: London Fontana Press, 1977).

[10] Bateson, Frederick W. "Modern Bibliography and the Literary Artifact". in *English Studies Today*, ed. Georges A. Bonnard (München: Fancke Verlag Bem, 1961).

[11] Baudrillard, Jean. *Simulacra and Simulation* (Ann Arbor: University of Michigan, 1995).

[12] Becker, G. J.ed. *Documents of Modem Literary Realism* (Princeton: Princeton University Press, 1963).

[13] Berger, John. *Ways of Seeing* (London: Penguin, 1972).

[14] Bok, Derek. "Remarks of President Derek Bok", *Harvard Gazette*, 2007. http://news.harvard.edu/gazette/story/2007/06/remarks-of-president-derek-bok/

[15] Borgmann, Albert. *Technology and the Character of Contemporary Life* (Chicago: University of Chicago Press, 1987).

[16] Bourdieu, P. & L. Wacquant. *An Invitation to Reflexive Sociology* (Cambridge: Polity, 1992).

［17］Burr, Vivien. *Social Constructionism* (London: Routledge, 1995).

［18］Cahoone, Lawrence, ed. *From Modernism to Postmodernism* (Oxford: Blackwell, 1996).

［19］Calinescu, Matei. *Five Faces of Modernity* (Durham: Duke University Press, 1987).

［20］Casey, J. *The Language of Criticism* (London: Methuen, 1966).

［21］Cubitt, Sean. *Simulation and Social Theory* (London: Sage, 2001).

［22］De Man, Paul. *The Resistance to Theory* (Minneapolis: University of Minnesota Press, 1986).

［23］Debord, Guy. *Society of the Spectacle*(New York: Zone, 1994).

［24］Der Derian, James ed.*The Virilio Reader* (Oxford: Blackwell, 1998).

［25］Derrida, Jacques. *Of Grammatology* (Baltimore: Johns, Hopkins University Press, 1974).

［26］Ducrot, Oswald and Tzvetan Todorov. *Encyclopedic Dictionary of the Sciences of Language* (Baltimore: The John's Hopkins University Press, 1972).

［27］Eagleton, Terry. "Ideology", in *The Eagleton Reader*, ed. Stephen Regan (Oxford: Blackwell, 1998).

［28］Ede, Sian. *Art and Science* (New York: I. B. Tauris, 2005).

［29］Ellmann, R. & C. Fleidelson, eds. *The Modern Tradition* (New York: Oxford University Press, 1965).

［30］Fischer, Steven. *A History of Reading* (London: Reaktion, 2003).

［31］Fleischmann, W. B. ed. *Encyclopedia of World Literature in the 20th Century* (New York: F. Ungar Publishing Co. 1969. Vol. 2).

［32］Friedman, Norm. "Point of View in Fiction", *PMLA* 70(1955).

［33］Genette, Gerard. *Narrative Discourse Revisited* (Ithaca: Cornell University Press, 1988).

［34］Gerth, H. H. and C. W. Mills, eds. *From Max Weber: Essays in Sociology* (New York: Oxford University Press, 1946).

［35］Gold, Mathew K. *Debates in the Digital Humanities* (Minneapolis: University of Minnesota Press, 2012).

［36］Graff, Gerald. *Professing Literature: An Institutional History* (Chicago: University of Chicago Press, 1989).

[37] Grant, D. *Realism* (London: Methuen, 1970).

[38] Hall, James B. and Barry Ulanov eds., *Modern Culture and Arts* (New York: McGraw-Hill, 1967).

[39] Hall, Stuart, ed. *Representation: Cultural Representations and Signifying Practices* (London: Sage, 1997).

[40] Harpham, Geoffrey Galt. "Beneath and beyond the 'Crisis in the Humanities'," *New Literary History*, Vol. 36, No. 1 (Winter, 2005).

[41] Hauser, Arnold. *The Sociology of Art* (London: Routledge & K. Paul. 1982).

[42] Hayles, N. Katherine and Jessica Pressman, ed., *Comparative Textual Media* (Mineapolis: University of Minnesota Press, 2013).

[43] Hobsbawm, E. J. and Terrence Ranger, ed. *The Invention of Tradition* (Cambridge: Cambridge University Press, 1983).

[44] Innis, Harold. *Empire and Communication* (Oxford: Clarendon, 1950).

[45] Jervis, John. *Exploring the Modern* (Oxford: Blackwell, 1998).

[46] Landow, George P. *Hypertext 3.0: Critical Theory and New Media in an Era of Globalization* (Baltimore: The John's Hopkins University Press, 2006).

[47] Lewis, Harry. *Excellence without a Soul: Does Liberal Education has a Future?* (New York: Public Affairs, 2006).

[48] Lubbock, Perry. *The Craft of Fiction* (London: Cape & Smith, 1931).

[49] Lye, John. "*Some Characteristics of Contemporary Theory*", 30 Aug. 2008.〈http://www.brocku.ca/english/courses/4F70/characteristics.PhP〉

[50] MacFarland, T. "Literature and Philosophy", in *Interrelations of Literature*, eds. J-P Barricell & J. Gibaldi (MLA. 1982).

[51] Miller, Arthur. *Eistein, Picasso: Space, Time and the Beauty That Cause Havoc* (New York: Basic, 2001).

[52] One, Walter. *Orality and Literacy* (London: Routledge, 2002).

[53] Picasso, Pablo. "Statement on Art", in W. J. Bate ed., *Criticism: The Major Text* (New York: Harcourt Brace Jovanovich, 1970).

[54] Prince, Gerald. *A Dictionary of Narratology* (Lincoln: University of Nebraska Press, 2003).

［55］Poster, Mark, ed.*Jean Baudrillard: Selected Writings* (Stanford: Stanford University Press, 1988).

［56］Richards, I. A. *Principle of Literary Criticism* (London: Routledge, 2001).

［57］Rifterre, Michael. "Undecidability as Hermeneutic Constraint", in *Literary Theory Today*, ed. Peter Collier and Helga Geyer-Ryan (Ithaca: Cornell University Press, 1990).

［58］Rorty, Richard, ed. *The linguistic Turn* (Chicago: University Press, 1992).

［59］Ryan, Marie-Laure. "Narrator," in Irena R. Makaryk, et al. , *Encyclopedia of Contemporary Literary Theory* (Toronto: University of Toronto Press, 1993).

［60］Schauber, Allen and Allen Spolsky. *The Bounds of Interpretation*: *Linguistic Theory and Literary Text* (Stanford: Stanford University Press, 1986).

［61］Seldon, Roman and Peter Widowson. *A Reader Guide's to Contemporary Literary Theory* (Lexingtong: University Press of Kentucky, 1993).

［62］Tomlinson, John. *The Culture of Speed: The Coming of Immediacy* (London: Sage, 2007).

［63］Vernon, P. E. ed. *Creativity* (Penguin, 1970).

［64］Vitz, Paul C. and Arnold B. Glimcher, *Modern Art and Modern Science* (New York: Praeger, 1984).

［65］Watling, Gabrielle, ed. *Cultural History of Reading* (Westport: Greenwood, 2009, vol.1).

［66］Williams, Raymond. *Key Words: A Vocabulary of Culture and Society* (London: Fontana, 1976).

［67］Raymond Williams. *Marxism and Literature* (Oxford: Oxford University Press, 1977).

［68］Witgenstein, Ludwig. *Tractatus Logico Philosophicus* (London: Routledge, 2001).

［69］Wolin, Richard. "Reflections on the Crisis in Humanities", *The Hedgehog Review*, (Summer, 2011).